Janette Oke

# Nur einen Sommer lang

Janette Oke

# Nur einen Sommer lang

## Erzählung

Verlag Schulte + Gerth Asslar

Die amerikanische Originalausgabe erschien im Verlag Bethany House Publishers, Minneapolis, unter dem Titel „Once upon a summer“

Aus dem Amerikanischen von Beate Peter

ISBN 3-87739-363-2
1. Auflage 1984
Umschlaggestaltung: Bethany House / Gisela Scheer
Satz: Typostudio Rücker + Schmidt
Druck: Mohndruck, Gütersloh
Printed in Germany

# Josch

Heute konnte ich es kaum abwarten, mit der Arbeit fertig zu werden. Ich mußte mich nämlich dringend an meinen Lieblingsplatz am Bach verkrümeln und mal in Ruhe nachdenken. Es hatte sich in letzter Zeit 'ne Menge ereignet, und es sah schwer nach Veränderungen aus. Damit war ich nun ganz und gar nicht einverstanden. Ich wollte lieber, daß alles beim alten blieb, aber dazu würde ich mir wohl erst etwas einfallen lassen müssen.

Ich trug also den Melkeimer ins Haus und rannte zur Scheune zurück, um Bleß auf die Weide zu lassen. Sie trödelte vor sich hin, so daß ich ihr Beine machen wollte, aber das rührte sie nicht im geringsten. Als sie sich endlich durchs Gatter bemüht hatte, strich ich ihr rasch über ihr braun-weißes Hinterteil und schob den Riegel wieder vor. Nun stand sie ganz ratlos und wie angewurzelt da, als ob sie gar nicht wüßte, wohin mit ihrer Freiheit.

Ich dagegen, ich wußte genau, wohin ich wollte. Ich rannte über den Pfad hinter dem Haus durch das frische Sommergrün wie ein Karnickel, hinter dem der Habicht her ist.

Der Bach stand noch hoch, wie's sich für den Hochsommer gehört, aber an meinem Lieblingsplatz war es ganz still. Komisch, wie man die Stille spürt, wo's doch am Bach ständig Geräusche gibt: Vogelgezwitscher, zirpende Grillen, ab und zu ein Frosch, der aus dem seichten Gewässer quakt, und Fische, die sich im Springen üben. Geräusche von dieser Sorte störten mich jedoch überhaupt nicht. Ich fand's hier richtig friedlich, hauptsächlich deshalb, weil es hier niemanden gab, der mich hierhin und dorthin schickte, um dies und das zu erledigen.

Dieses Plätzchen am Bach betrachtete ich gewissermaßen als meine höchstprivate Angelstelle. Ich hatte nicht mal Avery Garrett, meinem besten Freund, davon erzählt. Avery hielt ohnehin nicht allzuviel vom Angeln, so daß er eigentlich nichts verpaßte. Heute hatte ich nicht mal meine Angel dabei, so eilig hatte ich's gehabt, allein zu sein.

Bevor ich mich auf meinem Baumstamm niederließ, rollte ich meine Hosenbeine bis an die Knie hoch. Ich ließ die Füße tief ins kühle Wasser hinab und watete im Schlamm auf dem Grund herum. Zu spät merkte ich, daß ich meine Hosenbeine nicht hoch genug gekrempelt hatte. Sie waren klatschnaß geworden. Darüber würde ich wohl ordentlich was zu hören kriegen, wenn die Sonne sie mir nicht bald trocknete! Da saß ich nun mit meinen Füßen im Wasser und begann, mir den Kopf zu zerbrechen.

Eigentlich war die Welt ja ganz in Ordnung gewesen – bis gestern. Der gestrige Tag hatte sich auch zunächst ganz gut angelassen. Opa hatte in die Stadt gemußt, und er hatte mich zu sich gerufen, als ich gerade mit der Arbeit fertig war.

„Junge!" Er nannte mich fast immer „Junge", nicht Josua oder Josch wie alle anderen. „Junge, haste Lust, mit in die Stadt zu fahren?"

Zur Antwort grinste ich bloß zurück. Opa kannte mich doch: Ich nahm nur zu gern jede Gelegenheit wahr, um in die Stadt zu kommen.

„Wir fahren in zehn Minuten!" sagte Opa und ging zu den Pferden.

Ich brauchte nicht lange zum Fertigmachen. Rasch wusch ich mir das Gesicht und die Hände, strich mir die Haare glatt und sah nach, ob ich auch ja keine Flecken in meiner Latzhose hatte. Dann rannte ich zur Scheune hinüber, um beim Anspannen zu helfen.

Die Fahrt verlief schweigend. Opa und ich liebten die Stille. Außerdem gab's sowieso nicht viel zu erzählen, und wozu auch reden bloß um des Redens willen? Nach ’ner Weile brach Opa schließlich doch das Schweigen.

„Es wird trocken.“

Ich sah braune Stellen, wo es vor kurzem noch so schön gegrünt und geblüht hatte, und nickte.

In der Stadt angekommen, brachte Opa das Gespann vor Kirks Gemischtwarenhandlung zum Stehen. Ich sprang vom Wagen und band die Pferde an einer Stange fest, während Opa sich innerlich für seine Geschäfte sammelte.

Bald standen wir im Laden und tauschten Grüße und Kleinstadtklatsch mit Herrn Kirk und ’n paar von seinen Kunden aus. Dann machten wir uns an unsere Einkäufe. Opa hatte es einfach. Der brauchte nur ein paar Sachen für die Farm zu kaufen. Bei mir war’s da schon schwieriger. Bevor wir losgefahren waren, hatte Onkel Charlie mir, wie immer, ein Fünf-Cent-Stück zugesteckt, und das galt es jetzt aufs beste anzulegen. Ich strich an der Theke entlang und guckte mir genau an, was Herr Kirk so alles zu bieten hatte. Seine Frau saß hinten im Laden und unterhielt sich mit jemandem am Telefon. Nur die allerwenigsten Leute hier in der Stadt hatten ein Telefon. Ich konnte mich kaum an den Anblick gewöhnen: in einen Kasten reinzusprechen, als ob der ’ne Seele hätte! Endlich war sie fertig und kam auf uns zu.

„Morgen, Daniel. Wieder schönes Wetter draußen, nicht? Könnte aber heiß werden, fürchte ich.“

Ohne eine Antwort abzuwarten, sagte sie zu Opa: „Bevor ich’s vergesse, hier ist ’n Brief für Sie.“

Frau Kirk betrieb unser Postamt in einem der hinteren Ladenräume. Sie war ’ne nette Frau, und ihr Interesse an anderen war aufrichtig, ganz ohne Neugierde.

Opa nahm den Brief sichtlich überrascht entgegen. Post kriegten wir nämlich nicht oft.

„Von meinem Vater“, erklärte er Frau Kirk. „Vielen Dank.“ Dann schob er den Brief in seine Hemdtasche.

Ich ließ den Brief Brief sein und wandte mich wieder meinem Fünfer zu. Sekunden später, so kam's mir vor, sammelte Opa seine Einkäufe und fragte mich, ob ich auch fertig wäre. Ich hielt meinen Fünfer immer noch unausgegeben in der Hand.

Kurz entschlossen wählte ich ein Schokoladeneis und folgte dann Opa, um ihm beim Aufladen zu helfen. Ich hatte ja nur eine Hand frei, aber mit der anderen tat ich mein Bestes.

Opa drehte das Gespann, und heimwärts ging's. Ich kostete mein Eis bis auf den letzten Schlecker aus. Bei diesem Sommerwetter mußte man sich damit allerdings beeilen. Als wir die Stadt hinter uns gelassen hatten, reichte Opa mir die Zügel.

„Bin gespannt, was Pa zu berichten hat", sagte er und zog den Brief aus der Hemdtasche. Während er las, guckte ich ihn ab und zu verstohlen von der Seite an. Was das wohl für 'n Gefühl sein mochte, 'nen Brief zu kriegen, der an einen höchstpersönlich adressiert war? Dieser hier schien Opa keine besondere Freude zu bereiten. Endlich faltete er ihn langsam und umständlich wieder zusammen und steckte ihn in den Umschlag zurück. Dann drehte er sich zu mir.

„Deine Urgroßmutter ist gestorben, Junge."

Komisch, daß er ausgerechnet in diesem Moment von ihr in Beziehung zu mir anstatt sich selbst sprach. Gedankenverloren griff er nach den Zügeln. Er war wirklich nicht bei der Sache, sonst hätte er mich weiterkutschieren lassen, wie er das sonst immer tat.

Ich sah ihn aus den Augenwinkeln an. Das mit Urgroßmutter tat mir zwar leid, aber irgendwie war ich nicht so richtig traurig darüber. Ich hatte sie ja kaum gekannt und wußte nur ganz wenig über sie. Plötzlich ging mir auf, daß die Sache sich für Opa ja ganz anders ausnahm. Diese alte Frau, die da in der Ferne gestorben war, war schließlich seine Mutter gewesen.

Ich spürte einen Kloß im Hals, so 'ne Art Mitleid für Opa war's, aber ich wußte nicht, wie ich's ihm sagen sollte.

Opa war weit weg mit seinen Gedanken. Er schien nicht mal zu merken, wie die Zügel schlaff in seinen Händen hingen. Wenn ich sie wieder genommen hätte, hätte er das sicher nicht mal registriert. Ich ließ es aber doch bleiben und blieb still sitzen, damit er in Ruhe nachdenken konnte. Ich stellte mir vor, wie er an das letzte Mal dachte, wo er Urgroßmutter gesehen hatte. Er hatte mir oft erzählt, wie er, als er fünfzehn war, vom Stadtleben genug hatte und weg wollte. Also packte er seine Siebensachen, sagte ade und machte sich auf in Richtung Westen. Urgroßmutter hatte geweint, als er fortging, aber sie hatte nicht versucht, ihn aufzuhalten. Jahre später, als Opa eine Farm, Frau und Kind hatte, hatte er seinen älteren und einzigen Bruder eingeladen, zu ihm zu kommen, um ihm in der Landwirtschaft zu helfen. Onkel Charlie war Junggeselle, und Opa konnte seine Hilfe beim Heumachen und bei der Ernte gut gebrauchen. So hatte er der Eisenhandlung, wo er gearbeitet hatte, nur zu gern den Rücken gekehrt und sich ebenfalls auf den Weg nach Westen gemacht.

Jahr um Jahr hatten die beiden sich vorgenommen, per Eisenbahn einen Besuch zu Hause abzustatten, aber irgendwie war nie etwas daraus geworden. Und jetzt war Urgroßmutter tot und Urgroßvater ganz allein – ein einsamer, alter Mann.

Was wohl in Opa vorgehen mochte? Ich spürte, wie er sich regte, und sah auf. Opa legte seine Hand auf mein Knie. Er hatte Tränen in den Augen. Seine Stimme war 'n bißchen rauh.

„Junge", sagte er, „jetzt haben wir zwei noch eins gemeinsam. Wir haben beide keine Mutter mehr."

Er drückte mein Knie. Langsam begriff ich und mußte schlucken.

Dann fing er an zu reden. Ich hatte meinen Opa selten so viel auf einmal reden hören, außer gelegentlich mit 'nem Nachbarn oder Onkel Charlie.

„Komisch, wie die Erinnerungen wiederkommen, als ob alles erst gestern gewesen wäre. Hab' jahrelang nicht dran gedacht, aber jetzt ist mir alles wieder vor Augen."

Tief in Gedanken schwieg er eine Weile.

„Deine Urgroßmutter war nicht gerade groß zu nennen, aber was ihr in den Beinen fehlte, das hatte sie im Kopf." Jetzt lachte er sogar 'n bißchen, und gleichzeitig rannen ihm die Tränen über die braunen, wetterzerfurchten Wangen.

„Ich war damals fünf oder so. In der Nachbarschaft stand ein alter Baum, mein Lieblings-Kletterbaum. Da oben saß ich dann und erzählte mir selbst Geschichten. Unten fingen die Hunde aus der Nachbarschaft an, um den Baum herum zu tanzen. Ich störte mich nicht dran, bis ich schließlich hungrig und durstig war und nach Hause wollte. Ich machte mich an den Abstieg, aber ein riesiger, schwarzer Köter, den ich noch nie gesehen hatte, versperrte mir den Weg.

Ich rief und brüllte, bis ich heiser war, aber ich war zu weit weg von unserem Haus. Mama –" dieses Wort ging ihm so leicht von den Lippen, daß ich wußte, er war ganz in seinen Erinnerungen versunken – „Mama hatte schon mit dem Essen auf mich gewartet. Je später es wurde, desto mehr Sorgen machte sie sich, und schließlich ging sie mich suchen.

Kaum hatte sie das schwarze Vieh unter dem Baum entdeckt, da wußte sie auch schon, was los war. Sie holte sich 'nen Baseball-Schlagstock, der in Nachbars Garten gelegen hatte, und marschierte los. Ich seh' sie noch vor mir, diese kleine Frau mit der großen Keule. Mensch, war sie wütend! Na, dieser Hund mußte ziemlich schnell einsehen, daß er's mit Mama nicht aufnehmen konnte. Das Vieh habe ich nie wieder gesehen."

Wieder lachte Opa leise vor sich hin.

„Komisch, wie 'ne Frau tapfer wie 'ne ganze Armee sein kann, wenn's sein muß, und doch so sanft. Deine Urgroßmutter war so freundlich und sanft wie kein anderer Mensch, den ich je gekannt habe. So zarte Hände! Und wie sie mich im Schaukelstuhl auf den Schoß nahm, nachdem sie mich zum Schlafengehen fertig gemacht hatte, und wie sie mich an sich drückte und mit mir schaukelte und 'n altes Lied dabei summte und mir 'nen Kuß aufs Haar gab ..."

Opa hielt inne und schluckte. Eine Träne rollte ihm über die Wange.

„Ach ja!" seufzte er. „Ich wußte genau, daß ich zu groß für so was war, aber zum Glück haben die Nachbarjungs mich nie dabei erwischt. Wie geborgen ich mich damals fühlte!

Eines Tages war mir dann klar, daß ich nun endgültig zu groß zum Geschaukelt- und Umarmtwerden war. Ich hab's aber doch vermißt, und ich glaube, Mama auch. Sie hat mich oft so sehnsüchtig angeguckt. Manchmal streckte sie den Arm nach mir aus, und ich dachte, jetzt hebt sie mich gleich auf ihren Schoß. Statt dessen fuhr sie mir durch die Haare und sagte irgendwas über meine dreckigen Schuhe oder das Loch in meinem Hosenbein."

Opa hatte vor lauter Träumerei die Pferde restlos vergessen, und diese Faulpelze nutzten das schamlos aus. Nur noch einen Deut langsamer, und es hätte kein Pferd auf der Welt gegeben, das tatsächlich noch einen Huf vor den anderen gebracht hätte. Bella, die sowieso meistens ihrer eigenen Nase folgte, trottete ganz weit außen, fast auf der anderen Straßenseite. Hin und wieder nahm sie im Gehen ein Maulvoll Gras mit. Nellie war diese Gangart nur recht.

Ich sah den Pferden zu und warf dann einen Blick auf Opa. Wie würde er sich in die Lage finden? Ich glaube, er hatte sogar mich vergessen.

Eine Zeitlang schwieg er. An seinem Gesicht konnte ich ablesen, daß er immer noch alten Erinnerungen nachhing. Es waren liebe Erinnerungen, aber jetzt, wo die schöne Zeit unwiderruflich und endgültig vorbei war, machten sie ihn nur traurig.

Dann tauchte er plötzlich wieder aus seinen Träumen auf und wandte sich an mich.

„Erinnerungen sind doch was Schönes, Junge. Wenn so 'n lieber Mensch mal nicht mehr ist, wenn die glücklichen Zeiten vorbei sind, dann haste immer noch Erinnerungen. Dem Herrgott sei Dank für die Erinnerungen! So kannste die schöne Zeit immer wieder durchleben. Erinnerungen sind unbezahlbar. Die kann dir keiner nehmen!"

Auf einmal kam ich mir irgendwie zu kurz gekommen vor, vom Schicksal betrogen und maßlos übergangen. Opa hatte natürlich recht. Ich hatte nie viel über Erinnerungen nachgedacht, aber tief in meinem Innern, da hatte es manchmal 'ne Sehnsucht gegeben, ein Suchen, Greifen nach etwas, das außerhalb meiner Reichweite lag. Opa hatte es hier beim Namen genannt. Er hatte vorhin gesagt, daß wir beide jetzt den Verlust unserer Mutter gemeinsam hätten. Das stimmte wohl. Aber ich hatte irgendwie gleich gespürt, daß es für ihn nicht das gleiche war wie für mich. Jetzt wurde mir klar, wo der Unterschied lag: in den Erinnerungen, beziehungsweise, in meinem Fall, in fehlenden Erinnerungen. Opa konnte stundenlang aus seiner Kindheit erzählen, von dem Gesicht seiner Mama, wie sie geduftet hatte, wie sie ihn gestreichelt hatte. Ich hatte bloß einen weißen Fleck auf der Landkarte, bloß einen Namen: „Du hast 'ne Mutter gehabt, Junge, die hat Agathe geheißen. Schöner Name, Agathe."

Manchmal lag ich nachts wach und versuchte mir das Gesicht vorzustellen, das zu diesem Namen gehört hatte, aber das war vergebliche Mühe. Früher, als ich noch kleiner war, habe ich mir die Gesichter von Frauen angesehen, und jedesmal, wenn mir eins besonders gefiel, stellte ich mir vor, daß meine Mutter genauso ausgesehen hatte. Einmal bin ich zwei ganze Jahre mit der Vorstellung rumgelaufen, die Frau von unserem Bankbesitzer würde aussehen wie meine Mutter. Zum guten Schluß ging mir dann aber doch auf, wie albern das Ganze war, und ich ließ das Träumen bleiben. Und hier saß Opa und wagte es, dem Herrgott für Erinnerungen zu danken!

Ich spürte einen dumpfen Schmerz in mir aufsteigen und war direkt ein bißchen böse auf Gott. Warum hatte er mir meine Eltern weggenommen, als ich noch ein kleines Baby war, und mir nicht mal ein paar Erinnerungen gelassen, wie sie doch alle anderen hatten? War es denn nicht genug, daß ich keine Mama zum Umarmen und keinen Papa zum Angelngehen hatte?

Ich hatte Angst, Opa ins Gesicht zu sehen. Dem würden meine finsteren Gefühle sicher nicht verborgen bleiben. Statt dessen starrte ich auf die Pferde. Bella schnappte gerade ein Maulvoll Gras, nur, daß sie diesmal den Fehler machte und dabei stehenblieb, um nochmals zuzubeißen. Nellie zerrte am Geschirr, weil sie noch leicht in Bewegung war. Jedenfalls riß das Ganze Opa jäh aus seinen Gedanken. Der traute kaum seinen Augen. Er hatte noch nie ein Gespann so außer Kontrolle geraten lassen. Er riß an den Zügeln, und Bella bekam einen Klaps auf ihr graues Hinterteil, so daß ihr vor Schreck das letzte Büschel Gras wieder aus den Zähnen fiel. In null Komma nichts waren wir wieder auf der richtigen Straßenseite und in normaler Gangart.

Opa drehte sich mit einem betretenen Grinsen mir zu. „Wenn wir uns nicht beeilen, kommen wir zu spät zum Essen, und dann zieht Lou uns eins mit dem Nudelholz über!“

Ich grinste gezwungen zurück. Ich war nämlich immer noch so ’n bißchen böse, weil ich im Leben zu kurz gekommen war. Außerdem wußten wir beide ganz genau, daß das nicht stimmte, was er da gesagt hatte. Tante Lou machte nie viel Aufhebens, wenn wir mal zu spät zum Essen kamen. Vielleicht war das auch der Grund, weshalb wir alle drei, Opa, Onkel Charlie und ich, immer unser Bestes taten, um sie nie warten zu lassen. Tante Lou war eben nicht bloß irgend jemand. Und ohne je bewußt darüber nachzudenken, versuchten wir alle, ihr das Leben nicht schwerer zu machen, als es unbedingt sein mußte.

## Das Unheil kündigt sich an

Wie meistens nach dem Abendessen, schickte mich Opa los, um die Bibel für unsere „Familienandacht" zu holen, wie er das nannte. Ich konnte dem Ganzen eigentlich nie viel abgewinnen. Ich fand das Getue um „Der Herr ist mein Hirte" und was die Leute in grauer Vorzeit sonst noch so geschrieben hatten, ziemlich langweilig.

Opa kam mir heute abend so anders vor. Da steckte sicher der Brief hinter, dachte ich mir. Er tat mir leid.

Dieser Brief, den Opa da gekriegt hatte, war jedoch bloß der Anfang einer ganzen Kette von Ereignissen, die mich noch manche schlaflose Nacht kosten sollten. Ich begann, mich ernsthaft zu fragen, was wohl aus einem gewissen Josua Chadwick Jones werden sollte. Und nachdem ich ins Bett geschickt worden war, ging's auch gleich weiter mit dem unheilvollen Lauf der Dinge.

Ich sollte ja eigentlich immer um neun Uhr im Bett sein, aber ich rührte mich nie von allein, wenn ich den Uhrzeiger in Richtung neun wandern sah. Ich wartete immer, bis Opa rief: „Zeit fürs Bett, Junge!" Erst dann wusch ich mich in dem Becken neben der Tür und kletterte im Schneckentempo die Treppe hinauf zu meinem Zimmer.

Ich hatte die Hoffnung nie aufgegeben, daß Opa eines Abends so sehr mit was anderem beschäftigt wäre, daß er die Uhr ganz vergäße. Aber bis jetzt war das noch nie vorgekommen.

Heute abend war Opa nicht ganz bei der Sache, das merkte ich gleich. Er hatte Tante Lou und Onkel Charlie den Brief vorgelesen. Tante Lou hatte ihre Arme um seine und Onkel Charlies Schultern geschlungen und beide mit Tränen in den Augen ganz fest gedrückt. Onkel Charlie hatte nicht viel gesagt, aber er war in Gedanken bestimmt wie Opa heute nachmittag mit seiner Kindheit beschäftigt. Tief in meinem Innern fühlte ich wieder den Neid aufsteigen.

Ich beobachtete erwartungsvoll den Uhrzeiger. Wenn ich je eine Chance hatte, dann war's heute. Aber da hatte ich die Rechnung ohne Opa gemacht. Pünktlich um neun sagte er: „Junge, Zeit zum Schlafengehen!" Ich seufzte vernehmlich. Heute hatte ich mir 'n kleines bißchen Extrazeit verschaffen wollen, aber es hatte halt wieder nicht geklappt.

Also machte ich mich an die übliche Routine. Als ich fast an der Treppe war, hörte ich Tante Lou sagen: „Ich glaube, ich geh' jetzt auch nach oben, Pa." Sie beugte sich zu Opa und gab ihm einen Gutenachtkuß. „Gute Nacht, Onkel Charlie." Er nickte ihr zu, und Tante Lou und ich stiegen gemeinsam die Treppe rauf. Dabei legte sie die Hand auf meine Schulter.

„Nicht mehr lange", sagte sie, „dann muß ich mich rekken, um an deine Schulter dranzukommen. Du bist ganz schön gewachsen, Josch. Guck mal, deine Hose ist ja schon wieder zu kurz!"

Das sagte Tante Lou so, als ob meine Hochwasser-Hosen ein Grund zum Stolzsein wären. Ich grinste zurück.

„Nacht, Josch."

„Nacht."

Ich streckte mich auf meinem Bett aus, aber schlafen konnte ich nicht. Ich wälzte mich hin und her – äußerlich und innerlich. Nach 'ner Weile beschloß ich, mir ein Glas Wasser zur Beruhigung zu holen. Opa mochte es nicht besonders, wenn man das Glas Wasser als Vorwand zum Aufbleiben nahm, aber dieses Mal müßte er's mir eigentlich durchgehen lassen.

Mein Zimmer war das erste im Gang an der Treppe, die von der Küche aus hochführte. Ich wußte, daß ich Opa und Onkel Charlie unten am Küchentisch bei ihrer allabendlichen Tasse Kaffee vorfinden würde. Dabei unterhielten sie sich dann, wenn's was zu unterhalten gab, oder sie leisteten sich einfach nur so Gesellschaft, bevor sie sich auch schlafen legten. So schaute ich nun so unschuldig drein, wie ich konnte, und ging die Treppe hinunter.

„... was anderes bleibt uns gar nicht übrig", hörte ich unten Opa ernst sagen.

Dann hörte ich ein zischendes Geräusch. Ich wußte gleich, was das war. Die Leute hier erzählten sich, daß Onkel Charlie 'ne Tasse Kaffee heißer und schneller als jeder andere Sterbliche runterschlucken könnte. Keine besondere Auszeichnung für einen erwachsenen Mann, aber immerhin nichts Alltägliches. Ich guckte ihm oft dabei zu, wie er seine Tasse leerte, und fragte mich dabei im stillen, ob er wohl gerade seinen eigenen Rekord gebrochen hatte. Er hatte die Angewohnheit, vor jedem Schluck dieser kochendheißen Flüssigkeit zischend durch die Zähne einzuatmen. Vielleicht war dieser Mundvoll Luft dazu gedacht, den Kaffee unterwegs ein bißchen abzukühlen. Ich weiß es nicht genau.

Also, ich hörte das Zischen und sah die dampfende Tasse förmlich vor Onkel Charlies gespitzten Lippen. Dabei wippte er immer auf zwei Stuhlbeinen nach hinten. Das bekommt dem Stuhl nicht, kriegte ich zu hören, als ich versuchte, es Onkel Charlie nachzumachen, aber merkwürdigerweise hinderte Onkel Charlie niemand am Wippen.

Jetzt landete die Tasse wieder auf dem Tisch, und dann hörte ich auch die vorderen zwei Stuhlbeine auf dem Holzfußboden aufsetzen.

„Glaubste, das macht er?"

„Weiß nicht. Er ist doch ein Dickkopf. Das weißte doch selbst. Aber vielleicht wär'n Tapetenwechsel gerade jetzt das Richtige für ihn. Er wird mächtig einsam sein. Weißt doch, wie er an ihr gehangen hat."

Inzwischen hatte ich's mir mit dem Glas Wasser anders überlegt und ließ mich geräuschlos auf einer Treppenstufe nieder. Eine Gänsehaut lief mir den Rücken runter. Tapetenwechsel? Ich wußte zwar nicht, was hier gewechselt werden sollte und was das Ganze mit mir zu tun hatte, aber passen tat's mir ganz und gar nicht.

„Wir müssen's wenigstens versuchen. Wir können ihn doch nicht einfach sich selbst überlassen. Ich fahr' morgen in die Stadt und ruf' ihn von Kirks Telefon aus an. Es dauert sicher 'ne Weile, bis er alles geregelt hat, aber ich möchte ihn wirklich gern hierhaben. Platz haben wir ja genug. Wüßte nicht, weshalb er nicht gleich einziehen könnte."

„Hm."

Jetzt wußte ich, daß die beiden von Urgroßvater sprachen. Der war sicher ein steinalter Mann. Ich hatte öfters die alten Männer in der Stadt beobachtet, wie sie mit ihren schlottrigen Knien und wässrigen Augen langsam durch die Gassen schlurften. Manchmal saßen drei oder vier von ihnen auf der Bank hinter dem Mietstall und erzählten sich was. Dabei kauten sie dann ihren Tabak, der ihnen über das zittrige Kinn aufs Hemd seiberte. Ich wußte nicht, wie ich's ausdrücken sollte, aber irgendwie ging's mir gegen den Strich, daß ein alter Mann zu uns kommen sollte – selbst wenn's hundertmal mein Urgroßvater war. Ich hatte genug gehört, aber losreißen konnte ich mich auch nicht.

„Irgendwas scheint dir an der Sache zu mißfallen", sagte Opa zu Onkel Charlie. „Findest du nicht, daß Pa kommen sollte?"

Onkel Charlie wand sich auf seinem Stuhl.

„Also, Hilfe braucht er schon, das ist ganz klar, und ich, also, ich würde ihn mächtig gern wiedersehen. Ist ja schon so lange her … aber ich dachte, äh, daß, äh, vielleicht sollte ich besser zu ihm fahren und ihn dort versorgen."

Opa schien überrascht. Ich auch. Ohne Onkel Charlie konnte ich mir das Leben gar nicht vorstellen.

„Willste etwa von hier weg?" rief Opa überrascht.

„Meine Güte, nee!" Onkel Charlies Antwort klang entrüstet. Wie Opa auch nur auf so einen Gedanken kommen konnte!

„Glaubste, Pa ist zu alt für die Reise?"

„Seinem Brief nach zu urteilen muß er noch ganz gut dran sein."

„Was denn dann?"

„Lou."

„Lou?"

„Ja, Lou."

„Lou hätte sicher nichts dagegen."

„Nee, bestimmt nicht. Aber das ist es ja gerade."

„Da komm' ich nicht mit."

„Daniel, wie viele junge Mädchen von siebzehn Jahren kennste, die 'n großes Haus, 'nen Garten, zwei alte Männer und 'nen hungrigen Jungen versorgen?"

Stille. Dann redete Onkel Charlie weiter.

„Und jetzt kommen wir daher und halsen ihr noch einen mehr auf. Das ist nicht fair. Sie gehört doch auf den Tanzboden und ..."

Opa fiel ihm ins Wort. „Lou macht sich nichts aus dem Tanzen."

„Woher auch? Hat es auch nie gelernt. Wir haben ja dafür gesorgt, daß sie Brot backen und Fußböden scheuern mußte, sobald sie die Puppen in die Ecke gelegt hat."

Wieder Stille. Diesmal wurde sie von Opa gebrochen.

„Willste etwa damit sagen, daß Lou unglücklich ist?"

„Klar ist sie glücklich!" konterte Onkel Charlie. „Dazu hat sie viel zuviel Nächstenliebe. Sie glaubt doch, daß sie alle Welt traurig macht, wenn sie selbst unglücklich ist. Und das will sie ja wahrhaftig nicht."

Opa seufzte vernehmlich. Er stand auf und machte sich an der Kaffeekanne zu schaffen. Jetzt wußte ich, wie verstört er tatsächlich war. Opa trank nämlich nie im Leben mehr als eine Tasse Kaffee vor dem Schlafengehen, aber jetzt hörte ich ihn die beiden Tassen wieder eingießen.

„Hast recht", sagte er schließlich. „Ist kein einfaches Leben für Lou."

„Und eines Tages führt sie dann jemand anders den Haushalt anstatt uns." Pause. „Und das könnte passieren, bevor wir's uns versehen."

„Was, Lou? Die ist doch noch so jung!"

„Nix da, jung! Bald wird sie achtzehn. Ihre Mutter war mit achtzehn verheiratet, falls du dich erinnerst, und ihre Großmutter ebenso."

„Das ist mir nie aufgefallen, daß Lou schon ..."

„Anderen Leuten ist's aber aufgefallen, da kannste Gift drauf nehmen. Jedesmal, wenn wir in die Stadt fahren, egal, ob zum Einkaufen oder in die Kirche, gucken diese jungen Grünschnäbel hinter ihr her und versuchen, ihr 'n Lächeln zu entlocken. Eines Tages wird sie's selbst merken."

Opa rutschte auf seinem Stuhl rum.

„Hübsch genug ist sie ja."

„Klar ist sie hübsch, mit ihren großen blauen Augen und diesem Lächeln. Du, wenn ich jung wär', ich würde auch hinter ihr hergucken!"

Onkel Charlie hatte kaum ausgeredet, da landete Opas Faust mit einem Knall auf der Tischplatte.

„Mensch, Charlie, wir haben geschlafen! Lou ist tatsächlich alt genug zum Heiraten, und wir haben nichts unternommen."

„Was meinste mit ‚unternehmen'?"

„Du hast doch gerade selbst gesagt, daß es früher oder später soweit sein würde, und vielleicht schon bald. Wir müssen uns schleunigst nach was Passendem für sie umgucken. Schließlich gebe ich meine Lou nicht jedem hergelaufenen Kerl zur Frau."

„Haste denn kein Vertrauen zu Lou?"

„Charlie, du weißt doch so gut wie ich, daß Lou nicht mal 'nem Stinktier was Böses nachsagen würde. Stell dir vor, der Falsche steht plötzlich vor der Tür und will sie heimführen. Woher soll 'n junges, unerfahrenes Ding wie Lou wissen, was wirklich hinter dem Kerl steckt? Du und ich, Charlie, wir kennen 'n bißchen mehr von der Welt. Wir wissen schon eher, welche Sorte Mann richtig für Lou ist. Wir müssen halt zusehen, daß ihr der Richtige über den Weg läuft."

„Und wie willste das anstellen, bitteschön?"

„Weiß noch nicht genau; das muß ich mir erst noch überlegen. Hol mir mal 'n Stück Papier und 'nen Bleistift, Charlie."

„Wofür?"

„Wir müssen unseren Grips mal 'n bißchen anstrengen und 'ne Liste machen. Ich will nämlich keine bösen Überraschungen erleben."

Onkel Charlie brummte zwar etwas in sich rein, aber ich hörte, wie er aufstand, 'n altes Kalenderblatt von unserem Küchenkalender abriß und sich wieder an den Tisch setzte.

„Laß uns mal systematisch vorgehen", sagte Opa. „Erst südlich, dann westlich, dann nach Norden und zum Schluß östlich einschließlich der Stadt. Also erst mal Wilkins: hat keine erwachsenen Söhne. Die Petersons: alles Mädchen. Turleys: der Älteste dürfte bald zwanzig sein, aber der ist so schüchtern."

„Faul dazu. Der rührt doch keine Hand, wenn's nicht sein muß."

„Den schreib mal gleich unter ‚abgelehnt'."

Der Bleistift kratzte auf dem Papier, und ich konnte mir lebhaft vorstellen, wie Jake Turleys Name auf der Rückseite des Kalenderblatts unter „abgelehnt" verzeichnet wurde.

„Crawford: der hat zwei Söhne, Jim und Sandy."

„Jim hat schon 'n Mädchen."

Der Bleistift kratzte wieder. Also auch dieser Kandidat war erledigt.

„Sandy?“

„Der ist so dumm wie Bohnenstroh.“

„Schreib den auch auf die Rückseite.“

„Haydon?“

„Die haben William.“

„Was hältste von dem?“

„Fleißig.“

„Sieht aber nicht besonders aus.“

„Darauf kommt's ja nicht nur an!“

„Hoffentlich weiß Lou das auch!“

„Es ginge ja noch, wenn er nur nicht so schiefe Zähne hätte!“

„Lou hat so schöne, gerade.“

„Die Kinder werden sicher die Zähne vom Vater erben.“

Wieder Bleistiftkratzen. Es war nicht schwer zu erraten, auf welcher Seite Williams Name zu finden war. Jetzt hatte ich aber genug gehört. Als ich gerade meine schmerzenden Knochen von der Treppenstufe hievte und mich zum Gehen wenden wollte, hörte ich Onkel Charlie sagen: „Wir sind immer noch nicht weiter mit Pa gekommen.“

„Das erledigt sich von selbst“, meinte Opa. „Es braucht sowieso seine Zeit, bis er hier ist, und bis dahin ist Lou längst verheiratet und weg von hier, und dann braucht sie keine drei alten Männer zu versorgen. Wir werden schon irgendwie ohne sie fertig. Haben wir früher doch auch gemacht.“

Onkel Charlie murmelte: „Hm. Ja.“ Dann kam die nächste Nachbarsfarm an die Reihe, und ich schlich endgültig wieder nach oben in mein Bett.

Ein miserables Gefühl machte sich in meiner Magengegend breit. Zugegeben, wir waren eine ungewöhnliche Familie, aber wir gehörten zusammen, und wir paßten auch zusammen. Aber ich war bisher so dumm gewesen zu glauben, daß das auch immer so bleiben würde! Und jetzt sollte sich plötzlich, ohne jede Vorwarnung, alles ändern. Ich sollte so einfach meine Tante Lou für einen alten, klapprigen Urgroßvater hergeben, den ich obendrein noch nie gesehen hatte. Das war kein sonderlich gutes Geschäft, schien mir.

Ich war fast an meinem Zimmer angelangt, aber dann überlegte ich's mir anders. Ich mußte einfach mal zu dem Zimmer am Ende des Flures gehen, wo Tante Lou schlief. An der angelehnten Tür blieb ich stehen. Von innen konnte ich ihr weiches Atmen hören. Ich schob die Tür vorsichtig auf und trat lautlos ein. Durchs Fenster fiel gerade genug Mondlicht, daß ich Tante Lous Gesicht klar erkennen konnte. Sie war wirklich hübsch! Ich hatte noch nie bewußt darüber nachgedacht. Für mich war sie halt immer einfach Tante Lou gewesen. Sie war immer für mich da gewesen. Ich hatte mich nie fragen müssen, wieviel sie mir eigentlich bedeutete. Jetzt, wo ich sie bald verlieren könnte, wurde mir plötzlich klar, daß sie mir *alles* bedeutete: die Mutter, die ich nie gekannt hatte, die große Schwester, die Spielgefährtin, meine beste Freundin. Das alles und noch viel mehr hatte ich an meiner Tante Lou mit ihren ganzen hundertsechzig Zentimetern.

Ich schluckte den Kloß in meinem Hals runter, aber ich konnte es nicht verhindern, daß mir die Tränen nur so liefen. Ärgerlich wischte ich sie weg.

Da schlief sie so friedlich, während unten zwei Männer dabei waren, darüber zu entscheiden, mit wem sie den Rest ihres Lebens verbringen sollte. Und Tante Lou war so arglos, daß es ihnen wahrscheinlich sogar gelingen würde. Es sei denn ...

Auf Zehenspitzen ging ich rückwärts zur Tür raus und schlich mich zu meinem Zimmer zurück. Um die quietschende Stelle im Fußboden machte ich dabei tunlichst einen Bogen. Von unten waren immer noch Stimmen zu hören. Ich machte meine Tür zu und kletterte unter die

Bettdecke. Auf einmal spürte ich, wie müde ich war. Ich zog mir die Decke ans Kinn. Irgendwo mußte es doch 'ne Lösung geben. Irgendwo! Es würde nicht einfach sein. Ich würde schwer nachdenken müssen, aber wenn ich mich nur genug anstrengte, würde mir sicher was einfallen.

Vor Müdigkeit verschwammen mir die Gedanken. Morgen würde ich mir alles überlegen. Plötzlich hatte ich 'ne Idee: Beten! Ich hatte mein Abendgebet, das ich von Tante Lou gelernt hatte, schon gesagt, aber dieses hier war 'n Sonderfall. Ich weiß nicht mehr genau, was ich mit meinem müden Kopf gebetet habe, aber ich glaube, es klang ungefähr so:

„Lieber Gott, du weißt doch, was die da unten mit Tante Lou vorhaben. Ich will sie aber nicht verlieren. Du hast mir schon meine Mama weggenommen und meinen Papa auch. Du hast mir nicht mal Erinnerungen gelassen. Jetzt hilf mir wenigstens, die Sache mit Tante Lou abzubiegen. Und was Urgroßvater angeht, vielleicht kannst du dem 'ne neue Frau geben, auch wenn er schon so alt ist, damit er nicht mehr zu uns kommen braucht. Oder vielleicht kannst du ihn im Zug nach hier sterben lassen oder so. Tu dein Bestes, lieber Gott! Du schuldest mir nämlich 'nen Gefallen, nach all dem, was du mir weggenommen hast! Amen."

Jetzt hatte ich alles getan, was ich im Moment tun konnte, und so stieg ich in mein Bett zurück. Ich wußte zwar nicht, ob Gott mir überhaupt zugehört hatte, aber versucht hatte ich's jedenfalls. Morgen würde ich mir 'nen Schlachtplan ausdenken für den Fall, daß Gott nicht vorhatte, was zu unternehmen.

Von unten drangen die gedämpften Stimmen der beiden Männer rauf. Sie waren immer noch mit ihrer Liste beschäftigt. Ich fragte mich, ob sie wohl überhaupt schon jemanden auf der Vorderseite des Kalenderblatts aufgeschrieben hatten. Dann drehte ich mich zur Wand und schlief ein.

## Tante Lou

Das war gestern gewesen. Als ich jetzt auf meinem Baumstamm saß, kam mir alles so weit weg und unwirklich vor, und doch zugleich furchtbar beängstigend. Ich mußte einfach eine Lösung finden!

Wie schon so oft wünschte ich mir auch jetzt, ich hätte 'nen Hund. Das würde die Sache erträglicher machen. Aber ich hatte nun mal keinen Hund; also würde ich mich ganz allein durchschlagen müssen.

Sonst ging ich mit meinen Sorgen immer zu Tante Lou, aber diese Angelegenheit konnte ich wohl kaum mit ihr besprechen. Einerseits brannte es mir unter den Fingernägeln, ihr alles zu erzählen, damit sie gewarnt war und Bescheid wußte, aber auf der anderen Seite hätte ich mein Leben dafür gegeben, sie vor der grausamen Wahrheit zu beschützen, so daß sie von dem Komplott gegen sie erst gar nicht erfuhr.

Vielleicht sollte ich erst mal 'n bißchen von Tante Lou erzählen und erklären, wie's kommt, daß sie bloß fünf Jahre älter ist als ich. Also, vor vielen, vielen Jahen lernte Opa meine Oma kennen und verliebte sich auf der Stelle in diese kleine Frau voller gebündelter Energie. Sie heirateten und zogen auf 'ne Farm. Im Jahr darauf bekamen sie einen kleinen Jungen, von dem jeder sagte, er sei beide Eltern in einer Person. Er war kräftig wie Opa gebaut und hatte dessen Haarfarbe geerbt, aber die Gesichtszüge und Gemütsart hatte er von Oma.

Als mein Papa, den sie übrigens Chadwick genannt hatten, drei Jahre alt war, wurde Oma furchtbar krank. Ich weiß nicht, wie die Krankheit geheißen hat, aber sie war sehr, sehr krank, und das Baby, das sie erwartete, starb zwei Tage nach der Geburt. Opa und der Doktor hatten alle Hände voll damit zu tun, Oma durchzubringen, so daß sie dem toten Baby erst nachtrauern konnten, als Oma sich soweit wieder erholt hatte, daß sie nach ihrem kleinen Mädchen fragen konnte. Sie hatte sich so sehr 'n kleines Mädchen gewünscht, daß sie eimerweise Tränen vergoß über die Kleine. Tagelang weinte sie ihr nach. Der Doktor befürchtete schon, daß sie sich buchstäblich zu Tode grämen würde, und er nahm sich Opa zur Seite, um ein Gespräch von Mann zu Mann mit ihm zu führen.

Am nächsten Tag steckte Opa meinen Papa in die Badewanne, kämmte ihm die Haare und zog ihm seinen besten Anzug an. Dann hob er ihn auf die Arme und trug ihn an Omas Bett. Opa hat mir nie gesagt, welche Worte zwischen ihnen beiden geredet wurden, als er da mit dem kleinen Jungen an ihrem Bett stand, aber Oma begriff und fing sich wieder und faßte den Entschluß, wieder gesund zu werden.

Es war 'n langer Kampf, aber sie schaffte es. Viele Leute meinten, das hätte sie einzig und allein ihrer Willenskraft zu verdanken gehabt. Sie wurde allerdings nie wieder zu dem Energiebündel, das Opa einst geheiratet hatte. Doch der nahm sie, wie sie war, und brachte sie nach und nach durch seine Liebe dazu, daß sie sich selbst auch mit ihrer geschwächten Gesundheit abfinden konnte. Wohl oder übel legte sie täglich 'ne Ruhepause ein, so schwer's ihr auch fiel.

Die Jahre vergingen wie im Fluge. Mein Papa wuchs zu einem schlacksigen jungen Mann heran. Und obwohl er Omas ganzer Stolz war, hatte sie tief in ihrem Herzen immer noch den Wunsch nach einem kleinem Mädchen. Sie sagte: „Wenn der Herrgott's nur erlaubt, wie gerne hätte ich noch eine Tochter!“ Mein Papa war zwanzig, als seine kleine Schwester ankam. Oma war außer sich vor Freude. Sie nannte das kleine Geschöpfchen Louisa Jennifer, Jennifer nach ihrem eigenen Namen.

Obwohl Omas Gebete erhört worden waren und ihr schönster Traum in Erfüllung gegangen war, kam sie nie wieder ganz zu Kräften. Sie verbrachte Wochen im Bett und konnte immer nur für kurze Zeit aufstehen. Sie überschüttete meine Tante Lou nur so mit ihrer Liebe. Opa hat oft gesagt, daß Tante Lou einfach so 'n herzensguter Mensch werden mußte bei all der Liebe, die ihr entgegengebracht wurde.

Als Lou erst zwei Jahre alt war, ging's mit Oma zunehmend bergab. Chad – mein Papa – hatte gerade 'n junges Mädchen namens Agathe Creycroft – meine Mama – geheiratet und sich auf 'ner Farm niedergelassen. Kurz darauf war auch Onkel Charlie nachgekommen, und seitdem ist er immer bei uns gewesen.

Im nächsten Winter starb Oma dann, und die beiden Männer, ein Vater, der nicht mehr der Jüngste war, und ein unverheirateter Onkel, hatten nun ein kleines Mädchen von nicht mal drei Jahren aufzuziehen.

Sie war ein helles Köpfchen und steckte voller Lachen und Fröhlichkeit. Opa hat oft gesagt, daß Gott schon genau gewußt hat, weshalb er Omas Gebete erhört hat. Lou war der Sonnenschein ihrer Eltern gewesen. Alles drehte sich um sie. Ein Wunder, daß sie bei all dem Wirbel, der um sie gemacht wurde, nicht vollkommen verwöhnt und verdorben wurde. Statt dessen war sie immer bereit, andere zu achten und zu lieben.

Dann kam ich zur Welt. Unsere Farm war nur sechs Kilometer von Opas Farm entfernt. Ich hatte gerade gelernt zu lachen und „dadada“ zu sagen, als meine Eltern bei einem Unfall auf der Farm ums Leben kamen. Damit hatten die beiden Männer wieder ein Kleinkind zu versorgen, nur hatten sie diesmal eine Hilfe. Lou mit ihren fünf Jahren nahm sich von Anfang an meiner an. Sie ist auch der erste Mensch, an den ich mich bewußt erinnern kann: ein kleines Elfengesicht über meinem Bettchen, das mich beruhigte, wenn ich schrie. Wir wuchsen gemeinsam auf.

Sie war mir Mutter und Spielgefährtin zugleich. Eigentlich vermißte ich meine Eltern gar nicht; ich hatte sie ja kaum gekannt. Nur manchmal fragte ich mich, wie es wohl sein mochte, richtige Eltern zu haben.

Ich hatte eine recht fröhliche Kindheit. Solange Lou in der Schule war, blieb ich bei Opa und Onkel Charlie. Meistens konnte ich es kaum erwarten, bis sie zurückkam. Sie rannte den ganzen Weg von der Schule nach Hause, direkt in meine Arme. „Josch, mein Kleiner!" rief sie dann. „Mein Junge! Haste mich vermißt? Komm, wir gehen spielen!" Und während wir zusammen spielten, kochte Opa das Essen, und Onkel Charlie verrichtete die Arbeiten im Stall und in der Scheune.

Endlich kam der Tag, an dem ich meine Hand in Tante Lous schob, und auf ging's zur Schule mit unserem gemeinsamen Korb voller Pausenbrote. Das waren gute Jahre. Die beiden Männer zu Hause hatten eine Last weniger, und ich konnte immer in Tante Lous Nähe sein.

Opa hielt es streng mit den Manieren. Er bestand darauf, daß ich sie zu Hause mit „Tante Lou" anredete. In der Schule ließ ich allerdings die „Tante" weg, damit die anderen Kinder uns nicht auslachten.

Mit der Schule kam ich ganz gut zurecht. Wenn ich mal was Besonderes geleistet hatte, steckte meistens Lou dahinter. Die war nämlich unter den Besten ihrer Klasse.

Je größer wir wurden, desto mehr Aufgaben übertrug uns Opa. Lou machte den Haushalt, und ich half im Stall und in der Scheune. Jede freie Minute, die uns blieb, spielten wir zusammen. Lou brachte mich sogar dazu, mit ihr Blumen zu pflücken, wenn sie mir dafür den Eimer auf der Jagd nach Fröschen trug. Oft trug sie nicht nur den Eimer, sondern fing mehr Frösche als ich! Auch im Bäumeklettern konnte sie's mit jedem Jungen aufnehmen. Dazu stopfte sie sich den weiten Rock in die Kniebünde ihres Spitzenhöschens. Im Ballspielen und Steinchenzielen war sie auch ganz groß.

Auf dem Zaun vor der Schule konnte sie besser balancieren als jeder Junge. Wenn sie aber dann auf den Erdboden hüpfte, war sie wieder ganz „Mädchen“. Man hätte sie glatt für eine Prinzessin oder einen Engel halten können, so zart und duftig sah sie aus.

Lou war bald mit der Schule fertig, und ich mußte nun morgens allein losgehen. Sie blieb zu Hause, um den Haushalt zu führen und zwei erwachsenen Männern und einem ewig hungrigen Jungen das Essen zu kochen.

Jetzt war ich's, der nach der Schule nach Hause rannte, damit wir noch ein bißchen zusammen spielen konnten, bevor wir an die Arbeit mußten. Diese paar freien Minuten kosteten wir bis zum letzten aus. Wir liefen an den Bach und machten uns 'nen Spaß draus, die Bachstelzen anzupfeifen oder die Schildkröten zu erschrecken. Oder wir gingen an den Teich und ließen flache Steinchen auf der Wasseroberfläche tanzen. Oder wir hoben die Steine im Gras hoch, um zu sehen, wer von uns die meisten Krabbeltiere darunter finden konnte. Manchmal suchten wir Vogelnester und guckten ganz vorsichtig hinein. Dann wieder machten wir uns 'ne Rutschbahn auf dem Heuhaufen, was zwar unseren Hosenböden nicht allzugut bekam, aber ungeheuren Spaß machte. An Regentagen erzählten wir uns Geschichten, spielten mit Zinnsoldaten oder redeten einfach nur so miteinander.

Die ganzen Jahre über hatte ich mich nie gefragt, wer Tante Lou eigentlich war. Sie war einfach immer da; ich brauchte sie, und sie gehörte mir. Doch jetzt auf einmal mußte ich einsehen, daß sie fast erwachsen war, eine junge Dame, die eines Tages 'nen wildfremden Mann heiraten und von uns wegziehen würde. Oh, wie war ich wütend! Ich haßte diesen Mann jetzt schon, wer er auch immer sein würde. Ich haßte ihn! Irgendwie würde ich diese Katastrophe verhindern müssen. Ich wußte zwar noch nicht, wie, aber ich würde den Herren Heiratskandidaten schon den Garaus machen, einem nach dem anderen. Die standen nämlich samt und sonders auf meiner Liste unter „Abgelehnt“.

Ich grub meine Zehen tiefer in den Schlamm. Das Wasser gurgelte um meine Waden. Eine kleine Schildkröte steckte den Kopf naseweis aus dem Wasser. Ich stupste sie kurzerhand wieder hinunter. Der Schildkröte tat das nicht weh, aber ich fühlte mich schon besser. Ich war ja zum Platzen wütend gewesen!

Plötzlich hörte ich weiche Schritte auf dem Pfad hinter mir. Ich brauchte mich erst gar nicht umzudrehen, um zu wissen, daß es Tante Lou war. Es gab nur einen Menschen auf der Welt, der diesen leichten und doch festen Schritt hatte. Ich versuchte schnell, 'n möglichst nichtssagendes Gesicht aufzusetzen, damit sie mir keine Fragen stellte. Ich hörte, wie sie sich ihre Schuhe auszog und auf meinen Baumstamm zuging. Mit ihrer Hand stützte sie sich auf meine Schulter, als sie sich vorsichtig auf den Stamm neben mich setzte und die Füße ins Wasser gleiten ließ.

Schweigend saßen wir so da und ließen die Füße im Wasser baumeln. Sie hielt ihre Rocksäume fest, damit sie nicht naß wurden. Anscheinend richtete sie sich auf eine gemütliche Plauderstunde ein.

„Haste Hunger?“

Plötzlich spürte ich's. Ja, wahrhaftig, ich hatte einen Bärenhunger! Ich guckte zum Himmel hinauf und konnte kaum glauben, wie weit die Sonne schon gewandert war. Ich mußte das Mittagessen total verschwitzt haben! Tante Lou hatte bestimmt schon stundenlang auf mich gewartet. Ich suchte nach 'ner wortreichen Entschuldigung, aber meine liebe Tante kam mir zuvor.

„Hab' uns was zu essen mitgebracht.“

Sie hielt unseren alten Pausenkorb auf dem Schoß.

„Pa und Onkel Charlie sind in die Stadt gefahren. Sie wollten Großvater sobald wie möglich erreichen. Sie wollen ihn mit dem Telefon anrufen. Ist das nicht komisch, daß man ins Telefon sprechen kann, und am anderen

Ende ist jemand, der ganz weit weg ist? – Wenn sie ihn nicht erreichen, schicken sie ihm 'n Telegramm."

Tante Lou hielt mir den Korb mit den Butterbroten hin.

„Mensch Meier! Hab' gar nicht gemerkt, wie hungrig ich bin!" sagte ich, das Thema Urgroßvater sorgsam umgehend. „Gut, daß du gekommen bist, sonst wär' ich noch verhungert und mausetot in den Bach gefallen."

Tante Lou wollte sich schier ausschütten vor Lachen.

„Da bin ich aber froh, daß ich den Fischen und Schildkröten das Leben gerettet habe!"

Wir aßen schweigend. Dann griff Lou das Gespräch wieder auf.

„Wußtest du, daß Pa Großvater einladen will, zu uns zu kommen, jetzt, wo Großmutter tot ist?"

Ich nickte und hoffte im stillen, daß sie mich bloß nicht fragen würde, woher ich das wußte. Schweigen.

„Was hältst denn du davon?" fragte ich schließlich.

„Wovon? Daß Großvater kommen soll?"

„Hm."

Ich nahm mir noch ein Butterbrot.

„Ich hoffe, er kommt wirklich. Und du?"

Ich zuckte die Achseln.

„Weiß nicht. Ist mir gleich. Du mußt schließlich für ihn waschen und kochen und ihn versorgen, wenn er selbst zu alt dazu ist."

„Der wird sich schon selbst versorgen können."

Ich sah ihr mühsam beherrscht in die Augen. „Das ist doch 'n alter Mann, Lou – 'n Tattergreis! Er ist mein Urgroßvater! Er könnte genausogut dein Urgroßvater sein, so alt ist er! Vielleicht ist er ja total klapprig oder halb blind oder hat die Gicht in den Knochen, wer weiß!"

Lous Antwort war typisch Lou.

„Dann braucht er uns um so mehr."

Ich wandte mich wieder dem Bach zu und schwang meine Beine heftiger im Wasser. Lou sah es nicht ein. Sie wollte es nicht einsehen. Sie würde in ihrer Ahnungslosigkeit glatt zulassen, daß er kam, und das Ende vom Lied würde dann sein, daß ihr die Pflege des alten Mannes zuviel werden würde und sie den nächstbesten Kandidaten heiratete, bloß um die schwere Last abschütteln und von der Farm wegkommen zu können.

Ich strampelte mit den Beinen, so fest ich konnte.

„Deine Hosenbeine sind ja ganz naß, mein Junge!“ Das sagte sie leise und ohne jeden Vorwurf in der Stimme, aber ich wußte genau, was sie meinte: Was war nur mit dir los, daß du so achtlos warst?

„Oh!“ sagte ich schuldbewußt und rutschte ’n Stück höher auf den Baumstamm, so daß meine Hosenbeine in sicherem Abstand zum Wasser waren.

Sie ging nicht weiter drauf ein, sondern reichte mir ein paar Plätzchen und einen Apfel.

„Machste dir Sorgen, Josch?“

„Sorgen?“

„Ja, daß Großvater nicht zu uns passen würde oder uns nicht mag oder so?“

Ob Urgroßvater uns leiden mochte oder nicht, das war noch meine geringste Sorge, aber ich verkniff mir die Bemerkung und zuckte nur die Achseln.

Tante Lou biß in ihren Apfel.

„Du, da brauchste dir aber keine Sorgen zu machen. Pa hat mir von ihm erzählt. Wir werden bestimmt prima mit ihm auskommen.“

„Vielleicht“, sagte ich ausweichend.

Lou klappte den Brotkorb wieder zu.

„So, jetzt muß ich aber ins Haus zurück. Da wartet nämlich ungewaschene Wäsche auf mich. Socken. Pfui, Sockenwäsche kann ich nicht ausstehen!“

Sie schnitt eine Grimasse und mußte anschließend über sich selbst lachen.

„Pah!“ dachte ich, „du kannst Sockenwäsche nicht ausstehen, und bald halste dir noch ’ne Ladung mehr davon auf!“ Aber wieder verkniff ich mir zu sagen, was ich dachte.

„Pa hat gesagt, du sollst heute nachmittag ’ne Reihe Kartoffeln oder zwei jäten.“

Ich stand von meinem Baumstamm auf. Wenn ich mit den Kartoffeln rechtzeitig fertig werden wollte, dann gab’s keine Zeit zu vertrödeln. Lou zog ihre Schuhe an, und wir gingen zusammen zum Haus zurück. Ihre Schuhe und meine nackten Füße hinterließen auf dem trockenen, staubigen Pfad ihre Abdrücke nebeneinander. Sie summte ein Liedchen vor sich hin und schwang den Brotkorb dazu im Takt.

„Lou?“

„Ja?“

Ich zögerte. „Ach, nichts“, sagte ich schließlich.

Sie guckte mich mit ihren großen blauen Augen ernst an.

„Sag’s schon, Josch. Wenn du was auf dem Herzen hast, nur heraus mit der Sprache!“

„Willste bald heiraten?“

Sie blieb wie angewurzelt stehen und sah mich an, als ob ich den Verstand verloren hätte.

„Ich?“

„Ja.“

„Wie kommst du denn auf die Idee? Ich ... ich .. ich hab’ ja nicht mal ’nen Verehrer.“ Sie wurde ein bißchen rot.

„Ich meine ja nicht gleich morgen. Ich meine, irgendwann?“

„Irgendwann?“ Sie dachte nach und lachte dann leise. „O Josch, du bist mir einer!“ Sie fuhr mir durch die Haare. „Ja, vielleicht. Vielleicht heirate ich mal – eines Tages.“

Mir wurde angst und bange. Die Idee schien ihr zu gefallen, dem Leuchten in ihren Augen nach zu urteilen. Sie ging weiter.

„Eines Tages vielleicht, aber bis dahin fließt noch viel Wasser den Bach runter."

Ich atmete auf.

„Wirklich?"

„Ja, sicher. Ich hab' mir ja noch nicht mal ernsthaft Gedanken darüber gemacht. Und so eilig hab' ich's auch nicht, noch 'nen Mann samt Haushalt versorgen zu müssen."

„Aber Urgroßvater, den willste versorgen?„

„Das ist was anderes", antwortete sie. Es klang beinahe überzeugend. „Großvater gehört zu uns, und er kommt ja in denselben Haushalt. Das bißchen Arbeit mehr macht kaum was aus."

Ich wollte ihr so gern glauben. Aus ganzem Herzen wollte ich ihr glauben. Wenn es so war, wie sie sagte, und Urgroßvater ohne große Umstände bei uns wohnen konnte, dann würden Opa und Onkel Charlie vielleicht schnell begreifen, daß sie Tante Lou am Ende gar nicht so schnell unter die Haube bringen mußten. Ich war zwar immer noch nicht begeistert von dem Gedanken, daß ein steinalter Mann zu uns kommen sollte, aber wenigstens war ich jetzt ein bißchen beruhigt.

## Ein neues Gebet

Nach meinem Gespräch mit Tante Lou sah die Welt schon ein bißchen besser aus. Voller Eifer widmete ich mich den Kartoffelreihen. Als ich das Gespann mit Opa und Onkel Charlie in den Hof rattern hörte, war ich schon bei der vierten Reihe angekommen. Onkel Charlie führte die Pferde in den Stall, und Opa kam zu mir in den Garten. Befriedigt betrachtete er die Arbeit, die ich geleistet hatte, und ich war ziemlich stolz.

„So, mein Junge, jetzt haste aber lange genug in der heißen Sonne gearbeitet! Laß den Rest für morgen liegen. Wollen doch mal sehen, ob deine Tante Lou was Kaltes zum Durstlöschen für uns hat."

Onkel Charlie kam aus dem Stall und ging mit uns in Richtung Haus. Obwohl's mir unter den Nägeln brannte, die bewußte Frage zu stellen, hielt ich an mich. Opa würde mir schon zur rechten Zeit alles erzählen.

Tante Lou hatte kalte Milch und haufenweise Plätzchen auf den Tisch gestellt. Nachdem wir drei Männer uns die Hände gründlich gewaschen hatten, setzten wir uns.

Ich konnte es Tante Lou an der Nasenspitze ansehen, daß sie nicht lange auf das warten würde, was sie von Opa wissen wollte. Wenn er nicht bald mit der Sprache rausrückte, dann würde sie ihn einfach ausfragen.

Opa nahm einen tiefen Zug von seiner Milch. Tante Lou ließ ihm 'ne knappe Atempause.

„Habt ihr ihn erreicht?"

Tante Lou schlich nie wie die Katze um den heißen Brei. Das war weder ihre noch Opas Art.

„Ja, haben wir. Mußten aber zweimal anrufen. Das ist vielleicht 'n Ding, das Telefon! Konnte meinen Ohren kaum trauen. Ich hab' tatsächlich mit meinem Vater gesprochen, obwohl der doch Hunderte von Kilometern weit weg wohnt. Wenn das jemand noch vor 'n paar Jahren erzählt hätte, der wär' ganz schön ausgelacht worden!"

„Oder eingesperrt", meinte Onkel Charlie.

„Warum habt ihr denn zweimal anrufen müssen?" fragte Tante Lou.

„Beim ersten Mal war er nicht da."

Jetzt war Tante Lou gespannt wie 'n Flitzebogen.

„Aber du hast doch mit ihm gesprochen, oder nicht?" drang sie.

„Ja, haben wir, alle beide. Er war wie vom Donner gerührt. Er sagte, wie er so mit uns sprach, er würde vor Einsamkeit am liebsten den nächsten Zug nach Westen nehmen."

Schweigen. Opa guckte auf sein Milchglas runter. Onkel Charlie drehte seins in seinen großen Händen hin und her.

„Und? Kommt er?"

Lou und ich hielten gespannt den Atem an. Opa sah auf.

„Ja, er kommt. Er vermißt Mutter ganz furchtbar. Er kommt! Es dauert zwar noch 'ne Weile, bis er alles geregelt hat, aber bis zur Ernte ist er hier."

„Ist er ... kann er noch ... wie klang ...?" Ich wußte nicht, wie ich mich ausdrücken sollte. Ich wollte wissen, ob Urgroßvater trotz seines Greisenalters noch einigermaßen beieinander war, aber ich wollte nicht, daß Opa und Onkel Charlie mich durchschauten. So geriet ich dermaßen ins Stottern, daß ich wünschte, ich hätte den Mund erst gar nicht aufgemacht. Onkel Charlie schien zu merken, wie ich mich abquälte.

„Machte 'n guten Eindruck. Seine Stimme hörte sich gesund und kräftig an. Sprach von seinem Garten!"

Onkel Charlie zwinkerte mit den Augen.

„Du, Josch, der kann bestimmt schneller jäten als du, und dabei warste doch schon so flink heute!“

Ich wand mich wie ein Wurm am Angelhaken. Aus lauter Verlegenheit nahm ich mir schnell noch ’n Plätzchen. Na, wenigstens hatte ich jetzt gehört, was ich wissen wollte. Ich meine, was die Gesundheit des alten Herrn betraf, nicht seine Eisenbahnreise. Darüber war mir immer noch reichlich mulmig zumute. Zum Glück war’s ja erst Hochsommer, und bis zur Ernte konnte sich noch manches ändern.

„Entschuldigt mich!“ sagte ich. „Ich geh’ wieder an die Kartoffeln und mach’ die eine Reihe noch fertig, bevor ich in der Scheune anfange.“

Ich konnte die drei Augenpaare geradezu auf meinem Rücken spüren. Die dachten sicher, ich hätte zuviel von der heißen Sonne abgekriegt. Ich hatte nämlich noch nie behauptet, daß Unkrautjäten zu meinen Lieblingsbeschäftigungen gehörte. Das war auch jetzt nicht anders, aber mir war keine andere Ausrede eingefallen, um mich aus dem Staub zu machen. Ich wußte genau, daß die drei anderen sich voller Vorfreude auf Urgroßvaters Ankunft unterhalten würden. Ich kam mir schon recht schäbig vor, daß ich ihre Begeisterung nicht teilte, aber das konnte ich beim besten Willen nicht ändern. Deshalb zog ich’s vor, draußen für mich allein zu sein, wo niemand mir folgen würde.

Auch die letzte Reihe Kartoffeln hatte ich in Rekordzeit gejätet. Bis zur Arbeit in der Scheune blieben mir noch ein paar Minuten. Ich beschloß, der Entenfamilie am Teich ’nen Besuch abzustatten.

Die Mutter hatte sieben Küken ausgebrütet, und die waren schon aus ihrem Babyflaum rausgewachsen. Jedesmal, wenn ich sie sah, waren sie wieder ’n Stück größer.

Sie schienen sich nie an meiner Anwesenheit zu stören. Ich saß an den großen alten Baum am Ufer angelehnt und sah ihrem munteren Treiben zu.

Irgendwie konnte ich ihren Spielchen heute wenig abgewinnen. Ich hatte zu viele andere Sorgen. Daß Urgroßvater nun also kommen sollte, schien Tante Lou nicht im geringsten zu beunruhigen. Ganz im Gegenteil. Es sah so aus, als freute sie sich sogar. Ich war mir nicht ganz sicher, ob ihre Freude echt war oder ob sie sich nur Opa und Onkel Charlie zuliebe freute. Wenn sie aber wirklich nichts dagegen hatte, daß sie bald noch eine Person mehr zu versorgen hatte, der dazu noch 'n alter Mann war, dann war ja eigentlich alles soweit in Butter. Ach, ich war gründlich durcheinander. Erst jetzt, wo ich Angst haben mußte, Tante Lou zu verlieren, ging mir auf, was ich an ihr hatte.

Auf dem Weg zu Scheune fiel mir mein Gebet von gestern abend wieder ein. Vielleicht hörte Gott ja doch zu, wenn 'n Zwölfjähriger betet. Wenn Gott mir zugehört hatte, dann hatte Er auch Sachen gehört, die Ihm nicht sonderlich gefielen. Ich spürte deutliche Gewissensbisse. Da gab es nur eins: Ich mußte mein Gebet rückgängig machen. Also ging ich seitwärts ins Gebüsch und kniete mich auf die Erde.

„Lieber Gott", betete ich, „vielen Dank, daß du dir mit meinem Gebet soviel Mühe gemacht hast. Kannst du wohl bitte einfach streichen, daß ich gesagt habe, er soll im Zug nach hier sterben? Von mir aus kann er jetzt ruhig kommen, wenn's sein muß.

Ach, und das mit der neuen Frau brauchst du jetzt auch nicht mehr machen. Er würde sie ja doch bloß mitbringen, und das wär' eine schöne Bescherung. Amen."

Jetzt ging's mir besser. Ich weiß nicht, ob ich mehr Angst vor Gott oder vor meiner Familie hatte. Wenn die bloß nie erführen, daß ich da beinahe Feuer vom Himmel auf jemanden gebracht hätte, den sie so liebhatten! Jedenfalls war ich jetzt mit Gott im reinen, und ich hatte eine Sorge weniger.

Ich marschierte weiter in Richtung Kornspeicher, um Futter für die Schweine zu holen. Dabei stellte ich mir vor, wie ich das so oft tat, daß ich einen Hund dabei hätte.

Heute war's ein kleiner Schwarzer mit 'nem weißen Fleck auf der Brust und langen Schlappohren. Er hatte gelocktes Fell und 'nen buschigen Schwanz. Ich nannte ihn Schatten, weil er mir auf Schritt und Tritt folgte. Ich mußte ihn kräftig ausschimpfen, als er die Schweine anbellte. Er zerrte derartig an meinem Hosenbein, daß ich beinahe der Länge nach hingeschlagen wäre. Nur mit Mühe und Not konnte ich ihn daran hindern, daß er in seiner Ausgelassenheit die ganze Hühnerschar aufscheuchte.

Opa hätte dem Spiel sicher mit gemischten Gefühlen zugesehen, aber auf diese Weise machte die Arbeit halt viel mehr Spaß. Wäre Schatten doch lebendig! Ich hatte ein paarmal versucht anzudeuten, daß wir eigentlich einen guten Hund auf der Farm gebrauchen könnten, aber Opa war nie darauf eingegangen. Er hatte ganz früher mal einen Hund gehabt, an dem er wohl sehr gehangen hatte. Der Hund war fünfzehn Jahre alt geworden, was für einen Hund 'ne ganze Menge ist. Als er dann starb, konnte Opa es nicht übers Herz bringen, einen neuen anzuschaffen. Nicht daß er Hunde nicht mochte, ganz im Gegenteil. Er wollte einfach keinen Ersatz für seinen treuen Kameraden suchen. Ich wollte Opa nicht traurig sehen; deshalb beließ ich's bei meinen vorsichtigen Anfragen. Aber toll wär's doch, wenn ich einen richtigen Hund hätte!

## Das Komplott geht weiter

Der Sommer verlief ohne weitere Zwischenfälle. Das Heu war gemacht, und die Ernte stand gut. Ich hatte meine Weltuntergangsstimmung abgeschüttelt und lebte in der kindlichen Gewißheit, daß das Leben ewig so friedlich weitergehen würde – bis Opa mit einem Schlag für ein unsanftes Erwachen sorgte.

Wenn ich nicht zufällig damals von der Treppe aus das bewußte Gespräch mit angehört hätte, hätte ich bestimmt jetzt hinter Opas Bemerkung nichts Böses vermutet.

Es war an einem glühendheißen Sonntagmittag. Der Gottesdienst war aus, und wir waren auf dem Nachhauseweg. Ohne den leichten Fahrtwind wäre die Hitze noch unerträglicher gewesen. Ich saß hinten auf dem Wagen und ließ meine Füße in der Luft baumeln. Meine Sonntagsschuhe hatte ich ausgezogen, sobald die Kirche in gebührender Entfernung hinter uns lag. Da hörte ich plötzlich, wie Opa ein Gespräch mit Tante Lou anfing.

Ich war ganz Ohr. Bis jetzt war ich mir recht sicher gewesen, daß Opa und Onkel Charlie diesen idiotischen Plan, Tante Lou verheiraten zu wollen, aufgegeben hatten. Was Opa jetzt sagte, bewies mir das Gegenteil. Ich spitzte die Ohren.

„Meinste nicht auch, wir sollten uns mal wieder Besuch zum Essen einladen, Lou? Wir haben lange keine Gäste mehr gehabt."

Opa wußte ganz genau, daß Tante Lou nichts gegen Besuch hatte. Das Essen, das sie auf den Tisch zauberte, konnte sich weit und breit sehen lassen. Meistens waren es Opa und Onkel Charlie, die sonntags lieber ihre Ruhe hatten.

Tante Lou schaute Opa freudestrahlend an. Sie hatte ja keine Ahnung!

„Au fein!“ sagte sie. „Das ist ’ne gute Idee. Haste an jemand Bestimmtes gedacht?“

‚Da kannste Gift drauf nehmen!‘ dachte ich im stillen. Jetzt war ich aber neugierig, welcher von den Kandidaten Opas und Onkel Charlies hohen Ansprüchen genügt hatte.

„Ja, ich dachte, vielleicht fangen wir mal mit den Rawleighs an. Nette Leute, die Rawleighs. Zu schade, daß man sich so selten sieht.“

Lous blaue Augen standen weit offen. Ich konnte ihre Gedanken förmlich wirbeln sehen.

Frau Rawleigh war nämlich Witwe, und eine recht ansehnliche dazu. Sie hatte nur einen einzigen Sohn, der so um die zwanzig sein mußte. Die beiden hatten ’ne stattliche Farm östlich von uns. Frau Rawleigh hatte früher viele Jahre lang Knechte eingestellt, aber inzwischen bewirtschaftete Jim die Farm allein.

Ich glaubte, Lous Gedanken lesen zu können. Sie dachte weniger an Jim als an die Witwe. Sie versuchte, sich nichts anmerken zu lassen, aber ihre Stimme zitterte doch ’n bißchen vor Aufregung.

„Klar, da haste recht. Was meinste denn, für wann wir sie einladen sollen?“

Opa war mit sich zufrieden. Sein Plan hatte sich gut angelassen.

„Na, ich dachte, nächsten Sonntag vielleicht, wenn’s dir recht ist.“

„Sicher, das geht in Ordnung.“

Ich spürte Angst und Zorn zugleich in mir aufsteigen, aber dann sah ich, wie Lou Opa verstohlen von der Seite anguckte. Ihre Augen waren ein einziges Fragezeichen, doch um ihren Mund spielte ’n verschmitztes Lächeln, als ob sie sagen wollte: „Du alter Fuchs, du! Und keinem haste was gesagt!“

Plötzlich hätte ich beinahe laut gelacht. Das könnte am Ende ein gewaltiger Spaß werden, wenn ich nur Jim von Opas hübschem Köder fernhalten konnte!

Ich war heilfroh, daß ich Tante Lous Gesichtsausdruck mitgekriegt hatte. Von selbst wär' ich bestimmt nicht auf die Idee gekommen, die sie dabei hatte. Vielleicht konnte ich diese Idee bis zum nächsten Sonntag ein bißchen weiterentwickeln.

Die ganze Woche über war Lou mit Putzen und Essensvorbereitungen beschäftigt. Mit dem Speiseplan für Sonntag hatte sie sich's mindestens viermal anders überlegt. Sie probierte sogar neue Kuchenrezepte aus, und ich hatte absolut nichts dagegen, ihr dabei als Versuchskaninchen zu dienen.

Ich nutzte jede Gelegenheit, die sich bot, um hintergründige Andeutungen fallenzulassen. Sie folgte mir nicht immer, und ich erntete manchen fragenden Blick. Na, ich ließ trotzdem nicht locker.

„Meinste nicht auch, daß Opa in letzter Zeit so glücklich aussieht? Er kommt mir so anders vor." Worauf Tante Lou antwortete, das wär' sicher seine Vorfreude auf Urgroßvater, der ja bald kommen sollte. Nach mehreren vergeblichen Anläufen beschloß ich, ein bißchen deutlicher zu werden.

„Wie lange ist Frau Rawleigh eigentlich schon Witwe?" fragt ich mit der Teigschüssel in den Händen. Tante Lou ließ mich immer den letzten Rest Teig ausschlecken.

„Och, elf Jahre oder so; genau weiß ich's nicht."

„Ist schon komisch."

„Was ist komisch? Daß jemand verwitwet ist?"

„Nee. Daß niemandem je aufgefallen ist, wie gut sie aussieht, und sie weggeheiratet hat."

„Soweit ich weiß, haben's schon 'n paar versucht, aber sie hat nicht gewollt."

„Ach ja? Wer denn?"

„Orvis Bixley zum Beispiel."

„Orvis Bixley? Kein Wunder, daß sie den nicht gewollt hat."

„Wieso? Orvis Bixley ist doch ganz in Ordnung."

„Der ist doch viel zu alt."

„Das kommt dir vielleicht so vor, aber in Wirklichkeit ist er bloß 'n paar Jahre älter als die Witwe Rawleigh."

„Sieht aber viel älter aus. Sie sieht so jung aus – und schön."

„Ja, das haste vorhin schon mal gesagt."

„Ach ja." Ich schleckte schweigend weiter. Dann stellte ich die Schüssel beiseite.

„Wer denn noch?" fragte ich.

„Was, wer denn noch?"

„Wer hat denn noch die Witwe Rawleigh heiraten wollen?"

Sie guckte mich forschend an. Ich wich ihrem Blick aus.

„Ich weiß nicht", sagte sie schließlich. „Einer von ihren Knechten, die sie damals hatte, glaube ich. Wie er geheißen hat, weiß ich aber nicht."

Ich war steckengeblieben. Wie sollte ich es jetzt anfangen, am unauffälligsten zur Sache zu kommen?

„Man kann's wirklich keinem verübeln, der sich in sie verguckt." Das „keinem" dehnte ich wie Kaugummi. Dann ging ich. Lous Blick konnte ich beinahe auf meinem Rücken spüren.

Später am Nachmittag setzte Tante Lou sich mit ihrem Stickzeug auf die Veranda. Ich wußte, daß ich mein Ziel noch nicht ganz erreicht hatte, obwohl ich ihr schon einiges zu denken gegeben hatte. Diesmal machte ich keine lange Umschweife.

„Glaubste, daß Opa gern wieder heiraten würde?"

Sie sah von ihrer Stickerei auf.

„Ich weiß nicht."

„Warum er wohl nie wieder geheiratet hat?"

„Hatte mit uns beide Hände voll zu tun, nehme ich an."

Aha! Auf diese Antwort hatte ich's abgesehen.

„Glaubste, wir waren vielleicht zu eigensüchtig?“

„Eigensüchtig? Wieso?“

„Na, wenn wir nicht gewesen wären, dann könnte er längst wieder glücklich verheiratet sein.“ Ich setzte alles daran, den Eindruck zu erwecken, daß Opa als unverheirateter Mann sterbensunglücklich sein mußte.

„Oh, dazu hat er noch viel Zeit“, sagte Tante Lou. „Pa ist noch nicht zu alt für viele glückliche Jahre mit 'ner neuen Frau – wenn er will.“

„Und wir würden ihm dann nicht mehr im Weg sein.“

„Wann waren wir ihm je ...“

„Ich meine, jetzt sind wir doch groß genug, du und ich. Wenn also Opa wieder heiraten wollte, könnten wir für uns selbst sorgen.“

„Worauf willste eigentlich hinaus?“ fragte Tante Lou und sah mich durchdringend an.

„Also“, sagte ich, und meine Worte klangen aufrichtig, selbst wenn mein Herz es nicht war, „also, ich hatte irgendwie das Gefühl, daß Opa seine höchstpersönlichen Gründe hatte, die Rawleighs für nächsten Sonntag einzuladen.“

So. Jetzt hatte ich die Katze aus dem Sack gelassen. Tante Lou nahm's genau so auf, wie ich gehofft hatte. Mit einem Anflug von einem Lächeln strich sie mir übers Haar.

„Du kleiner Schlauberger!“ sagte sie. „Dir entgeht aber auch gar nichts, was? Na, ich bin ja froh, daß du nicht böse bist. Vielleicht wird ja sowieso nichts draus.“ Sie dachte nach.

„Nun gut. Pa möchte also die Witwe Rawleigh näher kennenlernen. Ich kenne sie zwar nicht so gut, aber wenn Pa sie mag, dann hat er meine volle Unterstützung. Nett scheint sie ja zu sein. Wenn Pa sie mag, wenn er sie wirklich gern hat, dann halten wir den Mund, du und ich, ja? Wir wollen's ihm so leicht wie möglich machen. Ich bin froh, daß du's auch gemerkt hast. Da weiß ich wenigstens, daß ich auf dich zählen kann. Vor allem dürfen wir uns jetzt nichts anmerken lassen. Das würde die beiden nur irritieren und verlegen machen. Sie sollen sich in Ruhe kennenlernen. Wir verschwinden einfach, sobald wir können. Also denk dran: Solange Pa nichts von sich aus sagt, stellen wir uns dumm, ja?"

„Okay", stimmte ich zu.

„An der ganzen Sache stört mich bloß eins."

„Was denn?"

„Dieser Jim! Wenn ich schon dran denke, daß der mein Bruder werden könnte!" Tante Lou schüttelte sich und verzog das Gesicht. „Aber das bleibt unter uns, verstanden?"

Ich grinste. Mir sollte es recht sein. Sehr recht sogar.

„Ich mag Jim auch nicht besonders", sagte ich. „Aber wir wollen uns Mühe geben, daß es keiner merkt, ja?"

Ich nickte. Tante Lou mochte Jim ohnehin nicht leiden. Das war 'ne große Erleichterung!

Ich wollte gerade aufatmen, da durchfuhr's mich siedendheiß: Was, wenn Opa nun tatsächlich Gefallen an der Witwe Rawleigh finden sollte? Ich wollte Opa genausowenig verlieren wie Tante Lou. Ach, Quatsch! So blöd war er doch nicht! Aber vielleicht sollte ich ihn doch besser im Auge behalten. Ach was, ich hatte keine Zeit, mir darüber auch noch den Kopf zu zerbrechen.

Entschlossen griff ich nach dem Melkeimer und spitzte die Lippen zum Pfeifen. Mit einem fröhlichen Liedchen wollte ich mir 'n bißchen Mut machen, denn so ganz geheuer war mir bei der Sache doch nicht. Als ich nun so vor mich hin trällerte, wurde mir tatsächlich etwas leichter ums Herz.

## Besuch am Sonntag

Der Samstag brachte einen scharfen Wind, der die Wolken tief übers Land jagte. Ich sah Opa mehrere Male besorgt zum Fenster hinausgucken. Er schien regelrechte Angst um seinen sorgfältig ausgeklügelten Plan für morgen zu haben. Mehr als einmal sah ich ihn und Onkel Charlie mit gedämpfter Stimme in der Ecke konferieren. Ich tat so, als hätte ich nichts gemerkt, aber ich hätte für mein Leben gern Mäuschen gespielt und zugehört.

Lou war vollauf damit beschäftigt, das ganze Haus für morgen herzurichten. Sie hatte sogar überlegt, ob sie nicht das Wohnzimmer aufschließen sollte, aber Opa hatte gemeint, das wäre nicht nötig. Das Wohnzimmer war seit Omas Tod nicht mehr benutzt worden, und die Möbel waren mit alten Bettlaken abgedeckt. Als ich klein war, hatte ich Angst vor diesem Zimmer gehabt; es war mir so unheimlich. Da nahm Tante Lou mich eines Tages bei der Hand und zeigte mir, was da unter den Bettlaken war: nichts als Möbel! Es waren auch 'n paar richtig vornehme Stücke dabei und sogar ein Harmonium.

Opa hatte zuerst immer gesagt: „So feine Möbel sind nichts für Männer auf 'ner Farm." Später hieß es dann: „Lou hat genug Arbeit; da soll sie nicht auch noch Möbel polieren müssen." Der wahre Grund, weshalb das Wohnzimmer abgeschlossen blieb, hatte, glaube ich, mit Oma zu tun und damit, daß Opa sie so vermißte. Jedenfalls wurde das Wohnzimmer auch für diesen besonderen Anlaß nicht aufgemacht. Lou deckte den Tisch in unserer großen Küche. Opa sagte immer, Lou hielte die Küche so tipptopp in Ordnung, daß sie auch für die höchsten Gäste gut genug sei.

Am nächsten Morgen war Opa erleichtert zu sehen, daß die Wolken verschwunden waren und die Sonne zum Vorschein kam.

Ich hatte ihn lange nicht mehr in solch guter Laune erlebt. Tante Lou zwinkerte mir zu, als wir Opa beim Stiefelputzen und Hutbürsten zuschauten. Lou war restlos überzeugt, daß Opa sich für die Witwe Rawleigh so herausputzte. Ich wäre beinahe selbst ins Zweifeln gekommen, wenn ich nicht zufällig mitgekriegt hätte, wie Opa Onkel Charlie zugeflüstert hatte: „Also, denk dran: Heute sollen sie sich nur 'n bißchen miteinander anfreunden, weiter nichts." Und Onkel Charlie hatte grinsend genickt.

Die Fahrt zur Kirche verlief ohne Zwischenfälle. Sogar der Gottesdienst war heute gar nicht so übel. Die Lieder klangen besonders gut. Die Leute machten's wohl den Singvögeln nach: Sie sangen aus vollem Herzen, weil die Sonne wieder schien. Der alte Pastor White hielt eine Predigt, der auch Jungs in meinem Alter folgen konnten. Willie Corbin ließ sogar für 'ne Weile von seiner Buchstabenschnitzerei an der Bank vor ihm ab, um zuzuhören, und Jack Berry zog seine warzige Kröte bloß ein einziges Mal aus der Tasche hervor, um sie zu den Mädchen rüber zu schubsen.

Als die Leute sich nach dem Gottesdienst in Gruppen draußen im Sonnenschein zum Plaudern versammelt hatten, nahm Opa den Hut in die Hand und ging auf die Witwe Rawleigh zu, um mit ihr die Essenszeit abzuklären. Ich zählte mehrere Augenpaare, die plötzlich auf ihn geheftet waren. Frau Smith und Frau Miller standen in der Nähe und unterhielten sich. Frau Smith hielt mitten im Satz inne und zog die Brauen hoch. Frau Miller begriff sofort und zog ebenfalls ihre Brauen hoch. Die beiden dachten sicher dasselbe wie Tante Lou zuvor. Ich lachte in mich rein und gesellte mich zu den anderen Jungs.

In seiner Arglosigkeit plauderte Opa vergnügt mit der Witwe Rawleigh weiter. Diese ihrerseits war sichtlich erfreut und lächelte ihn vor allen Leuten kokett an. Opa schien immer noch nichts zu merken – aber andere Leute dafür um so mehr! Jetzt verabschiedete er sich und zog den Hut. Frau Rawleigh hob das Kinn in die Luft und zwitscherte eine Antwort. Als Opa gegangen war, schaute sie triumphierend in die Runde, um festzustellen, ob diese Szene auch gebührenden Eindruck bei den anderen Damen hinterlassen hatte. Sie war nicht enttäuscht.

Ich lief zum Wagen zurück und setzte mich auf meinen Platz. Dort löste ich mir schon mal die Schnürsenkel, damit ich schneller aus den Schuhen kam, sobald die Kirche außer Sichtweite lag.

Tante Lou hatte es heute eilig, nach Hause zu kommen, um die letzten Handgriffe in der Küche zu tun. Der Tisch war schon gedeckt, und ein bunter Blumenstrauß stand auf dem kleinen Tisch am Fenster. Das Essen hatte während unserer Abwesenheit auf der heißen Ofenplatte gegart. Alles war soweit unter Kontrolle und bereit für unsere Gäste. Opa trieb das Gespann zur Eile an. Ihm konnte es heute nicht schnell genug gehen.

Der Wagen war kaum zum Stehen gekommen, da sprang Tante Lou runter und war in Richtung Küche verschwunden. Opa deutete ihre Betriebsamkeit offensichtlich falsch. Ich sah, wie er Onkel Charlie in die Rippen stupste und hinter Tante Lou her nickte. Die beiden lachten sich ins Fäustchen wie zwei Schuljungen, die der Lehrerin 'ne Blindschleiche ins Pult gelegt hatten.

Die Rawleighs ließen nicht lange auf sich warten. Inzwischen hatte Tante Lou das Essen fertig. Als sie jetzt die Gäste begrüßte, sah sie so kühl und frisch aus, als hätte sie den Vormittag in 'ner luftigen Hängematte anstatt über dampfenden Kochtöpfen verbracht.

Opa hielt sich nicht lange bei der Vorrede auf. Er wollte gerade zur Platzverteilung schreiten, als Lou sich neben ihn stellte und die Plätze so anmutig und bestimmt verteilte, daß alle sich gern fügten. Sie setzte Opa an das

Kopfende und Frau Rawleigh zu seiner Rechten. Neben ihr saß Onkel Charlie. Jim saß links neben Opa und ich neben Jim. Lou selbst setzte sich gegenüber von Opa auf den Platz der Gastgeberin.

Wir falteten alle die Hände, und Opa sprach das Tischgebet. Außer fürs Essen dankte er Gott dabei für „die lieben Freunde, mit denen wir heute unser Mahl und unsere Gemeinschaft teilen dürfen.“ Die Witwe Rawleigh muß das außerordentlich galant gefunden haben. Sie warf ihm 'nen süßlichen Blick zu, als er den Kopf wieder hob.

Das Essen verlief recht vergnüglich. Das Tischgespräch wurde größtenteils von den Erwachsenen bestritten. Nur ab und zu sagte Jim auch was, aber das war meistens ziemlich belanglos. Ich gewann den Eindruck, daß dieser Bursche trotz seiner Aussicht darauf, eines Tages mal ein reicher Farmer zu sein, nicht der Hellste war. Die Witwe Rawleigh schien da ganz anderer Ansicht zu sein. Jedesmal, wenn Jim etwas gesagt hatte, strahlte sie ihn anerkennend an. Ich hatte langsam genug von diesem Kerl. Nie im Leben würde ich den zum Bruder haben wollen – ganz egal, was auch passieren mochte.

Nach dem Essen und all den Komplimenten darüber schlug Lou vor, wir sollten alle auf der Veranda hinter dem Haus eine Tasse Kaffee trinken. In der Küche, wo wir gesessen hatten, war es doch recht warm. Alle stimmten zu, und bald saß jedermann auf der Veranda und nippte am Kaffee – außer Onkel Charlie. Der schüttete seinen in großen Schlücken runter.

Ein lauer Wind raschelte durch die Büsche und Bäume. Er spielte auch mit Lous Haaren und ließ die losen Lokken um ihre rosigen Wangen tanzen. Ich fand, daß ihre Augen heute blauer leuchteten als sonst, vielleicht wegen ihres blauen Kleides. Ich hielt die Luft an und hoffte inständig, daß Jim sie nicht zu genau ansah. Man mußte schon Tomaten auf den Augen haben, um nicht zu merken, wie hübsch Tante Lou war. Ich wollte gerade irgendwas zu Jim sagen, um ihn abzulenken, da rettete Tante Lou selbst die Lage.

„Entschuldigt mich mal bitte 'nen Moment!“ sagte sie. „Ich geh' mal eben das Essen abräumen.“

Die Witwe wußte natürlich, daß es sich nicht schickte, einer anderen Frau beim Wegräumen der Essensreste zu helfen, und flötete Tante Lou deshalb zu: „Liebling, du rufst mich doch, wenn ich dir beim Abwaschen helfen kann, nicht wahr?“

Lou lächelte zurück und verschwand in der Küche. Ich folgte ihr. Sie warf einen Blick auf die Veranda.

„Josch“, sagte sie, „würdest du mir wohl einen ganz, ganz großen Gefallen tun? Könntest du Jim nicht irgendwie beschäftigen?“

Ich dachte fieberhaft nach. Zum Glück fiel mir endlich ein, daß er angeblich gern angelte.

„Er angelt wohl gern“, sagte ich. „Ich könnte ihn an den Bach mitnehmen.“

„Was, am Sonntag?“

„Nicht zum Angeln“, beeilte ich mich zu sagen, „nur zum Gucken. Wenn er gern angelt, dann muß er sich auch für den Bach interessieren.“

Tante Lou lächelte mich an und umarmte mich schnell.

„Tolle Idee!“ flüsterte sie.

Nur von Tante Lou ließ ich mich dazu breitschlagen, jemand anders an meinen Platz am Bach mitzunehmen, besonders, wenn dieser Jemand Jim Rawleigh hieß. Ich wollte mich gerade wieder auf die Veranda trollen, um ihn zu holen, da kam mir eine blendende Idee. Ich würde ihn einfach an eine Stelle bachaufwärts lotsen. Der Pfad dahin war nicht sonderlich gut ausgetreten, aber er würde mir schon folgen können. Ich selbst ging nicht oft an diese Stelle, weil der Bach hier breit und flach war. Fische gab's hier nicht. Das Ufer war mit Riedgras und Gestrüpp überwachsen; das ganze Gebiet war eine einzige Morastlandschaft.

Tante Lou schien meine Gedanken teilweise zu erraten und guckte mir ins Gesicht.

„Das macht dir doch nichts aus, oder?"

„Nee, gar nichts." Ich gab meiner Stimme einen leichtherzigen Ausdruck.

Diesmal stürmte ich beinahe auf die Veranda hinaus. Opa hörte sich gerade einen langen Monolog über die Probleme der Witwe mit ihren Knechten an und über die große Hilfe, die sie an Jim hatte.

Ich baute mich vor Jim auf. „Haste Lust, 'n bißchen spazierenzugehen?"

Er hievte sich aus seinem Stuhl, grinste, und wir zogen los. Wir gingen ums Haus. An der vorderen Veranda hielt ich an, als ob mir plötzlich was eingefallen wäre, und zog Schuhe und Strümpfe aus.

„Meine Sonntagsschuhe sind mir zu unbequem", erklärte ich ihm. Meine Hosenbeine krempelte ich mir auch noch schnell hoch.

Jim schaute meinen knabenhaften Bemühungen herablassend zu. In Wirklichkeit hatte ich nicht die Absicht, meine Sonntagsschuhe da zu ruinieren, wohin ich gleich mit ihm gehen würde.

„Du angelst gern, hab' ich gehört."

Er grinste, fing sich aber schnell wieder.

„Mama läßt mich sonntags nicht."

„Du, ich angle auch nie am Sonntag, aber ich dachte, du würdest dir gern den Bach mal ansehen für den Fall, daß du später mal zum Angeln kommen willst."

„Na gut." Jetzt grinste er wieder.

Wir machten uns auf den Weg an der hinteren Kuhweide vorbei. Ich warf verstohlen einen Blick zurück, um zu sehen, ob uns auch niemand bemerkt hatte. Die Witwe Rawleigh, Opa und Onkel Charlie saßen immer noch auf der Veranda. Ich konnte mir aus dem, was Tante Lou mir später erzählte, im Nachhinein lebhaft vorstellen, wie der Rest des Nachmittags verlaufen war: Onkel Charlie fühlte sich fehl am Platze bei all dem Geplauder. Als Lou ihm von der Küchentür her zuwinkte, nahm er diese Ausflucht nur zu gern wahr und kam zu ihr.

„Frau Rawleigh hatte sich erboten, mir beim Abwaschen zu helfen, aber sie unterhält sich gerade so gut mit Pa. Würdest du mir wohl beim Abtrocknen helfen?"

Lou zwinkerte ihm zu, als ob sie sagen wollte: „Ich weiß genau, was sich abspielt!" Onkel Charlie grinste zurück und nahm sich ein Geschirrtuch. Ehrlich gesagt, er zog es vor, Tante Lou in der Küche zu helfen, anstatt dem Geplauder auf der Veranda zuhören zu müssen.

Das Geschirr stand im Handumdrehen blitzblank wieder im Schrank. Onkel Charlie bewegte sich widerwillig auf die Tür zu. Das Wohnzimmer war ja abgesperrt; deshalb gab es nur einen Weg nach draußen, und zwar über die hintere Veranda. Onkel Charlie hatte also die Wahl: entweder allein im Haus bleiben oder an den beiden „Wachsoldaten" vorbei zur Verandatür rausgehen. Er zögerte einen Moment. Dann trat er auf die Veranda.

„Ach, du meine Güte!" rief die Witwe aus, die sich beim Anblick von Onkel Charlie plötzlich erinnerte. „Wo ist nur die Zeit geblieben? Louisa hat sicher alles zum Abwaschen bereit."

„Schon alles gemacht!" erklärte Onkel Charlie und erntete einen durchbohrenden Blick von Opa. Onkel Charlie ignorierte ihn. „Gerade fertig."

Onkel Charlie ging die Stufen zum Garten hinunter. Opa hielt ihn auf.

„Wo sind denn die jungen Leute?"

„Spazieren, denk' ich."

„Bestens!" freute sich Opa. Er malte sich im stillen aus, wie Jim und Lou Hand in Hand durch die kniehohe Wiese gingen, Lou mit 'ner Blume im Haar, die Jim ihr angesteckt hatte.

Ganz so war's allerdings nicht. Jim und ich kämpften uns durch Morast, Büsche und Sträucher vorwärts. Ich kam gut voran, weil ich barfuß war und meine Hosenbeine fein säuberlich bis über die Knie gekrempelt hatte. Jim hatte da mehr Schwierigkeiten. Seine Sonntagsschuhe waren mit Schlamm beschmiert, und obwohl er sich Mühe gegeben hatte, seine Hosenbeine vor dem dicksten Schlamm zu bewahren, hatten sie Spritzer und Flecken abgekriegt. Er pustete und schnaufte sich durchs Gestrüpp voran. Alle paar Minuten versicherte ich ihm, daß es gar nicht mehr weit zum Bach sein konnte, und daß er bestimmt hinter der nächsten Biegung lag.

Was Tante Lou betrifft, so hatte sie Onkel Charlie anvertraut, daß sie ein bißchen spazierengehen wollte. In dem Glauben, daß sie sich mit „jemandem" verabredet hatte, sagte er, milde lächelnd: „Gute Idee!" Nachdem das Geschirr also abgespült war, nahm sich Tante Lou ein Buch und machte sich daran, unbemerkt zu verschwinden, nur, daß sie darin etwas geschickter war als Onkel Charlie. Sie kletterte lautlos durch das Küchenfenster nach draußen und ging zum Teich, wo sie in Ruhe las, bis es Zeit zum Kuchenservieren war.

Onkel Charlie hielt es nicht lange auf der hinteren Veranda aus. Er murmelte etwas von Beinevertreten und Pferdeversorgen und verschwand aus dem Blickfeld. Opa war notgedrungen allein mit der Witwe. Ich glaube, der Tag ist ihm reichlich lang geworden. Er war noch nie gut im Plaudern gewesen, aber er war ein ganz passabler Zuhörer, und der Witwe schien das gar nicht so unrecht zu sein.

Als die Sonne im Westen stand, beschloß Tante Lou, daß es an der Zeit war, in die Küche zu gehen und das Kaffeewasser aufzusetzen. Sie benutzte denselben Weg wie zuvor: Sie raffte ihre Röcke und schwang sich durchs Küchenfenster.

Endlich stießen Jim und ich doch noch auf den Bach, falls man das flache Rinnsal hier so nennen kann. Sogar Jim mit seiner langen Leitung meinte, hier könnte es wohl kaum Fische geben. Ich tat überrascht und enttäuscht, bemühte mich allerdings dabei, ihm nicht geradewegs ins Gesicht zu lügen. Durch Sumpf und Morast machten wir uns auf den Rückweg. Jims beste Sonntagssachen sahen von Minute zu Minute schlimmer aus, und ich überlegte schon, ob ich's nicht doch 'n bißchen zu arg getrieben hatte.

Etwas verspätet kamen wir wieder zu Hause an. Kaffee und Erdbeertorte standen schon auf dem Tisch. Onkel Charlie hatte sich wieder zu den anderen auf der Veranda gesellt. Die Witwe redete immer noch unermüdlich. Inzwischen hatte sie allerdings ihren Jim vermißt.

Als er dann schließlich auftauchte, zog sie die Brauen derartig hoch, daß sie restlos unter ihren gekrausten Stirnlöckchen verschwanden.

Ich sah aus wie aus dem Ei gepellt. Ich hatte meine Hosenbeine sorgfältig wieder runtergerollt, die Querfalten so gut wie möglich glattgestrichen und die Zweigstückchen und Erdklumpen mit den Händen abgeklopft. Meine Füße hatte ich mir im Regenfaß gewaschen und sie im Gras abgetrocknet, bevor ich wieder in Strümpfe und Schuhe schlüpfte. Wie gesagt, ich sah tipptopp aus, was man allerdings von Jim nicht gerade behaupten konnte. Seine Schuhe und Strümpfe sahen aus wie nach 'ner Schlammschlacht. Den Hosenbeinen war's auch nicht viel besser ergangen. Er hatte Zweige und Spinnweben und dergleichen an seinem Anzug und in den Haaren.

Als die Witwe die Sprache wiedergefunden hatte, keuchte sie: „Wo seid ihr denn um Himmels willen gewesen?"

Ich überließ Jim die Antwort. Er grinste gezwungen. „Am Bach."

Jetzt sah ich Opas Augenbrauen in die Höhe schnellen. Der kannte den Bach nämlich wie seine Westentasche. Er konnte sich bestimmt an seinen fünf Fingern abzählen, wo wir gewesen waren. Er musterte Jim von oben bis unten, dann mich. Sein Blick verfinsterte sich. Sobald die Gäste weg waren, würde er mich verhören, was hier vorgegangen war, darauf konnte ich mich gefaßt machen.

Frau Rawleigh knöpfte sich ihren Jim vor. Ich fand, er sah aus wie ein etwas zu groß geratener Schuljunge, als sie ihn jetzt abbürstete, ausklopfte und schalt. Schließlich erklärte sie ihn für einigermaßen sauber genug, um sich an die Kaffeetafel zu setzen.

Sobald der Kaffee getrunken und die Torte gegessen war, ging Onkel Charlie mit Jim in den Stall, um das Gespann zu holen. Die Witwe wandte sich an Opa.

„Das war ein entzückender Nachmittag, Daniel."

Sie schien jede Silbe seines Namens bis in alle Ewigkeiten auszudehnen. „Wir sollten's nicht bei diesem Mal belassen!"

Opa fühlte sich sichtlich beklommen. Ich sah winzige Schweißperlen auf seiner Stirn. Dennoch blieb er der perfekte Gentleman und Gastgeber.

„Sehr nett, ja", lächelte er. „Das Vergnügen war ganz auf unserer Seite. Sehr nett."

Plötzlich schien ihm ein rettender Gedanke zu kommen.

„Nun ist ja bald Erntezeit. Da wird's wohl für 'ne Weile Arbeit heißen für uns anstatt Vergnügen."

Frau Rawleigh strahlte. Was für ein besonnener Mann, und so gewandt!

„Aber selbstverständlich, mein Lieber. Doch am Tag des Herrn muß man auch in der Erntezeit ruhen. Wir hoffen doch, daß Sie uns bald mit Ihrem Besuch beehren und zum Sonntagsschmaus zu uns kommen."

„Wie großzügig von Ihnen! Das wär' uns ein Vergnügen."

Opa wand sich innerlich. Inzwischen hatte selbst er gemerkt, daß die Witwe einem gewaltigen Irrtum aufgesessen war.

„Nächsten Sonntag?"

„Nächsten Sonntag.“ Opa rang sich ein gequältes Lächeln ab.

Die Witwe drehte sich um und nickte zum Abschied.

„Und nochmals herzlichen Dank für das köstliche Essen, mein Liebes!“ sagte sie zu Tante Lou. „Du machst deinem Vater wirklich alle Ehre!“ Sie warf Opa einen bewundernden Blick zu und lächelte ihn einladend an. Opa drehte an seinem Kragenknopf. Wahrscheinlich war ihm zum Ersticken zumute.

Endlich waren die Rawleighs wieder fort. Auf dem Weg zum Haus zurück knöpfte sich Opa kopfschüttelnd den engen Kragen auf. Irgendwas war hier schiefgelaufen. Na, vielleicht sollte er erst mal Lous Tagesbericht abwarten. Bestimmt hatte sie während des langen Nachmittags Gelegenheit gehabt, Jim ein bißchen näher kennenzulernen. Opa setzte sich an den Küchentisch und wischte sich mit dem Taschentuch über die Stirn.

„Nette Leute.“ Das galt Tante Lou. Onkel Charlie und ich wußten das genau, obwohl wir ja auch dabeisaßen.

„Hm. Ja.“

„Hab’ mich gut mit Frau Rawleigh unterhalten.“

„Das haben wir gemerkt“, sagte Lou mit blitzenden Augen, und Opas Gesicht rötete sich. Er versuchte, darüber hinwegzugehen, und redete weiter.

„Haste dich gut mit Jim amüsiert?“

„Ja, ausreichend.“

„Wann?“

„Bei Tisch.“

Opa hatte genau beobachtet, wie intensiv Lou sich bei Tisch mit Jim unterhalten hatte. Ich glaube, das Gespräch hatte sich allerhöchstens auf „Die Butter, bitte!“ erstreckt. Er starrte Lou an. Ruhig erwiderte sie seinen Blick. Dann stand sie auf, stellte sich hinter seinen Stuhl und umschlang seinen Hals kleinmädchenhaft.

„Oh, Pa!“ sagte sie und schmiegte sich an ihn. „Da brauchste dir keine Sorgen machen, ehrlich nicht! Ich kann Jim Rawleigh nun mal nicht ausstehen, aber das soll kein Hinderungsgrund sein. Wenn du Frau Rawleigh, also, wenn du sie wirklich magst, dann will ich mich nicht dagegenstellen. Ehrenwort. Ich werde mein Bestes tun und ..."

Opa fuhr auf und starrte sie an, als hätte sie restlos den Verstand verloren. Langsam dämmerte es ihm.

„Du glaubst doch nicht etwa, daß ich ... daß ich ... daß mir an der Witwe irgendwas liegt?"

„Tut's das etwa nicht?"

Opas Gesicht war jetzt tomatenrot, und die Halsadern schlugen ihm dick geschwollen aus dem Kragen.

„Ach wo!" polterte er los. „Natürlich nicht!"

„Warum haste dann ..."

„Ich wollte doch bloß, daß du ..." Opa saß in der Falle. Er konnte Lou schließlich nicht sagen, daß er ihr 'nen Freier suchen wollte, aber lügen wollte er auch nicht. Er stotterte verzweifelt.

„Ach ... nichts weiter. Vergiß es. War alles 'n Mißverständnis!"

„Und die Witwe Rawleigh?"

„Was, und die Witwe Rawleigh?" fauchte Opa. Er wurde Lou gegenüber sonst nie laut.

„Sie hat uns doch für nächsten Sonntag eingeladen."

„Da gehen wir natürlich trotzdem hin", erklärte Opa bestimmt.

„Aber sie denkt doch ..."

„Was denkt sie?"

„Also", sagte Lou restlos perplex, „ich weiß ja nicht, aber sie denkt sicher, daß du ein Auge auf sie geworfen hast!"

„Wie in aller Welt kommt sie denn auf so 'ne Schnapsidee?" donnerte Opa.

„Ja, also, du hast sie doch eingeladen, und dann haste dich stundenlang allein mit ihr unterhalten."

Opa fuhr herum.

„Wo wart ihr denn eigentlich die ganze Zeit? Charlie! Wohin hast du dich denn so stillschweigend verdrückt? Du hättest dir die Geschichte von ihrer Kropfoperation genausogut anhören können wie ich. Wo warste denn bloß? Und du, Junge, wo ...“ Aber ich war schon die Treppe raufgegangen, um mir oben was Passenderes zum Holzspalten anzuziehen. Weil Tante Lou heute beim Kochen so viel Holz verfeuert hatte, würde sie sicher bald neues gebrauchen können, dachte ich mir.

Die Sache mit den Rawleighs wurde nie wieder erwähnt. Wir besuchten sie zwar, wie verabredet, am nächsten Sonntag, aber wir blieben nicht besonders lange, und außerdem hatte Opa uns, bevor wir losfuhren, strengste Anweisung gegeben, daß keiner den Raum verlassen durfte. Wir verabschiedeten uns von unseren Gastgebern nach einem recht ereignislosen Nachmittag und fuhren wieder nach Hause.

Frau Rawleigh konnte nicht halb so gut kochen wie Tante Lou. Opa betrachtete den Fall als erledigt. Das schloß ich aus seinem Schweigen.

Und ich, ich strich Jim Rawleigh von der Liste der Kandidaten – allerdings ’n bißchen schadenfroh, muß ich zugeben.

## Hiram

Die ganze Geschichte versetzte Opa zwar einen tüchtigen Schlag, aber wenn ich geglaubt hatte, er hätte endgültig genug von seinen Anbahnungsversuchen, dann sollte ich bald eines Besseren belehrt werden.

Ich war gerade ins Bett geklettert und halb eingeschlafen, da hörte ich die Kaffeekanne klappern und gedämpfte Stimmen von unten. Mühsam kroch ich wieder unter der warmen Decke hervor und schlich mich halbwegs die Treppe runter. Ja, richtig geraten! Die beiden waren wieder dabei, Pläne für Tante Lou zu schmieden.

„... war nicht meine Schuld", hörte ich Opa gerade sagen. „Ihr habt mich ja im Stich gelassen."

„Wir hätten 'nen großen Bogen um die Witwe machen sollen. Hätten uns doch denken können, wie so was aussieht. Die Leute reden ja immer noch."

Opa nahm 'nen großen Schluck von seinem siedendheißen Kaffee. Ich hörte ihn nach Luft schnappen, um seine Zunge zu kühlen.

„Das Ganze war ja lächerlich. Wie die Leute bloß denken konnten, daß ich ... daß ich ..." Ihm fehlten die Worte. So beließ er es bei einem verächtlichen „Pah!"

Onkel Charlie zog erst die Luft ein, dann schlürfte er seinen heißen Kaffee. Er brummte wohlig. Sein Stuhl setzte ächzend alle vier Beine wieder auf den Boden.

„Das war also 'n Schuß in den Ofen!" sagte er ungerührt. „Na und? Wer hat denn gesagt, daß es gleich beim ersten Mal klappen muß? Wir hatten uns doch drauf gefaßt gemacht, daß wir schon 'n bißchen Zeit und Mühe investieren müßten. Wir geben doch jetzt nicht schon auf! Wir gucken uns weiter um, bevor es so 'nem grünschnabeligen Jüngling einfallen sollte, das Umgucken für uns zu besorgen.

„Haste die Gesichter in der Kirche gesehen? Haste mitgekriegt, was sich vorigen Sonntag abgespielt hat? Der junge Anthony Curtis ohne 'nen blanken Heller in der Tasche, geschweige denn eigene vier Wände, geht doch glatt auf Lou zu, dreht seinen Hut in den Händen, daß die Krempe beinahe abreißt, und fragt sie geradeheraus, ob er sie mal besuchen dürfe."

„Nee, das hab' ich nicht gewußt", sagte Opa mit besorgter Stimme.

„Diesmal ist's noch mal gut gegangen. Der Kerl hat 'n Gesicht wie 'n Elch. Aber eines Tages könnte einer daherkommen, der 'n bißchen besser aussieht, und dann ist es um Lou geschehen."

„Und weißte, was Lou ihm geantwortet hat?"

„Klar, hab' ich auch mitgekriegt. Sie hat gesagt, es täte ihr leid, aber sie hätte im Moment viel zu tun. Ihr Großvater käme nämlich bald vom Osten, und danach wär' Ernte und so weiter."

„Prima!" Opa war erleichtert. „Sie kann ganz gut auf sich selbst aufpassen, wenn sie nur will."

„Das war aber nicht der *wirkliche* Grund."

„Natürlich nicht. Du hast doch gerade gesagt, daß der Bursche nicht sonderlich ansehnlich ist."

„Das war auch nicht der Grund."

„Nicht?"

„Nee." Onkel Charlie machte eine Pause. „Es hat mit Nellie Halliday zu tun. Lou wußte nämlich, daß Nellie schon seit Jahren von diesem Anthony Curtis träumt, und Lou wollte ihr nicht wehtun."

„Nellie Halliday?" Opa lachte in sich rein. „Das wär' ja wie 'n Elch und 'n Stachelschwein."

Onkel Charlie war nicht zum Scherzen aufgelegt. „Wir sind immer noch keinen Schritt weiter hier. Laß uns mal unseren Grips anstrengen."

„Mit wem wollen wir's als Nächstem versuchen?"

„Du hast Jim Rawleigh ausgesucht", sagte Onkel Charlie. „Wie wär's, wenn ich den Nächsten vorschlage?"

„Na gut, solange du dich an unsere Liste hältst."

„Versteht sich."

Onkel Charlie ging die Liste rauf und runter und prüfte jeden Kandidaten auf Herz und Nieren. Opa wartete derweil ab.

„Hiram. Hiram Woxley. Der scheint mir noch am passabelsten. Mensch, die besseren Männer sind wohl ziemlich dünn gesät!"

„Das ist mir auch erst jetzt aufgefallen, wo wir einen für Lou suchen. Ich dachte immer, es wimmelte nur so von der Sorte. Wo du auch hinguckst ..."

Ich schlich wieder nach oben. Ich hatte genug gehört. Hiram Woxley war Junggeselle. Eine verheiratete Mutter hatte der schon mal nicht zu bieten. Man wußte wenig über seine Familie. Er war erwachsen und auf eigenen Füßen in unsere Gegend gekommen.

Eigentlich war er 'n ganz annehmbarer Kerl, dieser Hiram: Anfang dreißig, immer glattrasiert und tadellos angezogen, fester Schritt, ging regelmäßig in die Kirche und machte sich nichts aus Mädchen und Kindern. Er hatte eine große, gepflegte Farm südlich der Stadt, und ich war mir ziemlich sicher, daß er hauptsächlich wegen der Farm auf der Liste stand. Ich zermarterte mir das Gehirn. Was wußte ich über Hiram? Eigentlich hatte ich nur Gutes über ihn gehört. Ich konnte mich an nichts Negatives erinnern, mit dem ich etwas hätte anfangen können.

Ich wurde immer schläfriger, und mein Kopf wollte einfach nicht mehr arbeiten. Plötzlich fiel mir doch was ein: sein Geld! Man erzählte sich, Hiram Woxley sei recht knauserig. Ich war selbst mal in der Eisenhandlung dabeigewesen, als Hiram einkaufte. Er hatte damals in seiner ruhigen, aber beharrlichen Art versucht, den Preis von jedem Teil, das er kaufen wollte, runterzuhandeln. Als er den Laden verlassen hatte, hörte ich den Verkäufer sagen, daß er Hiram am liebsten hätte, wenn er die Tür hinter sich zumachte. Man munkelte, daß Hiram sich lieber von einem Finger als von einem Dollar trennen würde. Bestimmt ließe sich daraus was machen. Bevor ich endgültig einschlief, beschloß ich, am nächsten Sonntag 'n bißchen mit Hiram Woxley zu plaudern – das heißt, falls ich nahe genug an ihn rankam. Er machte sich ja bekanntlich nichts aus kleinen Jungen.

Sonntagmorgen gelang es mir irgendwie, Tante Lou dazu zu bewegen, ihr bestes Kleid anzuziehen. Opa hatte darauf bestanden, daß Lou es sich für Mary Smiths Hochzeit im letzten Frühjahr kaufte. Opa sah es gern, wenn Lou sich feinmachte, und obwohl sie zuerst vor dem Preisschild zurückgeschreckt war, überredete er sie schließlich doch. Tante Lou sah tatsächlich mächtig hübsch darin aus.

Als sie die Treppe runterkam, um zur Kirche zu fahren, sah ich, wie Opa und Onkel Charlie sich besorgte Blicke zuwarfen. Sie hatten sicher Angst, daß Lou in diesem Kleid den Falschen zum Schwärmen bringen würde.

Tante Lou ging nach draußen. Ich folgte ihr, aber ich hörte Opa Onkel Charlie zuflüstern: „Vielleicht gar keine so schlechte Idee. Hiram hat schließlich auch Augen im Kopf."

Onkel Charlie nickte, und wir fuhren los.

Nach dem Gottesdienst steuerte ich auf den Hof vor der Kirche zu, um Hiram ausfindig zu machen. Der Hof war der reinste Ameisenhaufen. Jedermann redete über die große Neuigkeit des Tages: Der alte Pastor White hatte den Gemeindeausschuß von seinem baldigen Rücktritt in Kenntnis gesetzt. Der Ausschuß täte gut daran, so hatte er gemeint, sich nach einem Nachfolger für ihn umzuschauen. Kein Mund stand still. Die meisten waren sich einig, daß Pastor White schier unersetzlich war. Sie hätten ihn am liebsten bis in sein Grab im Amt behalten. Fragen flogen hin und her, obwohl niemand ernsthaft 'ne Antwort erwartete. Wo sollte man nur jemanden finden, der so gut wie Pastor White und seine Frau zur Gemeinde passen würde? Und sollte man nach jemandem suchen, der gut predigen konnte, oder lieber nach jemandem, der Verständnis und Einsatz für die Gemeindeglieder zeigte? Niemand schien es für möglich zu halten, beides in einer Person zu finden.

Mir war das alles ziemlich einerlei. Ein paar von den älteren Jungen begannen sich ohnehin zu fragen, wozu ein normaler, abenteuerbeflissener Junge überhaupt 'ne Kirche braucht. Kirche und Gottesdienst – das war doch bloß etwas für alte Leute und Kinder. Manchmal machte ich mir ähnliche Gedanken. Jedenfalls war's mir ziemlich egal, wer's nun war, der Sonntag für Sonntag aus dem großen schwarzen Buch vorlas. Das konnte doch bestimmt jeder!

Schließlich entdeckte ich Hiram am Zaun inmitten von ein paar anderen Junggesellen. Es fiel mir nicht schwer, das Spiel zu erraten, das hier gespielt wurde. Es hieß: „Nach den Mädle schauen", oder wie man's auch immer nennen will. Jedes Mädchen, das im Blickfeld auftauchte, wurde mit einer Zensur bedacht. Diese Wertung bestand aus Grinsen, Ellbogenknuffen und kurzen Kommentaren. Die Burschen schienen sich alle auf die Spielregeln zu verstehen.

Stillschweigend stellte ich mich dazu. Ich wollte nicht bemerkt werden; sie würden mich sicher schon von Alters wegen nicht dulden. Außerdem hielten sie ihre Augen sowieso auf die Kirchentür geheftet, wo ein junges Mädchen nach dem anderen ins Freie trat. Ich rückte unauffällig 'n bißchen dichter an Hiram Woxley heran.

Die „Preisverteilung" war in vollem Gange. Plötzlich tauchte Tante Lou auf der Treppe auf. Die Menschenmenge um sie hatte sich gerade gelichtet, als sie sich jetzt mit der Frau Pastor vor der Kirchentür unterhielt.

Die Sonne bestrahlte sie von oben. Ihre Locken schimmerten wie ’n goldener Wasserfall auf ihren Schultern. Sogar von hier aus konnte ich das Blau in ihren Augen erkennen. Sie lächelte ihr typisches Tante-Lou-Lächeln voller Wärme und Lebensfreude. Ihr Kleid stand ihr gut, aber als ich sie so anschaute, mußte ich denken, daß sie auch in einem Kartoffelsack noch hübsch aussehen würde.

Sämtliche Burschen um mich herum schienen die Luft anzuhalten, und als sie dann die Stufen runterging, platzten alle auf einmal los. Hiram warf seinen Hut in die Luft und rief: „Spitzenklasse!“ Edward Davies jodelte: „Huuuuu!“, während Bert Thomas und Barkley Shaw sich gegenseitig Rippenstöße versetzten und dabei grinsten, als hätten sie vollends den Verstand verloren. Endlich wurde es ein bißchen ruhiger.

„Mensch“, sagte Charles Smith, „was für ’n Anblick!“

Aha, mein Zeitpunkt war gekommen. Ich holte tief Luft.

„Kein Wunder“, sagte ich laut und vernehmlich und voller Verachtung. „Hätte mir ’ne komplette Angelausrüstung und ’ne Zweiundzwanziger Büchse dazu kaufen können von dem Geld, das mein Opa für das Kleid hingelegt hat.“

Ohne die Wirkung meiner Worte abzuwarten, marschierte ich mitten durch die Bande, als ob mich schon der bloße Gedanke stinkwütend gemacht hätte. Na, wenigstens dürfte ich Hiram ordentlich zu denken gegeben haben! Vielleicht würde es ja was nützen, vielleicht auch nicht, wer weiß. Aber fertig war ich noch lange nicht mit ihm. So’n junger Bursche muß schließlich begreifen, daß eine Frau ’ne Menge Geld kosten kann. Hiram sollte sich lieber vorher ausrechnen, ob sie ihm das wert war.

## Große Überraschung

Onkel Charlie hatte pflichtgemäß die Einladung an Hiram Woxley ausgerichtet, aber der war leider am kommenden Sonntag verhindert. Anscheinend war Opa nicht der einzige, der in Hiram einen möglichen Anwärter für seine Tochter sah. Hiram sagte für übernächsten Sonntag zu, und ich war heilfroh um die Gnadenfrist.

Ich erzählte Lou nichts von dem Wirbel, den sie unter den Burschen vor der Kirche verursacht hatte. Ich wüßte auch nicht, weshalb ich's ihr erzählen sollte. Nicht, daß ich Angst hätte, ihr würde so was zu Kopf steigen – dazu war sie gar nicht der Typ. Ich konnte mir halt nur nicht vorstellen, zu was es nützen würde, wenn sie Bescheid wußte.

Opa hatte das Südfeld scharf im Auge behalten, und am Dienstag beschloß er, daß es jetzt an der Zeit sei für den Garbenbinder.

Ich freute mich jedes Jahr auf die Ernte, obwohl ich genau wußte, daß bald danach die Schule wieder anfangen würde. Unsere Schule begann immer etwas später als die anderen, damit die Jungen ihren Vätern bei der Ernte helfen konnten. Wenn wir dann endlich im Klassenzimmer saßen, gab uns die Lehrerin massenweise Hausaufgaben auf, damit wir den Stoff aufholten. Das machte uns eigentlich nichts aus; wir nahmen's gern für die schulfreien Spätsommertage in Kauf.

Opa und Onkel Charlie waren jetzt den ganzen Tag über auf den Feldern, und mir fiel die Stall- und Scheunenarbeit ganz allein zu. Ich kam auch gut damit zurecht, nur daß ich abends ziemlich geschafft war. Manchmal schien's mir wie 'ne Ewigkeit, bis Opa endlich „Zeit zum Schlafengehen, Junge!" rief.

Ich dachte mir, bis Hiram Woxley am übernächsten Sonntag kam, würden Opa und Onkel Charlie sicher keine anderweitigen Anbahnungsversuche starten. Deshalb gönnte ich mir eine Verschnaufpause und wandte mich anderen Dingen zu.

Die Fische im Bach waren bestimmt bald soweit, daß sie wie verrückt anbissen. Ich konnte es kaum abwarten, mit meiner Angel loszuziehen. Meine Arbeit versuchte ich so einzurichten, daß sich bald ein paar freie Stunden ergaben.

Lou hatte ebenfalls alle Hände voll zu tun. Das Obst und Gemüse aus dem Garten mußte eingemacht werden, ein reicher Tisch für hungrige Männer gerichtet, Butterbrote aufs Feld geschickt werden, und der restliche Haushalt wollte auch versorgt werden. Lou tat das alles anstandslos, aber tüchtig müde war sie abends, genau wie ich.

Lou knetete gerade den Brotteig für einen Ofenvoll Brot, und ich spaltete Holz auf Vorrat, um mir Zeit fürs Angeln aufzusparen, da hörte ich einen Wagen kommen. Ich erkannte Herrn Smiths Gespann schon, bevor er in unseren Hof eingebogen war. Während der Ernte kommen die Nachbarn normalerweise nicht zu Besuch. Jetzt war ich aber gespannt. Ich lief ihm entgegen, um ihn zu begrüßen – weniger aus Höflichkeit als aus Neugier. Erst jetzt sah ich einen älteren Mann neben ihm auf dem Kutschbock sitzen.

Er trug einen braunen Wollanzug anstatt normalem Arbeitszeug. Sein Hut war 'n flottes Ding mit schmaler Krempe, ganz im Gegensatz zu dem, was die Leute hier trugen; deren Hüte hatten breite Krempen, um Regen und Sonne abzuhalten. Bis auf einen gepflegten weißen Schnurrbart war er glattrasiert. Ich sah ihn flink von oben bis unten an und guckte wieder zum Gesicht zurück. Er hatte solch ein freundliches Zwinkern in den Augen, daß ich ihn gleich mochte. Ich brannte darauf, daß mir Herr

Smith den Fremden vorstellte; ich wollte ja nicht unhöflich sein und mit meinen vorlauten Fragen rausplatzen.

„Tag!“ sagte ich und meinte beide damit. Das konnte nun wirklich niemand als frech auffassen, selbst Opa nicht, der viel von einem wohlerzogenen Jungen hielt.

„Tag“, erwiderte Herr Smith, aber der ältere Herr lächelte bloß amüsiert zurück. „Hab’ dir deinen Urgroßvater mitgebracht.“

Ich starrte ihn an. Mir sauste es in den Ohren. Das war er also? Ich hatte mich auf was ganz anderes gefaßt gemacht: ausgebeulte Hosen, Tabakflecken im Hemd, wässrige Augen hinter dicken Brillengläsern. Und nun sollte dieser saubere, freundliche ältere Herr mit den zwinkernden Augen mein Urgroßvater sein?

Ich stand wie vom Donner gerührt da. Tausend Gefühle durchschossen mich zugleich: Erleichterung, Angst, die gerade der Erleichterung wich, und komischerweise auch so ’n kleines bißchen Stolz. Plötzlich fiel mir ein, daß ich mit meinen aufgerissenen Augen und Mund bestimmt ’nen schönen Anblick bot.

„Tag, Josua.“ Er sagte meinen Namen wie ein Wort, das ihm so vertraut war wie ’ne alte Hausjacke, aber das „Tag“ klang eher ein bißchen fremd auf seiner Zunge.

Ich wagte ein vorsichtiges Lächeln und rührte mich aus der Erstarrung.

„Tag, Sir“, brachte ich hervor.

Darüber mußte er lachen. Er hatte ein volles, fröhliches Lachen. Dann machte er sich an den Abstieg vom Wagen. Das tat er bedachtsam und vorsichtig, aber er war nicht weniger wackelig auf den Beinen, als ich es gewesen wäre.

Herr Smith fing an, Urgroßvaters Gepäck abzuladen. Ich half ihm dabei, und als alles auf der Erde stand, griff Herr Smith nach den Zügeln und war im Begriff, sich wieder auf den Kutschbock zu schwingen.

„Wollen Sie nicht auf ’nen Sprung reinkommen, Herr Smith? Lou macht Ihnen bestimmt gern ’ne Tasse Kaffee", sagte ich. Opa hatte mir mit Mühe und Not wenigstens ein paar anständige Manieren beigebracht.

„Nee, laß man, Josua", antwortete er, „ich muß wieder ins Feld. War nur kurz in der Schmiede, um was repariert zu kriegen. Sonst wär' ich schon längst wieder zu Hause. Hab' deinen Urgroßvater per Zufall aufgegabelt; der suchte nämlich nach 'nem Gefährt in Richtung nach eurer Farm."

„Danke vielmals", sagte ich. „Das war nett von Ihnen. Opa wird sich freuen."

„Kein Problem – war mir 'n Vergnügen!" Er wandte sich zu meinem Urgroßvater. „Hat mich gefreut, Sie kennenzulernen, Herr Jones. Wir sehen uns sicher bald mal wieder."

„Haben Sie meinen aufrichtigen Dank", sagte mein Urgroßvater und schüttelte Herrn Smith die Hand, „für Ihre Bemühungen – und Ihre angenehme Gesellschaft. Wir werden sicher manche Gelegenheit haben, einander näher kennenzulernen."

Herr Smith lächelte, nickte und lenkte sein Gespann in einem großen Bogen über den Hof und zum Tor hinaus. Ich konnte es kaum abwarten, Tante Lou meinen Urgroßvater vorzustellen – und umgekehrt. Irgendwie hatte ich tief innen das Gefühl, daß die beiden zueinander gehörten. Vielleicht waren's die klaren blauen Augen, aus denen die Lebenslust nur so sprühte.

„Komm nur rein, Urgroßvater!" drängte ich ihn. „Deine Sachen hol' ich dir später."

Er nahm sich eine kleine Tasche, und ich bewaffnete mich mit zwei Koffern. Wir gingen ums Haus herum über die hintere Veranda in die Küche.

Lou zog gerade ein dampfendes, goldkrustiges Brot aus dem Ofen, als wir reinkamen. Ihr Gesicht war glutrot, und ihre Locken ringelten sich lose um ihre Stirn.

„Lou!" platzte ich heraus, bevor sie den Kopf heben konnte. „Urgroßvater ist da!"

Sie setzte die heiße Brotform ab und drehte sich um. Einen Augenblick lang sahen die beiden sich an. Dann flog Lou mit einem Jauchzer auf ihn zu. Er fing sie mit seinen offenen Armen auf. Sie lachten und umarmten sich und lachten wieder. Man sollte es kaum für möglich halten, daß sie sich zum allerersten Mal sahen. Ich sah Tränen auf beiden Gesichtern, war mir nur nicht sicher, aus wessen Augen sie stammten. Urgroßvater drückte Lou an sich.

„Louisa", sagte er, „kleine Lou! Du bist genau, wie dein Pa immer geschrieben hat."

„O Großvater", erwiderte sie und löste sich aus seinen Armen, „ich freu' mich ja so, daß du da bist! Aber wie bist du nur hergekommen?"

„Das habe ich einem freundlichen Nachbarn zu verdanken."

„Herr Smith hat ihn mitgebracht!" meldete ich mich. Ich wollte sichergehen, daß ich nicht völlig in Vergessenheit geriet.

„Aber setz dich doch!" sagte Lou glückstrahlend. „Setz dich, und ich mach' uns Kaffee. Josch, lauf schnell zum Brunnen und hol 'n bißchen Sahne!"

„Macht euch nur keine Umstände! Ich trinke meinen Kaffee schwarz."

Lou nickte Urgroßvater zu und wandte sich wieder an mich.

„Josch, magste dir Traubensaft fertigmachen?"

Der Traubensaft stand in der Speisekammer. Ich brauchte ihn bloß mit Wasser vom Brunnen zu verdünnen. Ich durfte sogar immer ein bißchen Zucker dazurühren.

„Weißt du", sagte Urgroßvater, „ich glaube, Traubensaft wäre mir jetzt auch lieber. Es war doch recht warm unterwegs. Ach, Lou –" fügte er augenzwinkernd und schnurrbartzuckend hinzu, „und *ein* Scheibchen von deinem köstlich duftenden Brot."

Ich machte uns drei Gläser von dem Traubensaft zurecht, während Tante Lou ihr frisches Brot in Scheiben schnitt und mit selbstgemachter Butter und Apfelgelee bestrich.

Es war ein fröhliches Beisammensein um den Küchentisch. Urgroßvater erzählte von seinen Abenteuern auf der langen Bahnreise: Wie eine dicke Frau einen schweren Fall von Reisekrankheit hatte, und wie ein kleiner Mann ein unförmiges Paket bei sich hatte und es sich schließlich herausstellte, daß er ein lebendiges Schwein darin versteckt hielt. Er erzählte auch von einer geplagten Mutter mit drei kleinen Kindern, die keine Minute Ruhe fand, bis Urgroßvater sich erbot, die Kleinen mit Spielen zu unterhalten. Er sagte, so sei die Fahrt für ihn selbst auch viel kurzweiliger geworden. Die junge Frau hatte ihm am Ende der Reise mit Tränen in den Augen gedankt.

Plötzlich fiel mir ein, daß die Zeit nur so dahingeflogen war und daß ich noch haufenweise Arbeit zu erledigen hatte, bis die Männer vom Feld nach Hause kamen. Wie von der Tarantel gestochen sprang ich auf und lief zur Tür.

„Josch!" rief Urgroßvater hinter mir her. Er hatte bestimmt zu beanstanden, daß ich vergessen hatte, mich zu entschuldigen, bevor ich aufstand. Ich stand da wie ein begossener Pudel.

„Josch, du bist sicher während der Ernte euer einziger Stallknecht, nehme ich an."

„Jawohl, Sir."

„Hast du viel Arbeit?"

„Ziemlich viel, Sir."

Er lächelte.

„Wollen mal schauen." Er zupfte sich nachdenklich am Schnurrbart. „Es muß sich doch eine bessere Anrede als ‚Sir' finden, meinst du nicht auch?"

„Jawohl, Sir – äh, Urgroßvater."

Jetzt lachte er wieder.

„Das ist zu lang“, sagte er. „So wird’s nicht gehen. Da verhungerst du mir ja, bevor du’s rausbringst, wenn du mich bei Tisch um etwas bitten willst.“

Ich mußte lachen.

„Nennst du Daniel ‚Opa‘?“

Ich nickte.

„Dann scheidet das schon gleich aus, sonst wüßten wir ja nie, wen von uns beiden du meinst.“

Wieder bearbeitete er seinen Schnurrbart.

„‚Großvater‘ klingt zu erhaben.“ Er legte die Nase in lustige Falten. „‚Opi‘ ist nicht würdevoll genug. Da bleibt nur ‚Uropa‘ übrig. Was hältst du davon?“

„Das ist gut, Sir.“ Das „Sir“ war mir unversehens rausgerutscht. Er lächelte.

„Nun gut, ‚Uropa‘ also. Lou darf mich auch so nennen, damit ihr beide gleich wißt, von wem ihr sprecht.“

Ich freute mich, daß Lou und ich ihn mit dem gleichen Namen anreden durften. Ich guckte zur Uhr. Liebe Güte, es war spät geworden!

„Nun, was meinst du“, sagte Uropa, „kann ein alter Mann dir wohl bei der Arbeit zuschauen, ohne dich allzusehr aufzuhalten?“

„Aber klar, Sir ... Uropa.“

„Gut! Lauf du schon voraus und fange an; ich ziehe mich geschwind um und komme nach.“

Wie ein geölter Blitz rannte ich los. Ich wußte genau, was zu tun war und wo ich anfangen mußte. Ich arbeitete mit Feuereifer und spürte in mir ’ne regelrechte Vorfreude auf Uropa, die ich kaum beschreiben konnte.

Heute abend hatte ich einen rostbraunen Hund mit dunklen, weichen Augen und langen Schlappohren. Ich hatte wenig Zeit für ihn und erklärte ihm auch den Grund für meine Eile: „Rover, du mußt mir mal aus dem Weg gehen, damit ich dir nicht aus Versehen auf die Pfoten trete. Ich will nämlich soviel wie möglich fertig kriegen, bevor Uropa zum Helfen kommt!“

Die Schweine haben sicher nicht schlecht gestaunt, als ich mit ihren Futterkübeln durch den Stall rannte. Dann brachte ich den Hühnern Körner und frisches Wasser. Danach holte ich Bleß von der Weide. Sie ließ sich durch nichts aus der Ruhe bringen, so daß ich mir schon Sorgen machte, daß Uropa auf mich warten könnte. Als ich zurückkam, stand er tatsächlich schon da und wartete. Das schien ihm aber nicht das geringste auszumachen.

Er sah recht sonderbar aus in seinem neuen Arbeitsanzug. Die Hosenbeine hatte er umgeschlagen, damit sie nicht im Dreck schleiften. An den Füßen trug er ein Paar funkelnagelneue Farmerstiefel, und 'ne alte Jacke hatte er an, die er „meine Gartenjacke" nannte.

Wir holten den Melkeimer und gingen zum Stall zurück. Er holte sich einen Hocker und setzte sich neben mich. Langsam füllte der weiße Strahl den Eimer mit Schaum. Uropa und ich unterhielten uns dabei. Er sprach sogar mit Bleß, und ich hätte mich nicht im geringsten gewundert, wenn er im nächsten Augenblick ein Gespräch mit Rover angefangen hätte.

Wir trugen den Melkeimer ins Haus. Uropa meinte, daß er's gern auch mal versuchen würde; es hätte so einfach ausgesehen. Ob Bleß was dagegen haben würde? Nee, das glaubte ich nicht. Sie war 'ne ganz umgängliche Kuh und störte sich grundsätzlich an nichts, außer an den lästigen Fliegen. Die brachten sie allerdings öfter dazu, mit hoch erhobenem Schwanz über die Weide zu rennen.

Als wir zum Stall zurückkamen, hatte Bleß inzwischen ihr Futter ratzekahl aufgefressen. Ich band sie los, und wir führten sie zur Weide zurück. Unterwegs erzählte mir Uropa von seiner Kindheit in der Großstadt. Keine Weiden oder Wälder, dafür große Häuser, rauchende Fabrikschlote und Straßen voller Menschen. Ich versuchte, mir das vorzustellen, was mir äußerst schwerfiel; ich hatte ja noch nicht mal 'ne Großstadt von ferne gesehen.

Jetzt brauchten wir nur noch das Holz ins Haus zu tragen. Ich war heilfroh, daß ich's schon gespalten hatte. Uropa trug mühelos seinen Armvoll. Ich bewunderte ihn.

Gerade wollte ich ins Haus zurück, da fiel mir ein, daß Opa und Onkel Charlie bald durstig und mit müden Pferden nach Hause kommen würden.

„Geh du schon mal rein!" sagte ich zu Uropa. „Ich lauf' nur schnell zur Scheune und hol' den Pferden ihr Heu, und dann pumpe ich ihnen Wasser in den Trog."

„Wie wär's, wenn du das Heu besorgtest und ich das Wasser?"

Er konnte an meinem Gesicht ablesen, daß ich mir da nicht so sicher war.

„Keine Sorge! Wenn es mir zuviel wird, höre ich schon zeitig auf."

Ich rannte zur Scheune und gabelte das Heu durch die Luke in die Krippen. Dann maß ich den Pferden ihre Portionen aus. Ich rannte zum Pumpschuppen zurück. Uropa stand immer noch an der Pumpe. Er war nicht sonderlich außer Atem geraten, und der Trog war fast voll. Ich pumpte weiter, bis der Trog randvoll war.

So. Jetzt waren wir fertig. Im Geist zählte ich nochmals alle Arbeiten auf, die ich zu erledigen hatte. Ja, es war alles fertig.

Wir holten Uropas zwei Schrankkoffer rein und luden sie im unteren Gästezimmer ab. Lou hatte gemeint, das sei das beste Zimmer für ihn – aber das war, bevor sie wußte, daß das Treppensteigen ihm wirklich nicht viel ausgemacht hätte. Das Zimmer war frisch tapeziert und gestrichen. Uropa würde sich bestimmt darin wohlfühlen.

Lou hatte das Abendessen fix und fertig auf dem Herd stehen. Wir wuschen uns schon mal die Hände, obwohl wir darauf gefaßt waren, noch 'ne Weile warten zu müssen, aber da hörten wir auch schon das Klappern und Klirren des Zaumzeuges im Hof. Opa und Onkel Charlie waren zurück.

## Familienleben

Lou hatte die Idee, Opa und Onkel Charlie damit zu überraschen, daß Uropa hier war. Sie hatten ja nicht erwartet, daß er so einfach und unangekündigt auftauchen würde. Uropa spielte das Spielchen mit. Er sah sich flink in der Küche um, ob er auch nichts liegengelassen hatte, was ihn verraten könnte, und verschwand in seinem neuen Zimmer.

Opa und Onkel Charlie wuschen sich am Waschbecken und spritzten sich das warme Wasser über Gesicht, Hals und Arme. Dann schrubbten sie sich die Hände mit der starken Seife und spülten sie unter klarem Wasser ab.

„Hast ja die Krippen und Tröge schön gefüllt, Junge!“ lobte mich Opa. Onkel Charlie fuhr mir durch die Haare.

Sie setzten sich an ihre Plätze, und Lou trug die dampfenden Schüsseln auf. Opa stutzte.

„Da steht ja ’n Teller zuviel!“

„Liebe Güte“, sagte Tante Lou, „ich kann wohl nicht mehr richtig zählen, was?“ Als sie aber nun keinerlei Anstalten machte, den Teller wieder wegzuräumen, schöpfte Opa Verdacht. Er und Onkel Charlie begannen sicher zu befürchten, daß Lou ihnen zuvorgekommen war und sich selbständig nach einem Verehrer umgeschaut hatte. Sie trug die letzte Gemüseschüssel und die Schale mit neuen Kartoffeln auf. Dann guckte sie Opa mit dem unschuldigsten Gesicht der Welt an.

„Offen gestanden, Pa, hab’ ich ’nen Gast zum Essen eingeladen!“

Opa und Onkel Charlie wurden sichtlich nervös. Onkel Charlie fand als erster die Sprache wieder.

„Ja ... wo ist er denn?“

Wir setzten uns nämlich nie zu Tisch, bevor die Gäste kamen.

„Also, er ist ... er ist ... er ist im Schlafzimmer!" Lou hob die Stimme, und Uropa folgte dem Stichwort, aber nicht, bevor Opa und Onkel Charlie sich beinahe verschluckt hätten.

Da stand Uropa, wie aus der Versenkung aufgetaucht, in seinem inzwischen leicht angeschmutzten neuen Arbeitsanzug vor ihnen. Sein Schnurrbart zuckte vergnügt, und aus seinen blauen Augen blitzte es nur so.

„Das ist doch ..." stotterte Opa. Er konnte seinen Augen kaum trauen. Dann gab's ein lautstarkes, fröhliches Hallo und Umarmen und Lachen und Schulterklopfen.

„Wie bist du denn hierhergekommen?" fragte Onkel Charlie schließlich. „Wir haben die ganze Zeit auf 'nen Brief oder 'n Telegramm gewartet, damit wir dich vom Zug abholen könnten."

„Mitten in der Ernte? Sogar ein unbedarfter Stadtmensch wie ich würde sich hüten, so etwas zu verlangen. Ich hatte gedacht, daß ich mir vom Bahnhof aus irgend jemanden suchen würde, der mich herbringt, oder ich hätte euch sonst irgendwie Bescheid gegeben."

Schließlich setzten wir uns alle an den Tisch, wo Lous gutes Essen schon kalt geworden war. Die Unterhaltung ging lebhaft weiter, aber das Essen schien darunter nicht zu leiden. Es verschwand, wie immer, spur- und restlos. Uropa lobte Lou über den grünen Klee.

„Das hab' ich so vermißt seit dem Tod deiner Großmutter: eine gute Mahlzeit – und" fügte er nachdenklich hinzu, „jemand, der mitißt."

Wir wußten alle, was er meinte.

„Wir sind ja so froh, daß du den weiten Weg zu uns gefunden hast", sagte Opa. „Ja, wir freuen uns alle miteinander."

Ich war beinahe von mir selbst überrascht, daß ich so eifrig zustimmte. Ich hatte den alten Mann schon ins Herz geschlossen, und dabei war er doch erst seit 'n paar Stunden hier.

„Uropa hat mir beim Füttern geholfen!" verkündete ich strahlend.

„Tatsächlich?"

„Helfen ist zuviel gesagt", wehrte Uropa ab. „Ich bin eher neben ihm hergegangen, um mir die Farm mal anzusehen. Ich bin nämlich noch nie auf einer gewesen, wißt ihr!"

„Natürlich hat er geholfen", beharrte ich. „Er hat Holz getragen und Wasser gepumpt und ..."

Uropa fiel mir ins Wort. „Du, Josch, sei bloß still! Dein Großvater soll mich ruhig für einen alten, gebrechlichen Greis halten. Wenn du ihm zuviel erzählst, kommt er noch auf dumme Gedanken und drückt mir Heugabeln und dergleichen in die Hand!"

Alle lachten.

„Wenn ich's mir recht überlege", fuhr er fort, „sitze ich viel lieber in der Küche und störe die Köchin bei der Arbeit." Er zwinkerte mir zu und lachte. Plötzlich wurde er still und nachdenklich.

„Ihr wißt ja gar nicht, wie oft ich in der Eisenbahn hierher dem Herrgott für meine Familie gedankt habe! Es muß doch furchtbar sein, wenn man niemanden auf der Welt hat. Als Mama tot war, habe ich zuerst geglaubt, jetzt hätte ich keinen Menschen mehr. Dabei brauchte ich nur die Verbindung zu euch wieder aufzunehmen. Es gibt so viele Menschen, die es nicht so gut haben. Wenn die ihren Partner nach langen Ehejahren verlieren, sind sie ganz allein. Und hier sitze ich inmitten meiner Familie: zwei Söhne, eine Enkelin und ein Urenkel. Welch ein Segen!"

Er lächelte uns alle an. Lou wischte sich eine Träne aus ihren Augenwinkeln, und Opa räusperte sich geräuschvoll. Ich hatte auch was, worüber ich dankbar war, nämlich, daß Gott mich nicht beim Wort genommen und diesen lieben alten Mann aus der Welt geschafft hatte! Mir brach beinahe der kalte Schweiß aus bei dem bloßen Gedanken daran.

Uropa hatte von seiner „Familie“ gesprochen. Ja, wir waren ’ne richtige Familie. Dazu brauchte man nicht Vater, Mutter und vier Kinder zu sein. Zusammengehören und zusammenhalten, darauf kam’s einzig und allein an.

Ich setzte mich kerzengerade auf meinen Stuhl. Ich war mächtig stolz, zu dieser Familie zu gehören.

## An meinem Angelplatz

Ich wollte unbedingt wenigstens noch einmal ausgiebig meinen Angelplatz genießen, bevor die Ernte vorbei war und ich endgültig wieder ins graue Klassenzimmer zurück mußte. Zug um Zug hatte ich einen Teil meiner Arbeit im voraus erledigt, und eines Freitagmorgens war ich soweit, daß ich mir ein paar Stunden freinehmen konnte. Der Vormittag war schon fast vorbei. Wenn ich gleich losging, würde ich das Mittagessen verpassen, aber wenn ich bis nach dem Essen wartete, dann ging mir wertvolle Zeit verloren. Deshalb beschloß ich, Lou zu fragen, ob sie mir 'n paar Butterbrote und 'nen Apfel mitgeben würde.

Auf dem Weg in die Küche stieß ich auf Uropa. Die lange Bahnfahrt hatte ihn doch ziemlich angestrengt, und nachdem der Begrüßungstrubel sich ein bißchen gelegt hatte, spürte er erst, wie müde er war. Das trockene Klima war ihm anfangs auch nicht recht bekommen, aber inzwischen hatte er sich ganz gut eingelebt. Meistens ging er mit mir, die Tiere zu versorgen. Er begriff schnell, was zu tun war, und gelegentlich sagte er sogar: „Ich bringe den Hühnern schnell das Wasser; in der Zeit kannst du Bleß reinholen!" Tagsüber las er oder half Tante Lou in der Küche beim Obst- und Gemüseeinmachen.

Im Moment saß er gerade auf der hinteren Veranda mit einem dicken Buch in den Händen. Plötzlich kam mir eine Idee: Ob Uropa zufällig Lust hatte, mit mir an den Bach zu gehen? Wenn er nicht angeln wollte, dann könnte er sich ja am Ufer ausruhen und lesen, wie Tante Lou das oft machte.

Jetzt winkte er mir zu. Ich nahm allen Mut zusammen.

„Ich hab' 'n paar Stunden Zeit", begann ich. „Ich wollte mal zum Bach, um zu sehen, ob die Fische anbeißen. Würmer hab' ich mir schon im Hof ausgegraben."

Seine Augen leuchteten auf. „Meinst du, ich könnte mitkommen?"

„Das wär' prima!"

„Gut."

Er klappte sein Buch zu und brachte es schleunigst in sein Zimmer zurück.

Lou war gerade mit einem Korb Wachsbohnen beschäftigt.

„Tante Lou", begann ich, „Uropa und ich wollen zum Bach runter. Können wir wohl 'n paar Butterbrote mitnehmen?"

„Gute Idee!" nickte Tante Lou. „Dann brauch' ich wenigstens nicht mitten in den Bohnen aufhören, um euch das Mittagessen zu richten."

Opa und Onkel Charlie waren auf einer Nachbarsfarm, um einem Farmer, der sich das Bein gebrochen hatte, bei der Ernte zu helfen. Die beiden würden auch nicht zum Essen nach Hause kommen.

„Holste mir wohl eben die Wäsche von der Leine rein, Josch? Inzwischen mach' ich euch 'n Picknick fertig."

Als ich die Wäsche in der Küche ablieferte, hatte Lou unseren alten Essenskorb schon fertig gepackt. Uropa war auch abmarschbereit, doch etwas bereitete ihm Sorgen.

„Ich habe aber keine Angel, Josch."

„Dann schnitzen wir eine für dich."

„Und keine Angelschnur."

„Ich hab' Schnur in der Tasche."

„Und der Haken?"

Ich grinste. „Ich hab' einen übrig."

Wir gingen los. Ich voraus, weil Uropa ja noch nie am Bach gewesen war. Ich zögerte keine Sekunde, ihn an „meinen" Angelplatz zu führen, den ich doch sonst noch keiner Menschenseele – außer Tante Lou – gezeigt hatte. Ich hoffte bloß eins: daß die Fische auch tüchtig anbissen.

Als der Pfad 'n bißchen breiter wurde, gingen wir nebeneinander her.

„Du, Josch", sagte Uropa zaghaft, „du kannst das sicher kaum glauben, aber ich habe noch nie im Leben geangelt."

Er hatte recht. Ich konnte es wirklich kaum glauben. Ohne Angelhaken und Fischleine konnte ich mir das Leben gar nicht vorstellen.

„Du wirst es mir beibringen müssen, Josch."

„Ich bring' dir alles bei, was ich kann", versprach ich feierlich. „Ich hoffe bloß, daß sie auch anbeißen."

Schließlich kamen wir an den Bach. Er sah vielversprechend aus. Dunkle Schatten hingen über den tieferen Stellen. Ich konnte es kaum abwarten; aber zuerst nahm ich mein Taschenmesser und schnitzte 'ne Angel für Uropa. Dann führte ich die Schnur durch die Kerbe am Ende der Angel, zog 'ne kleine Dose aus der Tasche, holte 'nen Haken heraus und befestigte ihn am anderen Ende der Schnur.

„Sind wir da?"

„Und ob!" Abenteuerlust schwang in meiner Stimme.

„Weißt du", sagte Uropa, „die Insel da in der Mitte sieht so einladend aus. Meinst du nicht, daß sich da gut angeln läßt?"

Aha! Uropa zeigte bereits echten Anglerinstinkt. Das gefiel mir. Die kleine Insel war der beste Angelplatz am ganzen Bach, aber man mußte durch die Strömung waten, um hinzukommen, und ich war mir nicht sicher gewesen, ob ich das Uropa zutrauen konnte. So antwortete ich ohne Zögern:

„Na klar! Man muß bloß rüberwaten."

„Okay! Laß uns waten!"

„Also, man geht erst mal 'n Stück am Ufer entlang bis zu der seichten Stelle, dann watet man über die Sandbank durch den Bach und geht am anderen Ende wieder hoch. So werden unsere Sachen nicht triefnaß."

„Geh du voraus!“ sagte Uropa. „Auf geht’s!“

Ich ging also voraus. Als wir an der Sandbank angekommen waren, setzte ich den Picknickkorb und die Angel ab, bückte mich und krempelte mir die Hosenbeine hoch; barfuß war ich sowieso schon. Uropa tat’s mir nach und zog auch Schuhe und Strümpfe aus. Als er fertig war, nahmen wir unser Angelzeug wieder auf und machten uns ans Überqueren.

Das Wasser war eiskalt, aber unsere Füße gewöhnten sich schnell daran. Ich suchte nach möglichst glatten, sandigen Stellen im Bach; schließlich war Uropa nicht den ganzen Sommer barfuß gelaufen und hatte so unempfindliche Fußsohlen wie ich. Auf dem Weg bachabwärts kamen wir in etwas tieferes Wasser. Ich hörte Uropa hinter mir in sich reinlachen. Schließlich durchquerten wir den Bach und wateten auf die kleine Insel zu. Dort wuchsen ein paar Bäume und Sträucher, und dazwischen war gerade genug Platz, daß man sich zu zweit niederlassen konnte.

Ich kletterte auf die Insel, legte mein Angelzeug ab und drehte mich zu Uropa um, um ihm meine Hand zu reichen. Er gab mir seine Angel und kletterte dann auch ans Ufer. Dabei lachte er immer noch.

„Ich muß wohl beim Hosenhochschlagen nicht so gute Arbeit geleistet haben wie du, Josch. Das eine Hosenbein ist mir mitten im Bach runtergerutscht.

Da hatte er nicht untertrieben. Das Hosenbein war bis weit übers Knie klatschnaß.

„Ob Lou mir das nasse Hosenbein wohl übelnimmt?“

„So ’n bißchen vielleicht schon“, sagte ich der Ehrlichkeit halber. „Daß es naß ist, ist ja nicht so schlimm, aber wenn du dann Dreck dran kriegst, haste Lehm, bis du nach Hause kommst.“

„Das leuchtet ein“, sagte Uropa kleinlaut und besah sich sein nasses Bein.

„Na, dann werden wir’s wohl besser schleunigst trocknen, was?“ Und dann löste er, ohne mit der Wimper zu zucken, mitten auf unserer kleinen Insel seine Hosenträger und stieg aus der Hose. So fest er konnte, wrang er das nasse Bein aus, ging auf den nächstbesten Busch zu und breitete seine Hose über ein paar Zweigen so aus, daß das nasse Bein im vollen Sonnenlicht hing.

„So, das hätten wir!“ In seinen Augen blitzte es, und er lachte. „Bis zum Heimgehen dürfte sie trocken sein.“

Ich betrachtete sein nasses Unterhosenbein. Auch er sah an sich runter.

„Das macht gar nichts. Sie wird schon halbwegs von allein trocken, während ich in der Sonne sitze und angele. Wenn wir nach Hause gehen, habe ich ja die Hose drüber. Dann kann sie nicht dreckig werden.

Er hatte aber auch an alles gedacht!

„Komm, Josch, die Fische warten! Hoffentlich schrekke ich sie nicht mit meinem weißen Unterzeug ab!“

Er gab tatsächlich ’nen sonderbaren Anblick ab in seinen langen, röhrenförmigen Unterhosen und seinen karierten Hemdszipfeln, die lustig im Wind flatterten. Ich konnte mir nicht helfen, ich mußte einfach lachen. Und Uropa stimmte gleich mit ein.

Ich zog mein blaues Hemd aus und breitete es für ihn auf der Erde aus. Die Unterhose soll wenigstens sauber bleiben, dachte ich, sonst würde Tante Lou sich bestimmt zu Wort melden. Also setzte sich Uropa auf mein Hemd, und ich reichte ihm meine Angel. Mit meiner Angel war ich eigen; außerdem hatte ich meinen Lieblingshaken drangemacht, aber ich wollte Uropa so gut ausstatten, wie ich nur irgend konnte. Er verstand.

„Danke, Josch“, sagte er ruhig.

Ich zeigte ihm, wie man die Leine auswirft und nur soviel an der Angel ruckelt, daß der Haken sich unter Wasser bewegt. Ich nahm mir die andere Angel, befestigte ’nen Wurm am Haken und warf sie aus.

Wir hatten gar nicht lange so dagesessen, da spürte ich ’n kurzes Zucken an der Angel. Einer hatte angebissen!

Mein Herz klopfte. Uropa geriet ganz aus dem Häuschen. Er sprang auf und schaute mir aufgeregt zu. Endlich hatte ich den Fisch an Land. Er zappelte im Gras in sicherer Entfernung vom Wasser. Ich nahm mir 'nen Stein und machte seinem Leiden ein Ende.

„Großartig! Ausgezeichnet!" rief Uropa eins ums andere Mal. „Du bist ja ein toller Angler, Josch!"

Ich hatte noch nie jemanden soviel Wirbel um 'nen Fisch machen sehen. Klar, der Fisch war nicht schlecht, aber ich hatte schon größere aus dem Bach geholt. Trotzdem freute ich mich über diesen Kerl und noch mehr über Uropas Bewunderung.

Wir angelten weiter und aßen nebenher unsere Butterbrote. Tante Lou hatte uns wirklich ein brauchbares Mittagessen eingepackt. Als ich zuerst in den Korb guckte, dachte ich, damit würden wir 'ne ganze Woche am Bach kampieren können, aber zu unserer beider Überraschung schafften wir es, den Korb bis auf den Boden leer zu essen.

Gerade hatten wir den letzten Apfel genüßlich verspeist, da spürte ich wieder ein Reißen an meiner Angel. Diesmal feuerte Uropa mich schon an, bevor der Fisch überhaupt zu springen anfing.

„Was für ein prächtiger Bursche! Hol ihn, Josch! Zieh! Da hast du ihn ja! Großartig! Ein prächtiges Exemplar!"

Ich zog auch diesen Fisch an Land und legte ihn zu dem anderen ins Gras. Sie waren fast gleich groß. Uropas Gesicht war ganz rot vor Aufregung. Er riß sich die Mütze vom Kopf und schlug sie knallend auf sein weißbetuchtes Knie.

„Junge, Junge, Josch!" rief er. „Das ist ja besser als im Zirkus!"

Ich hätte schon immer für mein Leben gern mal 'nen Zirkus gesehen, aber bisher hatte es noch nie einen in unsere kleine Stadt verschlagen.

„Warste schon mal im Zirkus?" fragte ich neugierig.

Uropa fing sich wieder aus seiner Begeisterung. Er setzte sogar seine Mütze wieder auf. Dann griff er nach seiner Angel und ruckelte an der Schnur, genau wie ich's ihm gezeigt hatte.

„Ja. Ich habe manchen Zirkus gesehen."

„Und??? Wie geht's da zu? Was wird da gemacht?"

Und dann erzählte Uropa ausgiebig von den Trapezkünstlern, Jongleuren, Schwertschluckern, Messerwerfern und Dompteuren. Ich sperrte Mund und Augen auf. Vor lauter Staunen vergaß ich sogar, an der Angel zu ruckeln.

„Ich weiß genau, was meine Lieblingsnummer wäre", sagte ich schließlich.

„Was denn?"

„Die Dompteure!"

„Du magst wohl Tiere sehr gern."

„Und ob!"

„Da kannst du aber froh sein, daß du auf einer Farm lebst."

„Ach, da hat man doch nichts von!"

„Aber ihr habt doch alle möglichen Tiere", gab Uropa zurück.

„Klar, dumme Hühner und Schweine, Katzen in der Scheune und alberne Kühe. So was meine ich nicht."

„Aber ihr habt doch sicher auch Kälbchen und ..."

„Haste vielleicht schon mal 'n dressiertes Kalb gesehen?"

„Ach so!" Großpapa begriff. „Du meinst Tiere, denen man Tricks beibringen kann."

„Hm. Ja", murmelte ich gedankenverloren. „Bei Fuß und Pfötchen geben und Männchen machen und so."

Großpapa nickte. Er wollte gerade etwas sagen, da zog es an seiner Leine. Wir sprangen auf, und diesmal war ich's, der das Anfeuern besorgte.

„'n Prachtkerl! Langsam, langsam! Hol ihn! Jawohl, ja! Laß die Schnur 'n bißchen lockerer! Gut! 'n Riesenbrocken!"

Ich weiß nicht, wer von uns beiden am aufgeregtesten war, als Uropa den Fisch an Land zog. Jauchzend tanzten und hüpften wir zwischen den Bäumen und Sträuchern, ich in meinen hochgekrempelten Latzhosen und er in seiner engen, weißen Unterhose.

Als wir mit Lachen und Schulterklopfen fertig waren, beschlossen wir, daß es langsam Zeit sei, sich auf den Heimweg zu machen. Ich konnte am Sonnenstand ablesen, daß die Hühner bald hungrig sein würden, und außerdem konnten wir's kaum erwarten, Tante Lou unseren Fang zu zeigen.

Uropa holte seine Hose von dem Strauch und knotete sie um seinen Hals. Er wollte sich auf dem Heimweg auf keinen Fall nasse Hosenbeine einhandeln. Wir zogen die trockenen Hosenbeine so hoch wie möglich, sammelten unser Angelzeug und den Picknickkorb auf und reihten die Fische auf einen langen Bindfaden. Dann überquerten wir den Bach wieder, ich voraus und Uropa hintendrein.

Am anderen Ufer angekommen, zog Uropa seine Hose, Strümpfe und Schuhe wieder an, wir hoben unsere Sachen auf und gingen heimwärts.

„Das müssen wir von jetzt an öfter machen, Josch."

„Ja, aber – die Schule fängt doch bald wieder an."

„Dann müssen wir es halt wenigstens noch ein einziges Mal versuchen, bevor du in die Schule mußt."

„Ja, vielleicht klappt's ja, wenn ich nur meine Arbeit getan kriege. Vielleicht schaffen wir's nochmals!"

„Ich helfe dir", versprach Uropa. Und ich wußte, daß er zu seinem Wort stehen würde.

## Nummer Zwei

Wir Männer im Haus waren alle ’n bißchen besorgt um Tante Lou, obwohl’s keiner laut sagte. Die Ernte- und Einmachzeit war nicht einfach für ’ne Farmersfrau. Und Tante Lou war nur ’n Strich in der Landschaft und mußte von früh bis spät schwer schuften.

Ich tat mein Bestes, um sie mit Holz auf Vorrat zu versorgen. Onkel Charlie griff fast immer nach dem Geschirrtuch, sobald er vom Tisch aufgestanden war, und Opa bewachte die Küchentür wie ’n Schießhund, daß ja niemand Dreck an den Schuhen oder Hosenaufschlägen in die Küche trug. Eigentlich hätte er sich de Mühe sparen können. Wir achteten alle selbst auf unsere Schuhe.

Uropa war ’ne große Hilfe für Tante Lou. Mit Adleraugen suchte er sich Arbeiten, die er ihr abnehmen konnte. Dabei lachten und plauderten die beiden fröhlich. Sie mochten sich, das stand fest.

Uropa war auch der einzige, mit dem ich Tante Lou teilen konnte, ohne eifersüchtig zu werden. Ich freute mich, daß die beiden einander so gern hatten. Außerdem ließen sie mich immer gleich an ihren Späßen teilhaben, wenn ich in die Küche kam.

Obwohl wir alle versuchten, Tante Lou, wo’s nur ging, zu entlasten, hatte sie alle Hände voll zu tun. Je näher der Sonntag rückte, an dem Hiram Woxley uns mit seinem hohen Besuch beehren sollte, tat es Onkel Charlie zunehmend leid, glaube ich, daß er ihn überhaupt eingeladen hatte, weil das nur zusätzliche Arbeit für Tante Lou bedeutete.

Bis Sonntag war’s nicht mehr lang. Lou legte sich nicht übermäßig ins Zeug, wie sie’s für die Witwe Rawleigh getan hatte. Hiram war Onkel Charlies Gast. Sie würde ein ordentliches Sonntagsessen auftischen, und damit hatte sich's.

Mir war trotz allem 'n bißchen mulmig bei der Sache. Was wäre, wenn der Bursche Tante Lou tatsächlich schöne Augen machen sollte? Oder umgekehrt???

Schließlich war es dann soweit: Der bewußte Sonntag war da – obwohl ich mir sehnlichst gewünscht hatte, er würde im Kalender übersprungen werden.

Wir gingen wie gewöhnlich in die Kirche. Bei der Predigt hörte ich nicht besonders gut zu. Pastor White sprach übers „Bereitsein", und ich hatte wirklich nicht vor, allzu bald „heimzugehen". Ich dachte nun mal nicht gern über das Sterben nach; deshalb suchte ich mir was anderes zum Nachdenken. Zuerst wollte mir nichts Rechtes einfallen, aber dann dachte ich an Uropas Zirkus, und ich lehnte mich zufrieden in der Holzbank zurück.

Ich stellte mir vor, ich wäre der Zirkusdirektor mit einem hohen schwarzen Zylinder auf dem Kopf, wie Uropa es beschrieben hatte, einem weißen Spitzenhemd und einem roten Gehrock. Ich hatte keine Peitsche, sondern bloß 'nen kleinen Stab, und ich hatte jede Menge Hunde, und zwar alle möglichen Arten und Größen. Jeder Hund konnte einen neuen Trick vorführen, und die Zuschauer klatschten und jubelten und verlangten eine Zugabe nach der anderen. Ich hatte mich nicht mal gebührend verbeugen können, da war der Gottesdienst schon aus, und die Leute strömten zur Tür raus. Ich konnte kaum glauben, daß die Zeit so schnell vergangen war.

Bald saßen wir alle wieder im Wagen. Ich saß auf meinem Platz hinten. Sobald wir um die Ecke gebogen waren, zog ich meine Sonntagsschuhe und Strümpfe aus. Uropa sah mir zu.

„Die guten Sonntagsschuhe sollte man doch nicht unnötig abnutzen", erklärte ich ihm.

Ehe ich mich's versah, stieg Uropa von seinem Platz zu

mir rüber und setzte sich neben mich; dann langte er nach unten und zog sich auch die Schuhe aus. Er stellte sie weit genug in den Wagen, daß sie nicht rauspurzeln konnten, und ließ die Beine vergnüglich im Fahrtwind baumeln.

„Diese Dinger waren mir immer schon zu eng", flüsterte er mir zu.

Als wir in unseren Hof einbogen, beeilten wir uns, Strümpfe und Schuhe wieder anzuziehen. Wie ich das so sah, würde ich wohl den Rest des Tages darin rumlaufen müssen, weil wir ja Besuch kriegten.

Lou tat ohne allzugroße Hast die letzten Handgriffe in der Küche. Hiram kam an und wurde von Opa und Onkel Charlie herzlich willkommen geheißen. Zwei von Fünfen war eigentlich nicht schlecht, dachte ich im stillen.

Es dauerte nicht lang, bis Lou uns zum Essen rief. Sie setzte Hiram an die eine Tischseite zu Opa und Onkel Charlie, und Uropa und ich saßen links und rechts neben ihr.

Hiram war sichtlich von Lous Kochkünsten beeindruckt. Ich spürte einen Knoten in der Magengrube, so daß ich sogar auf 'ne zweite Portion Pudding verzichten mußte. Ich zermarterte mir das Hirn nach einer Bemerkung darüber, wie teuer gutes Geschirr und Besteck wie unseres heutzutage geworden war. Doch alles, was mir einfiel, wär' von Opa als grobe Unhöflichkeit bezeichnet worden. Also schluckte ich's ungesagt runter.

Sobald wir mit dem Essen fertig waren, übernahm Onkel Charlie das Kommando. Er hatte wohl nicht vor, den Nachmittag zu verpatzen wie beim letzten Mal.

„Lou", sagte er, „du hast so schwer gearbeitet in letzter Zeit, eingemacht, gebacken und alles, du hast auch mal 'ne Pause verdient. Geh du doch mit Hiram auf die Veranda und unterhalt dich 'n bißchen; dein Pa und ich waschen das Geschirr dann schon ab."

Lou guckte ihn ganz groß an, aber bevor sie überhaupt zu Wort kam, sagte Opa auch schon: „Gute Idee!" und schubste sie zur Tür hinaus. Er ging sogar auf Nummer Sicher und sagte zu Uropa: „Pa, haste nicht Lust, 'ne Runde Mühle mit Josch zu spielen? Ich hab' versucht, es ihm beizubringen, aber ich kann's lange nicht so gut wie du. Außerdem hab' ich schon 'ne Ewigkeit nicht mehr gespielt, so daß ich die Hälfte glatt vergessen habe."

Also, auf mein Ehrenwort, Opa war 'n recht passabler Mühlespieler, wenn er sich bloß die Zeit dazu nahm. Er hatte sich sogar unter Nachbarn und Freunden einen Namen im Mühlespielen gemacht. Wir hatten uns manchen langen Winterabend damit vertrieben. Nur während der Ernte dachte eigentlich niemand ans Spielen, nicht mal sonntags. Da saßen die Männer lieber ruhig im Sessel und legten die Beine hoch oder lasen, anstatt den Kopf anstrengen zu müssen.

Onkel Charlie klapperte mit der Spülschüssel und ließ das heiße Wasser einlaufen, während Opa geschäftig um den Tisch herum lief, um das Geschirr einzusammeln.

Lou schaute recht entgeistert drein, aber ehe sie Opa 'ne Szene machte, ließ sie sich zur Tür hinaus auf die Veranda schieben. Hiram folgte ihr grinsend, und ich spürte wieder die Steine in meinem Magen.

„Das Mühlebrett steht da drüben, Pa – hol's doch mal gerade, Junge! Du weißt doch, wo's steht."

So wurden Uropa und ich also in eine Ecke der Küche abgeschoben und zum Mühlespielen verbannt. Ich war jedoch überhaupt nicht bei der Sache und spielte miserabel. Auch merkte ich, daß Uropa ebensowenig bei der Sache war.

Als das Geschirrklappern eine orkanartige Lautstärke angenommen hatte, flüsterte Uropa mir was zu, ohne die Augen vom Spielbrett zu wenden.

„Was geht hier eigentlich vor, Josua?"

Ich war erstaunt, daß er so schnell gemerkt hatte, daß hier was nicht stimmte. Ich zögerte einen Augenblick. Dann beschloß ich, ihm einfach alles zu erzählen. Ich konnte ja so gut einen Verbündeten gebrauchen! Und irgendwie wußte ich genau, daß ich auf Uropa zählen konnte.

„Opa und Onkel Charlie suchen 'nen Mann für Tante Lou."

Er schwieg 'n paar Minuten lang; dann, als Onkel Charlie mit dem Besteck klapperte, flüsterte er wieder: „Weiß sie Bescheid?"

„Nicht die Bohne!"

Ich glaubte, gehört zu haben, wie er „Gut!" sagte, war mir aber nicht ganz sicher.

„Ist sie daran überhaupt interessiert?"

„Nee, ist sie nicht", antwortete ich im Brustton der Überzeugung. Später würde ich ihm alles erklären.

Diesmal hörte ich genau, wie er „Gut!" sagte.

„Was weißt du über diesen Hiram?" Uropas Augen waren keine Sekunde lang vom Brett gewandert. Ich wußte, daß er damit Hirams schlechte Seiten meinte.

„Bloß, daß er hinter dem Geld her ist", flüsterte ich und versuchte, so auszusehen, als läge gerade 'n besonders schwieriger Zug vor mir.

„Du bist ein schlechter Gegner für mich, Josch", neckte er mich jetzt für alle hörbar, „wenn du dich nicht ein wenig mehr anstrengst. Komm, wir vertreten uns draußen die Beine etwas!"

Ich sah, wie Opa und Onkel Charlie sich einen nervösen Blick zuwarfen, als Uropa und ich auf die Küchentür zusteuerten. Uropa mußte das gesehen haben, aber er tat so, als wären sie Luft.

„Als ich in deinem Alter war, haben wir ein Geschicklichkeitsspiel gehabt, das ‚Messer in den Kreis' hieß. Dazu nimmst du ein Taschenmesser und markierst einen kleinen Kreis auf dem Boden, so, siehst du. Da hinein legst du eine Handvoll Steinchen. Dann gehst du einen Schritt zurück und wirfst dein Messer. Das Messer muß aufrecht in dem Kreis steckenbleiben. Du mußt also zwischen die Steinchen treffen. Jedesmal, wenn dein Messer steckenbleibt, darfst du einen Schritt weiter zurückgehen. Wenn dein Messer nicht steckenbleibt, mußt du wieder von vorne anfangen. Wer zum Schluß am weitesten hinten steht, hat gewonnen. Wollen wir's mal versuchen?"

Ich konnte ganz gut mit meinem Taschenmesser umgehen, und das Spiel klang so interessant, daß ich gleich Feuer und Flamme war.

Inzwischen waren wir auf der Veranda angekommen. Tante Lou und Hiram saßen bei einem Glas Limonade und plauderten über irgendwas. Hiram sah äußerst zufrieden mit sich selbst aus, aber Tante Lous Gesicht zeigte immer noch Spuren der Verwirrung. Uropa blieb stehen und tauschte 'n paar Bemerkungen aus.

„Josua und ich wollen hier unten ein Spielchen ausprobieren."

Wir gingen weiter. Uropa zeichnete einen Kreis in die Erde, und wir legten jeder drei runde Steinchen hinein.

Die ersten paar Würfe waren noch kinderleicht, doch langsam, aber sicher wurde die Sache schwieriger. Wir einigten uns auf zehn Minuten Laufzeit für die erste Runde. Am Schluß stand ich elf Schritte zurück, und Uropa zehn.

Als wir dann unsere Messer für die nächste Runde aus dem Kreis zogen, tat Uropa etwas Merkwürdiges. Er holte einen Zehner aus der Tasche und reichte ihn mir. Seine Stimme klang gedämpft.

„Den wollte ich dir schon lange geben. Wenn du das nächste Mal in die Stadt kommst, such mir doch einen guten Angelhaken aus – einen, um den die Fische sich geradezu schlagen."

Es kam mir spanisch vor, daß Uropa ausgerechnet jetzt Angelhaken in den Sinn kamen, aber ich nickte nur und steckte den Zehner ein. Als ich den Kopf hob, sah ich zufällig, wie Hiram uns von der Veranda aus beobachtete. Ich dachte mir nichts weiter dabei, außer daß ich ihn am liebsten auf den Mond geschossen hätte. Ich reichte Uropa sein Messer. Er wischte die Klinge sorgfältig ab, und wir fingen 'ne neue Runde an. Diesmal schnitt ich noch besser ab als beim ersten Mal; ich war Uropa sogar um zwei Schritte voraus.

„Wenn ich's mir recht überlege, Josua", sagte er, als wir unsere Messer aus dem Kreis holten, „solltest du mir vielleicht gleich zwei Haken kaufen, damit jeder einen funkelnagelneuen hat."

Ich hätte gar nicht gedacht, daß Uropa nach dem einen Ausflug zum Bach derartig scharf aufs Angeln war. Wieder drückte er mir einen Zehner in die Hand. Diesmal hatte er umständlich mit seinem Kleingeld in der Tasche geklingelt, als hätte er Schwierigkeiten, die richtige Münze zu finden. Perplex steckte ich den Zehner zu dem anderen in die Tasche. Zwei Zehner waren 'ne Menge Geld für zwei Angelhaken. Ich würde ihm halt die allerbesten Haken mitbringen, die ich nur auftreiben konnte, und ihm den Rest des Geldes zurückgeben.

Uropa hob die Stimme. Ich stand eigentlich nur 'n paar Schritte von ihm entfernt, aber er hatte mir den Rücken zugewandt, und vielleicht hatte er gedacht, ich wär' schon 'n Stück weitergegangen.

„Nun, Josua, genug der Vorübungen. Jetzt wird's ernst mit dem Spiel."

Ich sah Hiram von der Veranda aus auf uns zuschlendern. Uropa stand mit seinem Messer in der Hand da und wischte die Klinge sauber. Hiram kam näher.

„Nettes Spielchen!" sagte er schließlich.

„Schon mal ‚Messer in den Kreis' gespielt?" fragte Uropa.

„Nee."

„Kennen Sie die Regeln?"

„Hab' schon gesehen, wie's geht."

Uropa spürte ihm sein Interesse ab.

„Möchten Sie mitwerfen?"

„Würd's ganz gerne mal probieren."

Er zog sein Taschenmesser hervor und prüfte die Spitze auf ihre Schärfe.

„Wir wollen gerade die erste Runde anfangen, die zählt. Am besten werfen Sie erst ein paarmal zur Übung."

Uropa holte seine Taschenuhr hervor und studierte die Zeit, während Hiram warf. Der machte sich ganz gut mit seinem Messer.

Uropa ließ ihn drei Würfe aus verschiedenen Entfernungen tun.

„Das genügt jetzt!" sagte er, mit der Uhr in der Hand, als ob's bei diesem Spiel auf die Sekunde ankäme. „Josua, du fängst an!" Eine Pause, ein Blick auf die Uhr und: „Los!"

Ich warf. Mein Messer landete mit der Klinge im Boden. Das Spiel lief.

„Hiram", sagte Uropa und nickte ihm zu.

Hiram warf. Sein Messer bohrte sich ein. Uropa zielte lange und umständlich, als ob das Spiel plötzlich furchtbar wichtig geworden wäre. Ich spürte diese Veränderung deutlich und dachte, vielleicht war unser Spiel zuvor wirklich nur zur Übung gewesen. Hiram spürte den Ernst der Sache auch. Ich sah, wie die Spannung in seinem Gesicht wuchs.

Uropa schätzte die Entfernung ab, betrachtete die Lage der Steine, studierte sein Messer sorgfältig und warf. Das Messer bohrte sich in den Boden, und ich hörte ihn erleichtert aufatmen.

Wir holten uns unsere Messer wieder und stellten uns einen Schritt weiter hinten auf. Die Runden dauerten jetzt viel länger. Uropa schien das Tempo zu bestimmen. Er spielte so anders als vorher, daß es mir kaum wie dasselbe Spiel vorkam. Runde um Runde zielten wir, warfen und holten die Messer wieder und bezogen neu Position. Opa und Onkel Charlie guckten uns 'ne Weile besorgt zu, aber wir müssen wohl so sehr in unser Spiel versunken ausgesehen haben, daß sie achselzuckend wieder gingen.

Eins muß man Hiram lassen: Wenn er 'n Spiel macht, dann ist er mit Leib und Seele dabei. Ich hab' selten jemand so angespannt spielen sehen. Uropa war zwar auch mit allem Ernst dabei; er spielte langsam und bedächtig, aber er schien innerlich ruhig zu sein, ganz im Gegenteil zu Hiram.

Wir spielten den ganzen Nachmittag. Schritt für Schritt bewegten wir uns von dem Kreis weg, bis wir ihn schließlich kaum noch sehen konnten, und dann fingen wir wieder von vorne an.

Ich landete öfter an der Ausgangsstellung als die beiden anderen. Kaum zu glauben, daß ich es geschafft hatte, Uropa bei den ersten beiden Spielen zu schlagen! Ich muß wohl das blinde Huhn gewesen sein, das auch mal 'n Korn gefunden hatte.

Hiram geriet in Schweiß. Winzige Tropfen standen auf seiner Stirn, und die kamen bestimmt nicht von dem milden Spätsommerwetter.

Lou hatte sich längst aus dem Staub gemacht. Ich hatte sie mit einem Buch in der Hand in Richtung Bach verschwinden sehen. Onkel Charlie und Opa gingen grollend auf der Veranda auf und ab, aber es half alles nichts; das Spiel ging weiter.

Uropa und Hiram waren sich dicht auf den Fersen. Gelegentlich befragte Uropa seine Taschenuhr und rasselte dabei umständlich mit der Kette. Dann schüttelte er den Kopf, um anzudeuten, daß die Zeit noch nicht um war, und daß wir zu 'ner neuen Runde starten würden.

Ehrlich gesagt, ich war das Spiel inzwischen ziemlich leid geworden, was man von Hiram allerdings nicht sagen konnte. Er war Uropa einen Schritt voraus und schien alles daran zu setzen, daß das auch so blieb. Uropa guckte gerade wieder auf seine Uhr.

„Noch eine Minute. Das ist jetzt unser letzter Wurf."

Hiram nagte an seiner Unterlippe. Er und Uropa standen nebeneinander in Rekordentfernung zum Kreis. Wenn sie's beide schafften, würde das Spiel unentschieden enden. Ich war natürlich für Uropa. Ich selbst war so weit zurückgefallen, daß ich schon gar nicht mehr ernsthaft mitzählte.

Hirams Gesicht war beinahe schmerzlich verzogen, als er sich zu seinem letzten Wurf aufstellte. Ich wollte mich schon fragen, ob er das Messer nie mehr loslassen würde, da warf er. Die Schneide blitzte durch die Luft. Sie stieß mit einem dumpfen Schlag auf die Erde – zwischen die Steine getroffen! – und blieb zitternd aufrecht stecken. Hiram sah aus, als wollte er in ein Freudengeschrei ausbrechen, tat's dann aber doch nicht. Er zog sein Taschentuch hervor und wischte sich über die Stirn.

Jetzt war Uropa dran. Er zielte gemächlich. Sein Gesichtsausdruck war immer noch entspannt. Am liebsten hätte ich Hirams Messer einen Fußtritt versetzt. Ich hoffte inständig, daß Uropa wenigstens ein Unentschieden erzielte; das wäre nicht ganz so niederschmetternd.

Hiram sprang vor lauter Spannung von einem Bein aufs andere. Ich hatte schon Angst, daß er Uropa beim Konzentrieren stören würde. Deshalb warf ich ihm einen finsteren Blick zu, aber das schien er nicht mal zu merken.

Endlich sauste Uropas Messer seinem Ziel entgegen. Sauber durchschnitt es die Luft. Ich hatte das Gefühl, als flöge mein ganzes Wesen mit dem Messer. Alle standen regungslos da. Ich wartete auf den dumpfen Aufschlag des Messers auf dem weichen Boden, aber statt dessen klickte es scharf, bevor das Messer flach landete. Uropas Messer hatte den größten Stein im Kreis getroffen!

Hiram rief: „Juchuuu!" und ich hätte ihn treten mögen. Der arme Uropa! Er hatte sich so viel Mühe gegeben! Aber er war ein besserer Verlierer als ich. Gutmütig lächelnd drehte er sich zu Hiram um.

„Nicht schlecht für einen Novizen“, sagte er und reichte ihm die Hand.

Ich wußte zwar nicht, was ein „Novize“ ist, aber was allzu Gutes konnte ich schon mal nicht dahinter vermuten.

Hiram war immer noch derartig aus dem Häuschen vor Aufregung, daß er Uropas Hand kaum richtig schütteln konnte. Ich konnte kaum glauben, daß jemand, der ’n erwachsener Mann sein will, so außer sich geraten konnte, bloß weil er ’n Spiel gewonnen hatte – selbst, wenn’s den ganzen Nachmittag gedauert hatte.

„Meinen Glückwunsch!“ hörte ich Uropa sagen. „Sie haben wirklich grandios gespielt!“

Hiram konnte sein Glück immer noch nicht fassen. Er wollte Uropas Hand gar nicht loslassen.

„Und wieviel hab’ ich gewonnen?“ platzte er heraus.

„Gewonnen?“ Uropa schaute restlos verblüfft drein. Ich jedenfalls auch. Opa und Onkel Charlie, die sich gerade wieder zu uns gesellt hatten, sahen ebenfalls reichlich erstaunt aus.

„Ja, äh ...“ Hiram wurde unsicher. „Ich dachte, Sie spielen um ...“

„Ich habe noch nie im Leben um Geld gespielt.“ Uropa sah regelrecht entrüstet aus. „Das wäre ja die reinste Spielhölle. Wenn man nicht aus reinem Spaß an der Sache spielen kann, soll man’s lassen, sage ich immer.“

„Aber Sie haben doch Josch ...“

„Ich habe Josch ein paar Groschen gegeben, damit er mir Angelhaken aus der Stadt mitbringt. Wir wollen nämlich zusammen angeln gehen, bevor er wieder in die Schule muß.“

Hirams Enttäuschung schlug in Verlegenheit um. Er räusperte sich und wischte sein Messer betulich ab.

In diesem Moment rief Lou vom Haus her: „Kaffee ist fertig!“ Wir setzten uns alle in Marsch. Sie hätte keinen glücklicheren Zeitpunkt wählen können. Die Stimmung war nämlich ’n bißchen geladen gewesen, obwohl ich immer noch nicht ganz verstand, warum.

Hiram machte sich auf den Heimweg, sobald er mit seinem Stück Kuchen fertig war und den letzten Schluck Kaffee hinterhergespült hatte. Er bedankte sich ziemlich wortkarg bei Onkel Charlie für die Einladung. Als er ein Dankeschön für das Sonntagsessen murmelte, sah er Lou dabei noch nicht mal an. Auch Uropa wagte er nicht ins Gesicht zu gucken. Er gab ’n reichlich komisches Bild ab, wie er da die Flucht ergreifen wollte, ohne zu wissen, wohin mit seinem Blick.

Onkel Charlie ging mit Hiram das Gespann holen, und wir hörten die großen Füchse alsbald vom Hof donnern. Onkel Charlie kam wieder rein. Lou war dabei, den Tisch abzudecken. Niemand protestierte und wollte sie auf die Veranda zum Ausruhen schicken.

Uropa grinste mir heimlich-verschmitzt zu und zwinkerte mit den Augen. Er schüttelte den Kopf, als ob er die Welt nicht mehr verstand. Schließlich wandte er sich an Onkel Charlie.

„Dein Freund machte zuerst so ’nen netten Eindruck, Charles. Ich kann kaum glauben, daß er ein Glücksspieler ist. Eine Schande, eine regelrechte Schande!“

Ich machte, daß ich nach draußen kam, bevor ich laut loslachte.

## Herbsttage

Onkel Charlie mußte wegen Garbenschnüren in die Stadt, und Uropa beschloß mitzufahren. Ich wär' für mein Leben gern auch mit von der Partie gewesen, aber ich hatte viel zuviel Arbeit, die erledigt werden mußte. Ich hatte immer noch die beiden Groschen von Uropa in der Tasche, und ich konnte es kaum abwarten, die Angelhaken bei Kirk durchzusehen. Ich wollte Uropa sein Geld zurückgeben, weil ich dachte, vielleicht würde er die Haken lieber selbst aussuchen, aber er hatte gemeint, ich kenne mich da besser aus.

Die Arbeit wollte mir heute gar nicht recht von der Hand gehen. Irgendwie vermißte ich Uropas Gesellschaft dabei. Nach dem Essen hatte ich ein bißchen Zeit übrig. Ich holte mir mein Angelzeug und säuberte die Haken. Mit einem davon hätte ich mich um ein Haar gestochen. Tante Lou geriet in helle Aufregung und sagte, ich solle die Haken lieber wieder einpacken. Meine spitzen Angelhaken machten sie nämlich immer nervös.

Ich ging nach draußen, um Holz zu spalten. Der Stapel war schon ganz beträchtlich, als ich endlich den Wagen in den Hof rattern hörte. Ich schlug die Axt in den Hackblock und rannte in die Küche.

„Sie kommen!“

„Ja?“

Pause. Tante Lou gönnte sich gerade ein paar seltene Minuten mit einem von diesen dicken Bestellkatalogen. Wie gebannt studierte sie die Seiten.

„Kaffee fertig?“

Jetzt guckte sie doch auf. Ihre feinen Augenbrauen gingen in die Höhe.

„Willste etwa Kaffee haben?“

„Ich doch nicht! Uropa und Onkel Charlie. Ich dachte, vielleicht hätten die gern ’ne Tasse Kaffee oder ’n Glas Saft oder so.“

Lou lächelte und legte den heißgeliebten Katalog beiseite.

„Bist wohl hungrig, was, Josch?“

Das hatte ich zwar nicht sagen wollen, aber ich hatte auch wiederum nichts dagegen, daß sie mich mißverstanden hatte. Als die Männer von der Scheune reinkamen, hatte Lou ein paar Stücke Butterkuchen geschnitten, und das Kaffeewasser kochte. An meinem Platz stand ein großes Glas Milch.

Uropa trat auf mich zu und legte mir die Hand auf die Schulter. Am liebsten hätte ich mich ganz dicht an ihn geschmiegt und mit dem Schwanz gewedelt.

„Wie war’s im Stall?“

„Ganz gut. Bin so früh fertig geworden, daß ich sogar noch Zeit hatte, meine Angelhaken sauberzumachen.“

„Ich hatte eigentlich vor, mir die Haken im Geschäft mal anzusehen, aber ich bin nicht mehr dazu gekommen.“

Ich fragte mich, was Uropa wohl die ganze Zeit in der Stadt getrieben haben mochte, daß er nicht mal Zeit für die Haken gefunden hatte. Onkel Charlie kam in die Küche.

„Ich hab’ da ’n kleinen Zettel in Kirks Laden angeschlagen gesehen, der dich interessieren dürfte, Josch.“

Ich guckte Onkel Charlie groß an. Was in aller Welt konnte ein Anschlag in Kirks Laden mit mir zu tun haben? Er spannte mich nicht lange auf die Folter.

„Da stand groß und breit drauf: ‚Schulanfang nächsten Montag.‘“

Onkel Charlie fuhr mit dem Zeigefinger durch die Luft, als wollte er jedes Wort einzeln unterstreichen.

Ich mußt wohl recht entgeistert dreingeschaut haben.

Onkel Charlie lachte, und Uropa teilte meine Enttäuschung sichtlich.

„So bald schon?“ fragte er Onkel Charlie.

Onkel Charlie nickte. „Die Ernte ist früh dieses Jahr, und die meisten sind fast fertig damit. Hab' Tom Smith in der Stadt getroffen. Der meinte, er brauche nur noch 'n paar Stunden heute, dann sei die Ernte fertig. Hab' selbst die Dreschtruppe für Donnerstag bestellt. Dan mäht heute die letzten paar Streifen Klee. Alle anderen Felder sind gebündelt, und bei diesem Wetter trocknen sie im Nu. Bis Donnerstag sind wir längst soweit. So, jetzt muß ich aber wieder.“

Er stand vom Tisch auf. Plötzlich schien ihm was einzufallen. Er zog 'ne kleine Papiertüte aus der Hemdtasche und reichte sie Tante Lou. Jedesmal, wenn Onkel Charlie in die Stadt fuhr, brachte er Kaugummis, Lakritzen oder saure Drops mit. Er blinzelte Tante Lou zu.

„Vielleicht kannste Josch 'n paar abgeben, wenn er sich ordentlich benimmt.“

Er schwang seine Mütze auf den Kopf und ging.

„Nächsten Montag“, sagte Uropa nachdenklich. „Das wird wohl heißen, daß wir beide diese Woche noch angeln gehen müssen, Josua. Meinst du, das kriegen wir hin?“

Jetzt war ich doppelt froh, daß ich so viel Holz gespalten hatte.

„Morgen“, sagte ich. „Morgen gehen wir angeln. Ich lauf' gleich raus und spalte noch mehr Holz, bevor ich zu den Schweinen gehe.“

Auf dem Weg zum Hackblock dachte ich, wie Onkel Charlie eine gute und eine schlechte Nachricht mitgebracht hatte. Es war nicht schwer zu erraten, wo der nächste Montag hinpaßte. Die gute Nachricht war, daß die Dreschtruppe für Donnerstag bestellt war. Das Dreschen war für mich eins der Hauptereignisse im ganzen Jahr.

Meistens ging's in aller Frühe los damit. Während ich morgens die Tiere fütterte, wartete ich schon ganz gespannt auf das Schnaufen und Knattern der großen Dreschmaschine, wie sie in unser Tor einfuhr. Und dann würde es nicht mehr lange dauern, bis sie ein Bündel nach dem anderen verschlang und auf der einen Seite goldenes Korn ausspuckte und auf der anderen feines Stroh in hohem Bogen.

Die ersten paar Stunden vergingen immer damit, die Dreschmaschine aufzubauen. Danach wurde der große Dampftraktor angelassen. Der lange Treibriemen begann sich zu drehen und setzte die verschiedensten Teile der Dreschmaschine in Bewegung. Zuerst lief alles langsam und ächzend, als ob die Maschine noch müde vom letzten Einsatz wäre. Der Mann, dem die Maschine gehörte, stand derweil keine Sekunde still. Er lief ständig hin und her und guckte hier und da, ob auch alles seine Richtigkeit hatte. Nachdem er sich endlich davon überzeugt hatte, daß alles reibungslos lief, ließ er sie im Leerlauf vor sich hin puffen und kam zum Frühstück ins Haus.

Ich saß am Tisch in der Küche und spitzte die Ohren. Ich wollte nämlich zu gern der erste sein, der das Zaumzeug klingeln und die Eisenräder auf der Straße rasseln hörte. Wir erwarteten mindestens fünf bis sechs Gespanne. Manchmal kamen sie erst zum Haus, manchmal zogen sie direkt aufs Feld. Wenn die Gespanne im Hof angekommen waren, leerte der Dreschmaschinen-Besitzer seine Kaffeetasse und ging nach draußen zu seiner Maschine. Da kreiste er um seinen kostbaren Besitz und horchte, öffnete hier und da ein Seitenkläppchen und besah sich Schrauben und Rädchen.

Wenn die Sonne hoch genug stand, daß die Garben trocken waren, zog das Leitgespann los. Ein paar zusätzliche Männer fuhren mit. Das Gespann bewegte sich langsam durch das Feld, während die Männer die Bündel mit Heugabeln aufluden.

Mit der ersten Fuhre wurde die Maschine ausprobiert; dazu brauchte es keine volle Ladung. Jetzt ging's erst richtig los. Der Starthebel wurde gezogen, und die Maschine geriet in Bewegung. Der Motor heulte auf und vibrierte. Grauschwarzer Rauch schoß in die Luft. Unter Donnern und Dröhnen erreichte die Maschine ihr volles Arbeitstempo. Stampfend und zitternd glich sie einem wütenden Drachen. Merkwürdig, daß sie vor lauter Rütteln und Schütteln nicht seitwärts ins Feld rutschte. Der Besitzer muß wohl so ähnlich gedacht haben; der packte nämlich immer große Steine um die vibrierenden Eisenräder. Dann winkte er das Gespann nahe an die Maschine ran, und die Männer auf dem Wagen gabelten die Bündel in schneller Folge auf das Förderband, das sie dann in den Bauch der großen Maschine transportierte.

Und hier spielte sich ein wahres Wunder ab. Die Bündel kamen in 'ner total anderen Form wieder zum Vorschein, als sie reingeschoben worden waren. Das reine Korn floß aus einer Luke in 'ne Kiste, die direkt darunter stand. Eine kleine Staubwolke aus der anderen Luke blies das Stroh weg.

Ich stand jedes Jahr gebannt vor diesem unglaublichen Schauspiel: Im Handumdrehen verwandelte sich das Getreide in 'ne völlig andere Form!

Die Männer besahen sich das Korn von dieser Dreschprobe. Sie ließen es durch ihre Finger gleiten und kauten sogar darauf rum. Wenn sie es für gut befanden, gaben sie den wartenden Gespannen das Startsignal, und auf ging's in die Felder.

Ich schaute auch gern zu, wie das gedroschene Korn die Kiste langsam, aber unaufhaltsam füllte und wie es dann von der Kiste in Säcke geschaufelt wurde. Ich mochte den herben Geruch, der von dem Korn ausging – obwohl ich manchmal vor lauter Staub niesen mußte. Und dann waren da die Mäuse, die ich für mein Leben gern aus den Garbenhaufen scheuchte!

Sogar das Essen war was Besonderes während der Erntezeit. Die Männer arbeiteten schwer und brauchten herzhafte Mahlzeiten. Wir sorgten immer dafür, daß Tante Lou in der Erntezeit Hilfe hatte. So ’ne ganze Erntemannschaft zu versorgen war mehr Arbeit, als eine Frau allein schaffen konnte.

Als ich jetzt mein Holz hackte, freute ich mich schon unbändig auf Donnerstag. Ich konnte es kaum erwarten, die Gespanne einfahren zu hören.

Am Mittwoch fanden Uropa und ich endlich Zeit, zum Angeln an den Bach zu gehen. Meine einzige Sorge war, daß ich noch nicht dazu gekommen war, die neuen Haken in der Stadt zu besorgen. Aber meine alten hatten’s schließlich bislang auch getan.

Uropa trug seine Angel und unser Mittagessen; ich hatte meine Angel, ’ne Konservendose mit Erde und Würmern drin und ’ne alte Jacke für Uropa zum Draufsitzen. Wir beschlossen, diesmal eine andere Angelstelle auszuprobieren. Sie lag ’n bißchen weiter bachaufwärts. Da gab’s einen Baumstamm, auf dem man herrlich sitzen konnte – wenn man sich das nötige Polster mitgebracht hatte –, und ein paar Bäume dahinter zum Anlehnen.

Uropa hatte den Bogen schnell raus. Er machte seine Angel selbst fertig und hatte den Haken sogar vor mir im Wasser. Er ruckelte leicht an seiner Angel, nicht zuviel und nicht zu wenig. Wir lehnten uns gemütlich zurück und warteten auf den ersten Fisch.

„Du, Josua“, sagte Uropa mit ’nem Lächeln um die Lippen, „ich hab’s eigentlich gut.“

Ich guckte ihn fragend an.

„Wie meinste das?“

„Weißt du“, erklärte er, „ich glaube, ich bin ein Mann in den besten Jahren. Besser kann’s gar nicht werden.“

Ich begriff immer noch nicht.

„Schau dich selbst an!“ sagte er. „Klar, du hast dein Vergnügen: Angeln, ein sorgloses Leben. Aber du mußt auch viel und feste arbeiten.“

Ich war froh, daß er das auch gemerkt hatte.

„Und dann mußt du bald zur Schule gehen, ob du willst oder nicht. Ich hoffe doch, du willst. Dein Opa und dein Onkel Charlie, die haben ihre Sorgen. Die sind von früh bis spät auf den Beinen und tragen viel Verantwortung. Aber ich ...“ Er seufzte zufrieden und lehnte sich an den sonnenwarmen Baumstamm, „ich brauche nicht in die Schule zu gehen – obwohl das nicht das Schlimmste wäre. Ich brauche nicht einmal unbedingt im Stall zu helfen, wenn ich nicht will. Niemand erwartet, daß ich mit einer Heugabel oder einem Rechen in der Hand herumlaufe. Niemand guckt mich scheel an, wenn ich morgens einmal länger liegenbleibe oder abends mit den Hühnern ins Bett gehe. Ich brauche keine schwierigen Entscheidungen zu treffen, wie zum Beispiel, welche Kälber verkauft werden und welche nicht, oder was auf welchem Feld ausgesät werden soll, oder ob sich's noch lohnt, den alten Pflug zu reparieren. Tja, Josua, ich hab's wirklich gut.“

Jetzt verstand ich, was er meinte. Ich hätte nie gedacht, daß das Altwerden auch seine guten Seiten hatte. Uropa hatte welche für sich entdeckt. Er grinste mich an, und aus seinen blauen Augen funkelte es verschmitzt.

„Schlafen, essen, schlafen und wieder essen. Das ist mein ganzes Leben.“

Das klang zwar nicht schlecht, aber was Unzutreffenderes hätte er kaum sagen können. Ich sah ihn vor mir, wie er die Hühner fütterte, Wasser pumpte und Holz schleppte. Oder wie er Gemüse putzte oder Geschirr abtrocknete oder den Küchenfußboden scheuerte.

Vielleicht hatte er ja recht: Er brauchte das alles nicht zu machen; aber wer Uropa kannte, der wußte, daß er, solange ihn seine zwei Beine trugen, sein Bestes geben würde, um's jemand anders leichter zu machen. Er war schon 'n patenter alter Herr, mein Uropa.

„Jawohl“, sagte er gerade, während er an seiner Angel ruckelte. „Ein Mann in den besten Jahren. Nur Mama fehlt mir zu meinem Glück.“

Dann fing er an, mir von Urgroßmutter zu erzählen. Wie er sie kennengelernt hatte, als er erst neunzehn war, und wie er gleich gewußt hatte, daß sie die Frau für ihn war. Und er sprach von all den Jahren mit ihr und von allerhand kleinen Begebenheiten, die ihm bestimmt damals ganz unwichtig vorgekommen waren. Er erzählte nichts von der Zeit, nachdem sie gestorben war, aber nach allem, was er mir berichtet hatte, und der Art, wie er's erzählt hatte, konnte ich mir gut vorstellen, wie sehr er sie vermißte. Schließlich wußte ich selbst, wie's ist, wenn man Angehörige verliert.

Wir angelten schweigend weiter. Nach 'ner Weile beschlossen wir, unser Mittagessen auszupacken. Ich machte mir schon langsam Vorwürfe, die verkehrte Angelstelle ausgesucht zu haben, weil so lange keiner anbeißen wollte. Ich hätte mich so gefreut, wenn Uropa einen Fisch an die Angel gekriegt hätte.

Gerade hatten wir unser kaltes Hühnchen aus dem Korb geholt, da regte sich was im Wasser, und richtig, Uropa hatte einen dran! Er sprang auf, ließ sein Hühnerbeinchen fallen und lief ganz aufgeregt am Bach entlang. Ich hinterher. Wir riefen und hüpften und feuerten einander an. Bis wir den Fisch endlich an Land hatten, war unser Hühnchen längst den Ameisen zum Opfer gefallen. Ich warf's weit weg, damit die Ameisen nicht auch noch auf die Idee kamen, uns die Hosenbeine hochzukrabbeln.

Uropa hatte gerade einen der prächtigsten Exemplare aus dem Bach geholt, die ich je gesehen hatte. Vor lauter Staunen hatte es mir glatt die Sprache verschlagen. Ich vergaß sogar, auf ähnliches Glück zu hoffen. Wenn wir im nächsten Augenblick wieder nach Hause gemußt hätten, wäre ich restlos zufrieden gewesen. Ich hab' dann aber doch noch einen gefangen, bevor wir gingen, aber der war längst nicht so schwer wie der Uropas.

Vergnügt machten wir uns auf den Heimweg.

„Ich bin froh, daß es mit dem Angeln noch geklappt hat, Josua", meinte Uropa.

„Und ich erst!"

„Du bist ein prima Kamerad, Junge!"

Das hatte noch niemand zu mir gesagt.

„Ich hoffe, ich habe dich nicht allzusehr mit meinen Erinnerungen gelangweilt."

Ich guckte auf zu ihm. „Natürlich nicht."

Er legte mir die Hand auf den Kopf und fuhr mir durchs Haar, wie Erwachsene das manchmal gern tun.

Wir gingen weiter. Na, so was! Ich und gelangweilt von seinen Erinnerungen? Niemals! Besonders weil ich doch selbst keine hatte.

Tief drinnen spürte ich wieder den dumpfen Schmerz. Ich legte 'nen Schritt zu.

## Die Dreschmaschine kommt

Endlich war's Donnerstag geworden! Wir konnten alle wieder aufatmen. Es kann nämlich immer mal passieren, daß es mitten in der Ernte schlechtes Wetter gibt. Das bringt dann alles durcheinander, und ausgewachsene Männer geraten ins Schwitzen über das, woran sie doch nichts ändern können. Früher hab' ich tagelang vor dem Dreschen für gutes Wetter gebetet. Letztes Jahr hat's dann aber trotzdem Bindfäden geregnet; deshalb beschloß ich, dem Herrgott dieses Jahr erst gar nicht dreinzureden.

In aller Frühe stand ich auf. Ich wollte so schnell wie möglich mit der Arbeit fertig werden, damit mir auch ja nichts entging. Zugegeben, ich war doch so 'n bißchen dankbar, als ich jetzt in den klaren Herbstmorgen rausging, auch wenn ich diese Dankbarkeit nicht ausdrücken wollte.

Gerade führte ich Bleß rein von der Weide, als ich das Rattern und Knattern aus der Ferne hörte. Ich hoffte, daß Bleß sich nicht von meinem Herzklopfen anstecken ließ. Sonst würde ihre Milch nämlich keinen blanken Heller wert sein.

Ich melkte sie, so fix ich konnte. Kaum war ich fertig, da bog der Traktor mit der großen schwarzen Dreschmaschine im Schneckentempo in unseren Hof ein. Opa und Onkel Charlie gingen raus, um Herrn Wilkes, dem Mann, dem die Dreschmaschine gehörte, die Hand zu schütteln.

Herr Wilkes hatte die Dreschmaschine bedient, solange ich denken konnte. Weder er noch die Maschine sahen funkelnagelneu aus, aber irgendwie sahen sie doch aus, als gehörten sie zusammen. Die Maschine war nicht nur Herrn Wilkes' täglich Brot, sondern auch sein Gefährte und Freund. Herr Wilkes bestellte nicht mal mehr sein eigenes Feld. Das hatte er an Tom Smith verpachtet. Der konnte sich seinerseits dann darauf verlassen, daß er jedes Jahr der erste war, bei dem gedroschen wurde.

Herr Wilkes verdiente seinen ganzen Lebensunterhalt im Frühherbst, wenn er mit seiner Wundermaschine von Farm zu Farm zog. Er kannte nur zwei Sorgen: Dürre und Feuer. Außer seiner Dreschmaschine gab's keine weit und breit, und niemand schien sich die Welt anders vorstellen zu können.

Ich nahm den Melkeimer und lief ins Haus. Frau Corbin und ihre Tochter Susi waren schon da, um Tante Lou zu helfen. Ich glaube nicht, daß Tante Lou auch nur annähernd so begeistert von der Erntezeit war wie ich. Sie zog dann immer 'n Gesicht, als hätte sie die anderen Frauen, die da in ihrer engen Küchenecke rumhantierten, am liebsten gleich wieder nach Hause geschickt. Mit Susi kam sie ganz gut zurecht, aber Frau Corbin war 'ne geschäftige Frau, die gern das Kommando an sich riß.

Ich gab den Melkeimer in der Küche ab und rannte zur Scheune zurück. Herr Wilkes hatte die schwarze Maschine inzwischen in dem Weizenfeld hinter dem Haus aufgestellt. Es würde noch 'ne Weile dauern, bis er sie auf Herz und Nieren geprüft hatte.

Ich beeilte mich mit dem Rest meiner Morgenrunde und schaffte es gerade noch rechtzeitig, zu Herrn Wilkes' letzter Inspektion auf dem Feld zu sein. Mensch Meier, war ich vielleicht neidisch auf ihn! All diese Hebel und Schalter und Teile, die er zu bedienen hatte!

In gebührendem Abstand zu der zitternden und puffenden Maschine stellte ich mich auf. Später würde aus dem bloßen Zittern ein ohrenbetäubendes Rütteln und Schütteln werden.

Herr Wilkes schien befriedigt zu sein. Er schaltete den Motor in den Leerlauf und ging auf Opa und Onkel Charlie zu. Jetzt konnte erst mal gefrühstückt werden.

Heute morgen ließ ich die übliche Hafergrütze an mir vorübergehen und langte statt dessen bei Rührei mit Speck, Bratkartoffeln, Pfannkuchen und Rosinenbrötchen zu. So viele verschiedene Sachen auf einmal gab's nur in der Erntezeit.

Die Männer unterhielten sich über meinen Kopf hinweg. Aus der Ecke am Herd kamen die leiseren, höheren Stimmen der Frauen. Sie standen über die Herdplatte gebeugt und wendeten Pfannkuchen und Speck in den Bratpfannen.

Uropa schien den Trubel richtig zu genießen. Er war ja noch nie beim Dreschen dabeigewesen. Irgendwie tat er mir leid deswegen. Die Erntezeit würde ich um nichts in der Welt hergeben, nicht mal um 'nen Zirkus. Die Ernte ist ja eigentlich selbst so 'ne Art Zirkus mit all dem geschäftigen Treiben, dem Wirbel und Krach, den's da gibt, und sogar dressierten Tieren. Wer je mal gesehen hat, wie 'n Erntegespann durch die Garbenreihen geht, ohne daß jemand die Zügel auch nur anrührt, der weiß, was ich meine. Ich freute mich schon riesig darauf, daß es bald losging.

Als wir noch beim Frühstück saßen, hörte ich von draußen das Geklingel vom Zaumzeug der Pferde. Ich sprang auf und rannte ans Fenster.

Es war Tom Smith mit seinen zwei Braunen. Von diesen Pferden sagte man, es seien die besten, die je 'nen Erntewagen gezogen hatten – oder jedenfalls sagte das Tom, und zwar immer wieder und so oft, daß die anderen Männer langsam genug davon hatten.

„Wenn ich 'Hü!' sage", prahlte Tom, „dann stehen sie mucksmäuschenstill. Und wenn sie durchs Feld gehen, dann halten sie auf den Zentimeter den richtigen Abstand zu den Bündeln. Goldrichtig!" Tom Smith ließ keine Mahlzeit vergehen, ohne ausgiebig mit seinen Pferden zu prahlen.

Ich hätte mir denken können, daß Tom Smith als erster

ankommen würde. Das war jedes Jahr so. Er sagte nie nein, wenn's was zu essen gab, aber das nahm ihm wiederum auch keiner übel, weil er während der Ernte wirklich schwere Arbeit leistete.

Als er gerade mit seinem Frühstück fertig war, wobei er zwischen den Bissen wieder von seinen Braunen erzählt hatte, kamen die nächsten Gespanne an. Insgesamt waren es sechs und drei zusätzliche Männer, die beim Aufladen und Nachlesen helfen sollten. Schließlich wollte niemand den Mäusen willkommenes Futter auf dem Feld hinterlassen.

Opa und Onkel Charlie hatten sich selbst dazu eingeteilt, die Kornsäcke abwechselnd in die Scheune zu fahren.

Insgesamt hatten wir zwölf Männer da: Herr Wilkes, sechs Wagenlenker, drei zusätzliche Auflader, Opa und Onkel Charlie.

Die Sonne stand schon ziemlich hoch. Herr Wilkes ging noch 'n letztes Mal um seine ratternde Maschine herum und nickte befriedigt. Er gab Tom das Startzeichen, und er und Bert Thomas und Barkley Shaw zogen los. Sie holten nur 'n paar Bündel für die Dreschprobe und kamen dann zur Maschine zurück. Herr Wilkes schaltete den Treibriemen an, und die Dreschmaschine begann ihren staubigen Tanz. Tom lenkte die beiden Braunen direkt daneben, und siehe da: Die beiden zuckten nicht mal mit der Wimper. Man hätte meinen können, sie stünden zufrieden in ihrem Stall.

Jetzt winkte Herr Wilkes den Männern zu, daß sie die Bündel auf das Förderband werfen sollten. Dort kletterten die Bündel langsam aufwärts auf die Luke zu. Dahinter erwarteten sie die wütend knirschenden Eisenzähne, die ihnen dann im Handumdrehen den Garaus machten.

Ich rannte zum anderen Ende. Ich wollte auf keinen Fall verpassen, wie die ersten Körner zur Erde rieselten. Da kamen sie! Opa und Onkel Charlie griffen sich jeder 'ne Handvoll aus der Kiste. Sie rieben die Körner zwischen den Fingern, guckten sie von allen Seiten an und steckten ’n paar davon in den Mund. Andächtig kauten sie darauf herum und sahen einander dabei an. Endlich nickte Onkel Charlie, und Opa nickte zurück. Herr Wilkes, der reibend und kauend daneben gestanden hatte, ging zu den Gespannen rüber und schickte sie los. Und ab ging’s ins Feld, wo jeder sich anstrengte, als erster ’nen vollen Wagen zurückzubringen.

Bert Thomas fuhr mit Tom Smith; der hatte sich nämlich vor vielen Jahren das Bein gebrochen, und seitdem humpelte er, weil das Bein nicht richtig geheilt war.

Barkley Shaw fuhr mit Herrn Peterson, der eigentlich schon ’n bißchen zu alt fürs Dreschen war. Das hätte ihm aber niemand ins Gesicht gesagt, wo er sich doch jedes Jahr so auf die Ernte freute. Man schickte meistens ’nen Jüngeren mit ihm los, und der alte Peterson schien’s zufrieden zu sein.

James Brown ging zwischen zwei Wagen her und warf Bündel nach links und rechts. Für später war er zum Aufladen beim Förderband eingeteilt.

Ich guckte mich um und sah Uropa ganz gebannt von dem geschäftigen Treiben dastehen. Wir konnten einander nicht mal was zurufen; dazu war die Maschine viel zu laut.

Die ersten Gespanne kamen voll beladen zurück. Wir beobachteten, wie die Bündel auf das Band geworfen und oben von der hungrigen Maschine verschlungen wurden. Ich winkte Uropa zu, mir ans andere Ende der Maschine zu folgen. Dort saß Onkel Charlie und sah zu, wie das gedroschene Korn in die Kiste strömte. Ab und zu nahm er seine Schaufel und trug den Getreideberg in der Kiste ab. Uropas Augen funkelten. Er langte in die Kiste und ließ das Korn zwischen seinen Fingern durchrieseln. Das schien er zu genießen. Onkel Charlie grinste und nickte. Ich wußte, was das bedeutete: Diese Ernte war von erstklassiger Qualität.

Ich stieß Uropa an und zeigte auf das fliegende Stroh. Er bestaunte es, wie es im hohen Bogen flimmernd aus der Maschine zu Boden geflogen kam.

Die Gespanne zogen zwischen dem Feld und der Maschine hin und her, und die Männer arbeiteten ununterbrochen. Die große Maschine schnaufte und dröhnte, das Korn fiel gleichmäßig aus der Luke, und das Stroh wurde leicht und glitzernd durch die klare Morgenluft geblasen.

Uropa beugte sich zu mir. „Besser als jeder Zirkus!" brüllte er mir ins Ohr.

Ich grinste zurück. Das war genau, was ich hören wollte.

Später am Morgen kamen die Frauen mit dem zweiten Frühstück. Die Maschine wurde in den Leerlauf geschaltet, damit sie sich auch etwas ausruhen konnte. Die Männer tranken eimerweise eiskaltes Wasser, um sich abzukühlen, und anschließend heißen Kaffee, um sich wieder aufzuwärmen. Das versteh', wer will! Außerdem verdrückten sie Berge von Wurstbroten und Plätzchen.

Die Pause wurde weidlich ausgenutzt. Herr Wilkes begutachtete seine Maschine wieder mal von allen Seiten, Tom erging sich in Lobhudeleien über seine Braunen, Bert Thomas legte sein schlimmes Bein auf 'n paar Garbenbündel, und Herr Peterson streckte sich flach auf der Erde aus. Er verzichtete auf seine zweite Tasse Kaffee und hielt statt dessen 'n Nickerchen.

Es war nicht schwer zu erkennen, womit die jungen Burschen sich die Zeit vertrieben. Sie schienen um die Wette Tante Lous Aufmerksamkeit erheischen zu wollen. Ich sah, wie Opa und Onkel Charlie sie scharf im Auge behielten. Uropa beobachtete sie auch, aber ich sah 'n verschmitztes Lächeln dabei in seinem Gesicht, als ob er gerade an was Lustiges denken müßte.

James Brown trank eine Tasse von Lous Kaffee nach der anderen. Später hörte ich, daß er überhaupt keinen Kaffee mochte.

Barkley Shaw benahm sich ’n bißchen vorlaut und überdreht. Opa schickte ihn alsbald wieder ans Förderband.

Bert Thomas hielt sich zwar etwas mehr zurück, aber er machte Tante Lou ein Kompliment nach dem anderen über das Essen: „Köstliche Plätzchen. Sind die selbstgebacken?“

Ich hatte langsam die Nase voll von diesem Spielchen und ging davon. Vielleicht würde ich ja ’n paar Mäuse zum Scheuchen auftreiben.

Uropa und ich sollten mit den Frauen in der Küche zu Mittag essen, nachdem die Männer abgefertigt waren. Mit zwölf ausgewachsenen Männern war der Küchentisch nämlich restlos ausgebucht, und das trotz Ausziehbrett. Ich ging nicht mal mit den Männern ins Haus. Statt dessen guckte ich von meinem Holzblock aus zu, wie sie sich in den großen Kübeln vor dem Haus wuschen und einander ausgelassen naßspritzten.

Schließlich gingen die Männer rein zum Essen, aber ich blieb auf dem Block sitzen. Ich hatte genug von Toms Braunen und den vernarrten Jünglingen. Kurze Zeit später kam Uropa und setzte sich zu mir.

„Macht Spaß, nicht, Josua?“

Da war die alte Begeisterung wieder da. Wir saßen auf unseren Blöcken und redeten uns die Köpfe heiß über das Dreschen.

Nachdem der letzte Mann das Haus verlassen hatte, warteten wir draußen, bis die Frauen den Tisch abgeräumt hatten. Wir guckten zu, wie die Männer die Pferde wieder anspannten. Auch die Tiere hatten inzwischen ihr Wasser und Futter gekriegt. Als das letzte Gespann gerade loszog, rief Tante Lou uns zum Essen.

Obwohl ich beim zweiten Frühstück kräftig zugelangt hatte, war ich schon wieder hungrig wie ’n Bär. Uropa schien’s nicht anders zu ergehen. Seitdem er bei uns war, hatte sein Appetit beträchtlich zugenommen.

Während der Mahlzeit hörte ich Susi mehrmals kichern. Ich war's nicht gewohnt, 'n Mädchen so albern kichern zu hören. Tante Lou tat das nie. Die lachte entweder leise und verhalten oder fröhlich laut und aus vollem Halse, aber albernes Kichern gab's bei ihr nicht. Schließlich sah ich doch von meinem Teller auf und schaute Susi an. Ihr Gesicht war rot wie 'ne Tomate, und sie kam mir regelrecht albern und überdreht vor. ‚Na', dachte ich mir, ‚da werden wohl die Männer die Schuld dran haben, besonders die jüngeren!' Jetzt kicherte sie wieder, was mir außerordentlich gegen den Strich ging. Ich guckte zu Tante Lou rüber.

Ihr Gesicht war auch 'n bißchen rot, und ihre Augen tanzten umher, als wäre das neckische Augenmachen nicht spurlos an ihr vorbeigegangen. Das hatte mir gerade noch gefehlt! Ich versuchte mich zu beruhigen und sagte mir: „Warum auch nicht?", aber in mir hämmerte es dauernd: „Warum? Warum? Warum?" Zugegeben, Tante Lou war jung und hübsch; kein Wunder, daß die jungen Burschen das nicht übersehen hatten, und man konnte's ihr wohl nicht verübeln, wenn sie so 'n bißchen Gefallen an dem Spiel fand. Trotzdem war ich heilfroh, daß sie nicht albern kicherte. Kichernde Mädchen konnte ich nicht ausstehen. Wenigstens benahm Tante Lou sich wie 'n vernünftiger Mensch dabei.

Schnell stopfte ich mir den letzten Löffel Zitronenpudding in den Mund und machte, daß ich aus Susis Nähe wegkam. Mit vollem Mund murmelte ich: „'Tschuldigt mich", und bevor jemand was dagegen haben konnte, war ich auch schon draußen. Ich mußte mich sowieso um frisches Holz kümmern, bevor ich wieder aufs Feld konnte. Und ich wollte mir schließlich nichts entgehen lassen.

Das Holzhacken schien sich in alle Ewigkeit auszudehnen. Als ich endlich fertig war, gingen gerade die Mädchen mit den Vesperbroten in Richtung Feld los. Tante Lou erwischte mich eben noch rechtzeitig, um mir zwei

Eimer voll Wasser mitzugeben; sonst wäre ich vorausgerannt.

Die Männer hatten schon Ausschau nach den Frauen mit dem Essen gehalten. Es dauerte nicht lange, und die hungrige Mannschaft war um die Essenskörbe versammelt. Zuerst stürzten sich alle auf das kalte Wasser. Als der größte Durst gestillt war, langten die Männer nicht weniger kräftig bei den Wurstbroten, Kaffee und Plätzchen zu.

Die Dinge schienen ihren gewohnten Lauf zu nehmen. Herr Brown prahlte mit seinen Pferden, Bert Thomas hatte sein Bein hochgelegt, und Herr Wilkes besah sich seine heißgeliebte Maschine mit 'nem Käsebrot in der einen Hand und 'ner Tasse Kaffee in der anderen. Tante Lou goß die Getränke aus. Susi verteilte Butterbrote und Plätzchen.

Barkley Shaw und James Brown gingen jetzt auf die Mädchen zu. Irgendwas sagte mir, daß da etwas im Gange war. Ich hatte mich nicht getäuscht. Urplötzlich drückte Barkley seine Kaffeetasse in James' Hand und brüllte: „Schnell! Halt mal fest!" Dann hüpfte und tanzte er um die eigene Achse und riß und zerrte dabei an seinem Hosenbein.

„Was is'n los? Was is'n los?" brüllte James zurück und versuchte verzweifelt, die beiden vollen Tassen in den Händen zu balancieren. Die beiden Mädchen standen perplex daneben.

„Ich hab' 'ne Maus im Hosenbein!" keuchte Barkley und schlug sich hüpfend aufs Bein. Kaum hatte er „Maus" gesagt, da stieß Susi einen gellenden Schrei aus. Die Brote, die sie in der Hand gehalten hatte, flogen durch die Luft, und sie guckte sich verzweifelt nach 'ner Zuflucht um. Der einzige sichere Ort in der Nähe waren die beiden Garbenbündel unter Berts Bein. Mit einem Satz sprang Susi auf die Bündel und wäre um ein Haar auf Bert Thomas' wehem Bein gelandet.

Von da oben quietschte und kreischte sie weiter, wedelte mit ihren Röcken und stampfte und trampelte mit den Füßen, bis die beiden Bündel unter ihr beinahe ausgedroschen waren.

Barkley Shaw hatte indessen aufgehört zu tanzen und lachte Susi schallend aus. James stellte die Kaffeetassen auf dem Boden ab, und die beiden schlugen sich auf die Schultern und wollten sich schier ausschütten vor Lachen.

Tante Lou lächelte nur kurz und ging dann zu den älteren Männern, um ihnen Kaffee einzuschenken. Die beiden Burschen, die immer noch über ihren Scherz wiehernd lachten, würdigte sie keines Blickes.

Herr Peterson langte nach einem Butterbrot im Stroh. Er blies 'n paar Halme weg und machte sich ungerührt daran, es in aller Ruhe zu verspeisen, als ob er zu Hause alle Tage vom Boden äße. Uropa hob die übrigen, verstreut liegenden Brote auf.

Es dauerte 'ne Weile, bis Susi begriff, daß alles nur 'n übler Scherz gewesen war. Schmollend kletterte sie von den Bündeln wieder runter. Bert Thomas murmelte etwas und legte sein Bein woanders hin. Herr Wilkes nickte den Männern zu, daß es an der Zeit sei, wieder an die Arbeit zu gehen. Während der ganzen Episode hatte er unbeweglich und ohne mit der Wimper zu zucken zugesehen.

Langsam ging jeder wieder zu seinem Gespann. James und Barkley schlugen sich immer noch auf die Knie, und die anderen Burschen grinsten. Sie hatten ihren Spaß gehabt, das steht fest.

Die Mädchen sammelten Tassen und Körbe ein. Susi war tiefrot und kochte vor Wut. Sie hatte das Ganze keineswegs lustig gefunden. Als Lou und sie wieder zum Haus zurückgingen, schimpfte sie immer noch 'n bißchen.

Der Rest des Tages verlief ohne weitere Zwischenfälle. Hungrig und verstaubt kamen die Männer zum Abendessen ins Haus. Bevor sie sich wuschen, gaben sie den Pferden ihr Wasser und Futter.

Die Dreschmaschine mußte für morgen auf ein anderes unserer Felder gebracht werden. Herr Wilkes kam erst zum Essen rein, nachdem er das bewerkstelligt hatte.

Jedermann war müde, weshalb die Mahlzeit auch ziemlich schweigsam vonstatten ging. Ab und zu guckte der eine oder andere von den jungen Burschen Susi an und grinste. Sie gab vor, furchtbar böse auf Barkley zu sein, aber ich fragte mich, ob sie sich nicht vielleicht doch 'n kleines bißchen an all dem Wirbel um sie weidete. Jedesmal, wenn ihr Blick auf Barkley fiel, hob sie ihr Kinn etwas höher in die Luft und ließ tödliche Verachtung aus ihren Augen schießen. Na ja, mir gefiel sie jedenfalls so wesentlich besser als mit ihrem albernen Kichern.

Der einzige von den Älteren, der nicht zu müde zum Reden war, war Tom Smith. Er befleißigte sich herauszufinden, ob auch jeder bemerkt hatte, was seine Braunen heute wieder mal geleistet hatten. Die wenigsten gaben ihm die Antwort, die er hören wollte. Folglich glaubte er, sie eingehend belehren zu müssen. Die meisten seiner Zuhörer schauten recht unbeeindruckt drein, aber niemand machte sich die Mühe, ihm ins Wort zu fallen.

Die Männer waren heute gut mit der Arbeit vorangekommen, und es sah so aus, als würde das Wetter sich bis morgen halten. Das bedeutete, daß wir morgen den Rest unseres Getreides unter Dach und Fach kriegen würden. Opa und Onkel Charlie hatten in den letzten Jahren nicht mehr so viel Getreide ausgesät wie früher. Statt dessen bauten sie mehr Grünfutter und Heu für unser Vieh an. Opa meinte, daß da das Geld steckte, und obwohl Onkel Charlie nie widersprach, hatte ich irgendwie das Gefühl, als wär' er im Grunde nicht ganz dieser Meinung.

Am nächsten Morgen ging's mit dem Dreschen wieder früh los. Die Gespanne kamen, Herr Wilkes ließ die Maschine an, und dann ging's wieder rund.

Im Lauf des Vormittags kam Cullum Lewis auf mich zu und fragte mich, ob ich Lust hätte, mal auf seinem Gespann mitzufahren. Cullum war breitschultrig und groß für sein Alter. Er hatte 'n Gespann für sich allein. Dieses Jahr war er schon zum vierten Mal bei der Dreschmannschaft dabei. Er wußte sicher gut Bescheid mit allem.

Während er die Bündel auflud, ließ er mich nach Herzenslust die Mäuse scheuchen. Als der Wagen hoch beladen war, kletterten wir oben auf das Stroh und fuhren in Richtung Dreschmaschine los. Cullum überließ mir sogar die Zügel. Wir redeten nicht viel. Er stellte mir 'n paar Fragen über Tante Lou: Ob sie 'nen Verehrer hätte oder ob ich glaubte, sie hätte gern einen. Ich sagte „nee" zu beiden Fragen, und Cullum ließ das Thema fallen. Er war eigentlich von der annehmbaren Sorte, und ich dachte im stillen, wenn Tante Lou es sich je anders überlegen sollte – und das könnte ja immerhin eines Tages passieren – dann wäre Cullum nicht der Schlechteste für sie. Jedenfalls würde sie an ihm was Besseres haben als an Jim Rawleigh oder Hiram Woxley.

In der Mittagspause mußte Herr Wilkes die Maschine 'n Stück weiter hinaus transportieren. Er kam nicht mal zum Essen rein. Die Männer ließen sich Zeit, weil er nicht so schnell damit fertig sein würde.

Bei Tisch fragte James Smith Barkley Shaw, ob er wieder mit den Mäusen Last gehabt hätte. Susi weigerte sich, ihm Tee einzugießen. Daraus machten sich die Burschen aber herzlich wenig. Ich hatte den Eindruck, als zögen sie sowieso Tante Lous Teekanne vor. Frau Corbin ließ sich von alledem nicht aus der Ruhe bringen. Sie war 'ne einfache Frau, die wenig Sinn für Humor hatte. Ich glaube, sie hat noch nie im Leben etwas komisch gefunden. Uropa dagegen weidete sich geradezu an dem Schauspiel. Ab und zu konnte ich's um seinen Schnurrbart zucken sehen, und ich wußte genau, daß er sich dann das Lachen verbiß.

Als die Männer wieder raus an die Arbeit gingen, hörte ich Tom Smith wohl zum hundertsten Mal mit seinen Braunen prahlen.

„Zuverlässigsten Pferde, die ich je gehabt hab'", sagte er, „und ich hab' 'n paar ganz anständige dabeigehabt. Die beiden scheuen vor nichts und niemand."

Ich sah, wie Barkley und Bert Thomas sich 'nen kurzen Blick zuwarfen.

Das letzte Feldstück, das zu erledigen war, lag am weitesten draußen. Zur Mittagspause fuhren die Mädchen bei Onkel Charlie im leeren Kornwagen mit raus. Später konnten sie dann mit Opas vollem wieder zum Haus zurückfahren.

Die Männer waren guter Dinge. Bald würden sie mit dem Feld fertig sein. Das Dreschen auf unserer Farm würde noch vor dem Abendessen zu Ende sein.

Die Älteren setzten sich mit ihren Broten und Kaffeetassen auf die Erde und redeten über die Ernte in diesem Jahr; nicht nur die auf unserem Land, sondern in der ganzen Gegend. Überall war das Korn von guter Qualität, aber es hatte nicht soviel gegeben wie voriges Jahr. Für den Weizen war der Sommer einfach zu trocken gewesen. Insgesamt war's aber doch eine ziemlich gute Ernte, und das Korn war fast restlos unter Dach und Fach, so daß sich eigentlich niemand beklagen konnte.

Die jungen Burschen flachsten und witzelten wie gewöhnlich. Cullum Lewis war der Schweigsamste von allen. Ich beobachtete ihn, wie seine Augen Tante Lou folgten. Innerlich focht ich dabei gleichzeitig für ihn und gegen ihn. Tante Lou schien ihn nicht mal zu bemerken – oder vielleicht doch, ich weiß nicht.

Barkley und Bert sonderten sich von den anderen ab, und kurz darauf waren sie verschwunden. Ich dachte mir nichts weiter dabei und holte mir noch 'n Stück Kuchen.

Herrn Smiths Gespann hatte ruhig im Schatten unter den Bäumen am Feldrand gestanden. Geduldig und mit den Köpfen nach unten ruhten sie sich aus. Nicht mal angebunden waren sie. Der Wagen war voll beladen, und Tom Smith war als nächster nach der Pause dran, 'ne Fuhre Garben zur Maschine zu bringen.

Herr Wilkes nickte den Männern zu. Sie rappelten sich vom Boden auf, reckten und streckten sich und klopften sich loses Stroh von den Hosenböden. Bert Thomas hob seine beiden Bündel auf und warf sie auf seinen Wagen. Er würde sie nämlich nicht mehr brauchen.

Tom Smith kletterte gemächlich auf seinen Wagen. Nach den Zügeln langte er erst gar nicht; wenn er sie auf dem Weg zur Maschine wirklich brauchen sollte, würde er sie sich schon nehmen. Er rief: „Hott!", und die Braunen machten zwei Schritte vorwärts. Dann passierte es plötzlich. Der rechte Braune warf den Kopf zurück und wieherte schrill. Dann fiel er nach vorn ins Joch und rammte den linken Braunen. Inzwischen grapschte Tom Smith verzweifelt nach den Zügeln und fragte sich, ob er etwa das verkehrte Gespann erwischt hatte.

Aber der Braune war noch lange nicht fertig. Er fing an, um sich zu treten und sich aufzubäumen. Jetzt hatte er auch den anderen überzeugt, daß hier was nicht stimmte, und dann gab's kein Halten mehr. Tom Smith hatte die Zügel immer noch nicht gefunden, als die Pferde wie von der Tarantel gestochen losgaloppierten.

Um ein Haar wären sie mit Volldampf in Herrn Corbins Wagen reingeschossen, wichen dann aber in letzter Sekunde aus, wobei ihr eigener Wagen beinahe aus der Kurve geflogen wäre. Tom Smith schwamm in seinen Heubündeln und suchte noch immer nach den verflixten Zügeln. Solch einen Ausritt hatte er sicher sein Lebtag noch nicht gemacht! Ich glaube, die beiden Braunen schafften es, jedes einzelne Schlagloch und jeden Stein im ganzen Feld zu überrollen. Bei jedem Holpern und Schwingen fielen Heubündel nach links und rechts. Die Männer im Feld verfolgten die wilde Jagd mit den Blikken; einige hielten ihr eigenes Gespann fest an den Zügeln, damit es nicht etwa auf ähnliche Gedanken kam.

Schließlich war's Cullum Lewis, der die Lage rettete. Das Gespann galoppierte im Kreis übers Feld, und Cullum wartete die nächste Runde ab. Als sie nahe genug herangekommen waren, sprang er auf sie zu und langte nach dem Zaum. Die Füße schleiften ihm über den Boden und wirbelten 'ne riesige Staubwolke auf, aber er klammerte sich mit aller Kraft fest und hängte sein ganzes Gewicht ins Zaumzeug. Zu unser aller Erstaunen blieben die Pferde tatsächlich stehen. Cullum brauchte mehrere Minuten, bis er die beiden mit leisen Worten und Streicheln zur Ruhe gebracht hatte. Er reichte Tom Smith die schlaffen Zügel, und dann untersuchte er, immer noch sanft redend und streichelnd, das Zaumzeug auf kaputte Teile. 'n paar Gurte mußten zurechtgezurrt werden. Cullums Hände suchten jeden Zentimeter Riemen ab.

Inzwischen stand ich direkt daneben, um ja nichts zu verpassen. Tom Smith saß noch immer oben auf dem spärlichen Rest von seiner Ladung. Er rang um Fassung – und um 'ne passable Erklärung für das unglaubliche Benehmen seiner Braunen. Dabei entging ihm ganz, wie Cullum 'ne kleine, stachelige Klette aus dem Zaumzeug des rechten Braunen hervorzog, sie kurz anguckte und dann wegwarf. Das war mir nicht entgangen. Cullum und ich sahen uns an; er nickte fast unmerklich in Richtung von Barkley Shaw. Ich nickte zurück. Wir würden keiner Seele was von der Klette sagen – wir würden schweigen wie 'n Grab, das war abgemacht.

„Alles in Ordnung, Herr Smith!“ rief Cullum nach oben. „Das Zaumzeug ist heil, und die Pferde haben sich beruhigt.“

Tom Smith nickte bloß. Seine Gesichtsfarbe schwankte zwischen bleich und hochrot hin und her. Er sagte noch nicht mal „danke“, sondern lenkte das Gespann weg. Dabei schaute er immer noch 'n bißchen unsicher drein, als ob er dem Frieden nicht ganz traute. Jetzt galt es, das Feld im Kreis abzuschreiten, um die verstreuten Bündel wieder aufzusammeln.

Ich ging neben Cullum auf sein Gespann zu.

„Willste mit?“ fragte er.

Ich nickte.

Wir kletterten auf die Ladung Bündel, und er reichte mir die Zügel. ’ne Weile saßen wir stillschweigend nebeneinander da. Plötzlich, wie auf Kommando, guckten wir einander an. Und dann konnten wir uns nicht mehr halten. Den ganzen Weg zurück zur Dreschmaschine lachten wir, bis uns die Tränen kamen.

## Flecki

Am Montagmorgen kam ich kaum aus dem Bett, obwohl mir ’ne innere Stimme sagte: „Beeil dich!“ Heute fing die Schule nämlich wieder an. Am meisten störte mich, daß ich Uropa zurücklassen mußte. Was sollte der bloß ohne mich anfangen? Na ja, zum Glück hatte er noch Tante Lou. Jetzt, wo ihr Großeinsatz vorbei war, hatte sie wieder ’n bißchen mehr Zeit für meinen Uropa.

Klar, es gab genügend andere Gründe, weshalb’s mir vor der Schule graute. Einer davon waren meine Schuhe. In der Schule mußte ich den ganzen Tag lang in den Schuhen rumlaufen, und nachdem meine Füße den ganzen Sommer ohne Schuhe und Strümpfe im Freien gewesen waren, würden sie sich kaum an ihr enges Gefängnis gewöhnen können. Morgens war’s jetzt allerdings schon gehörig kalt, so daß die Schuhe vielleicht doch nicht ganz überflüssig waren.

Ach, und Tante Lou! Ich vermißte sie immer noch, wenn ich mal nicht in ihrer Nähe sein konnte; und außerdem befürchtete ich, daß Opa und Onkel Charlie jetzt, wo die Ernte vorbei war, ihre Suche nach ’nem Freier für sie wieder aufnehmen würden, und Tante Lou war ihnen ohne mich schutzlos ausgeliefert.

Und außerdem – ’n richtiger Junge hat die Schule einfach zu hassen. Für Sachen wie Schule, Sonntagsanzüge, Ringelreihen und alberne Mädchen hatten Jungs in meinem Alter nichts übrig.

Wenn ich aber ehrlich sein soll, muß ich zugeben, daß ich die Schule so schlimm nun auch wieder nicht fand. Da konnte man wenigstens mit den anderen Jungen Brennball, Fußball oder Räuber und Gendarm spielen, und das wiederum fehlte mir auf der Farm.

Und ich hätte mir eher die Zunge abgebissen, als es laut zu sagen, aber ich mochte die Lehrerin gern. Sie hieß Martha Peterson und war die jüngste von den Peterson-Mädchen. Sie war groß und schlank wie 'ne Gerte, und ihre Stimme war sanft wie der Frühjahrsregen. Ich hatte es gern, wenn sie vorlas. Jeden Tag las sie uns ein Kapitel aus 'nem Buch vor, das sie für uns ausgesucht hatte. Auf diese Weise hatte sie schon mehrere Bücher mit uns durchgenommen, und ich freute mich jeden Tag auf diese Lesestunde.

Außerdem lernte ich nun mal einfach gern. Ich weiß, 'n richtiger Junge hat sich aus Büchern nichts zu machen, aber ich war da halt anders. In Büchern standen so viele interessante Sachen und Abbildungen, daß ich ein Buch nicht lange zugeklappt sehen konnte. Rechnen war mein Lieblingsfach. Darin war ich mühelos Klassenbester, aber ich mochte auch Lesen und Erdkunde und so ziemlich alles auf dem Stundenplan. Bloß für Musik hatte ich nicht allzuviel übrig. Fräulein Peterson trällerte die Tonleiter rauf und runter, und wir sollten ihr dann nachsingen. Unsere ewig erbärmlichen und schiefen Versuche machten mich mutlos und verlegen. Aber insgesamt kam ich mir schon wie 'n Verräter aller Jungen vor, weil mir die Schule eben doch Spaß machte.

Ich glaube, Uropa hätte sich am liebsten seinen guten Anzug angezogen, die Haare mit Wasser glattgekämmt und wäre mit mir losgezogen – jedenfalls dem Zwinkern in seinen Augen nach zu urteilen.

Auf dem Schulhof gab's 'n großes Hallo und Lachen und Schulterklopfen. Endlich läutete die Glocke, und wir drängelten uns lärmend zur Tür hinein. Vorne stand Fräulein Peterson freundlich lächelnd und hübscher denn je. Ich guckte schnell runter auf meine Schuhe, damit ich nur nicht rot wurde.

Der Tag verging in Windeseile, und der Unterricht war aus. Ich fand's zwar einerseits schade, aber andererseits freute ich mich schon darauf, Uropa und Tante Lou von meinem ersten Schultag zu berichten.

Sobald ich um die Kurve war, riß ich mir die Schuhe von den Füßen und stopfte die Socken in den einen rein. Dann band ich die beiden Treter an den Schnürsenkeln zusammen und warf sie mir über die Schulter für den Fall, daß ich meine Hände zum Steinchenwerfen oder so freihaben mußte. Schließlich rollte ich mir noch die Hosenbeine hoch, damit sie nicht staubig wurden, und machte, daß ich nach Hause kam. Fast den ganzen Weg rannte ich im Dauerlauf. Als ich endlich in die Küche stürmte, mußte ich mich erst mal hinsetzen, um wieder zu Atem zu kommen. Tante Lou lachte nur und brachte mir ein großes Glas Milch und 'n paar Plätzchen frisch vom Blech. Uropa setzte sich zu mir und aß 'n paar Plätzchen mit, und endlich konnte ich meine Erlebnisse des Tages loswerden.

Als ich mit Essen und Erzählen fertig war, ging ich nach oben und zog mich für die Stallarbeit um. Als ich wieder runterkam, wartete Uropa schon auf mich, und wir gingen zusammen zum Stall.

„Josua", begann er unterwegs, „Lou hat doch demnächst ihren achtzehnten Geburtstag, oder nicht?"

Ich hatte noch gar nicht dran gedacht, aber er hatte recht.

„Ja, das stimmt."

„Hast du nicht eine Idee, womit wir ihr eine Freude machen könnten?"

Ich dachte 'nen Moment nach. „Sie mag Geburtstagsfeiern, nur, sie kommt nicht oft zum Feiern", sagte ich schließlich.

Uropa ließ sich das durch den Kopf gehen.

„Ich weiß wirklich nicht, wie drei alte Männer und ein junger ein ordentliches Geburtstagsfest zustande bringen sollen."

„Vielleicht könnten Susi oder Nellie Halliday oder ’n paar von den anderen Mädchen uns helfen.“

Uropa kaute an seinem Schnurrbart, während er überlegte.

„Ja, vielleicht. Vielleicht können wir das so machen. Wie erreicht man die Mädchen wohl am besten?“

„Du könntest mir ’nen Zettel in die Schule mitgeben, und ich gebe ihn dann Willie, und der nimmt ihn mit nach Hause und gibt ihn Susi.“

„Prima Idee, Josua!“

Ich sonnte mich noch in Uropas Kompliment, aber da wechselte er schon das Thema.

„So, jetzt machen wir uns aber flink an die Arbeit!“

Heute waren wir sogar ’n bißchen eher als sonst fertig. Die Männer waren noch draußen, und es war noch nicht ganz Essenszeit, als ich meinen letzten Armvoll gespaltenes Holz in die Holzkiste warf. Auch Uropa legte seine Ladung ab, und wir bürsteten uns die Holzspäne, Grashalme und Rindenstückchen von den Latzhosen.

„Ich habe dir was zu zeigen, Josua. Komm mal mit!“

Er ging voraus zu dem kleinen Holzschuppen im Hof. Darin standen so Sachen wie Rechen, Harken und die Schubkarre; ich konnte mir beim besten Willen nicht vorstellen, was er mir da wohl zu zeigen hatte, aber ich folgte ihm trotzdem mal. Vielleicht hatte er ja ’n Mäusenest oder sowas gefunden.

Uropa öffnete die Tür, und eine Sekunde später kam ’n kleines schwarz-weiß flusiges Ding an meinen Füßen vorbeigeschossen. Ich machte einen Satz, als ob mir der Blitz in die Stiefel gefahren wär’, und trat ’nen Schritt zurück. Uropa lachte und fing das hüpfende Etwas in seine Hände ein.

„So eine stürmische Begrüßung habe ich nun auch wieder nicht erwartet“, sagte er.

Ich guckte genauer hin. Mir verschlug’s fast den Atem. Ein Hund! Ich streckte die Hände nach ihm aus. Tausend Fragen schwirrten mir durch den Kopf.

„Wo kommt der denn her?“

„Von Leuten aus der Stadt.“

„Wann?“

„Ich hatte ihn schon vor längerer Zeit entdeckt, aber sie haben mich ihn erst heute abholen lassen.“

„Was, du warst heute in der Stadt?“

„Jawohl.“

„Wie denn das?“

„Teils zu Fuß, teils per Anhalter.“

Ich konnte es kaum fassen. Uropa war zu Fuß und per Anhalter in der Stadt gewesen! Er mußte wohl um jeden Preis dahin gewollt haben.

„Warum haste denn nicht Opa oder Onkel Charlie Bescheid gesagt, daß du so dringend in die Stadt mußtest?“

„Ich *mußte* doch nicht. Ich *wollte,* und zwar, um diesen kleinen Kerl abzuholen.“

Ach ja, der Hund war ja auch noch da!

„Gehört er dir jetzt?“

Uropa strahlte übers ganze Gesicht.

„Nein, Josua. Er gehört dir!“

„Mir???“

Jetzt war ich restlos von den Socken. Meine Hände umschlossen die kleine Fellkugel, und als ich mein Gesicht dranhielt, bekam ich es zum Dank dafür, daß ich ihn überhaupt bemerkt hatte, gleich ordentlich abgeleckt. Ich stellte ihn auf die Erde, damit ich ihn besser begutachten konnte. Das war gar nicht so einfach, weil er ums Verplatzen nicht stillhalten wollte.

Er war noch drall vor Babyspeck, aber er sah so aus, als würde er den bald verlieren. Sein Fell war schwarz und kraus. Hier und da hatte er ’n paar weiße Flecken, was zu drollig aussah.

Er stand keine Sekunde still, und ich wußte schon jetzt, daß wir beide ’ne Menge Spaß miteinander haben würden. Ich hob ihn wieder auf und streichelte ihn wie verrückt.

„*Mein* Hund! *Mein* Hund!“ sagte ich ein ums andere Mal. Ich konnte es immer noch nicht fassen.

Uropa stand dabei und lächelte bloß.

„Uropa“, sagte ich, „ich hab’ mich ja noch gar nicht bei dir bedankt.“

„Doch, Josua, ich glaube, das hast du.“

„Er ist ganz toll, Uropa, ganz toll! Ich bring’ ihm alle möglichen Sachen bei, wie Sitz machen und Pfötchen geben und ... und ...“

„Wie willst du ihn denn nennen?“

Ich schaute mir das Kerlchen nachdenklich an. Der Reihe nach kamen mir alle Hundenamen, die ich je gehört hatte, in den Sinn. Keiner paßte so richtig zu ihm. Flecki! Flecki war goldrichtig für ihn.

„Flecki!“ sagte ich.

„Flecki“, wiederholte Uropa. „Ich finde, das ist ein sehr guter Name für ihn.“

Uropa suchte sich ’nen Holzklotz, stellte ihn aufrecht und setzte sich drauf, damit er Flecki und mir zugucken konnte. Wir rollten uns im Gras, und er knurrte mit seiner kleinen Hundestimme vor Vergnügen und schnappte nach meinen Hosenbeinen, Ärmeln und Haaren.

Wir spielten immer noch ausgelassen im Gras, als Opa und Onkel Charlie nach Hause kamen. Ich hatte sie zuerst gar nicht bemerkt, aber dann fühlte ich mich so beobachtet. Da standen Opa und Onkel Charlie und starrten mich mit dem Hund ganz entgeistert an. Ein heißer Schreck durchfuhr mich. Was, wenn ich meinen Hund nicht behalten durfte? Meine Arme umklammerten ihn ganz fest.

„Wo in aller Welt ...“ begann Opa.

Uropa stand von seinem Holzklotz auf. Der Klotz fiel rückwärts auf den Holzfußboden zurück.

„Den habe ich aus der Stadt mitgebracht. *Jeder* Junge braucht einen Hund“, erklärte Uropa. Dabei guckte er Opa herausfordernd in die Augen.

„Hast recht. Hätte ihm schon längst selbst einen besorgen sollen.“ Opa nickte. „Laß mal sehen, mein Junge!“

Ich trug Flecki zu Opa und Onkel Charlie und stellte ihn vor. Opa strich ihm über den Kopf und spielte mit seinem Ohr.

„Helles Kerlchen!“

Jetzt war Onkel Charlie an der Reihe. Er fuhr durch Fleckis krauses Fell und streichelte ihn unterm Kinn.

„Du wirst uns sicher gehörig auf Trab halten“, sagte er, „aber du bringst uns wenigstens mal Leben in die Bude!“ Meinem Onkel Charlie steckte aber auch dauernd der Schalk im Nacken!

Da kam Tante Lou dazu, und plötzlich fiel mir ein, daß ich vor lauter Begeisterung ganz vergessen hatte, ihr Flecki zu zeigen.

„Guck mal!“ rief ich. „Guck mal, was Uropa mir mitgebracht hat!“

Sie lächelte und kam einen Schritt näher, um mit den Fingern durch Fleckis weiches Fell zu fahren.

„Was meinste wohl, wer ihm den ganzen Nachmittag lang warme Milch gegeben hat und ihn auf dem Schoß verwahrt hat, wenn's ihm zu einsam wurde? – So, jetzt ist's aber Zeit zum Abendessen. Wie wär's, wenn du ihn solange in den Schuppen bringst und dir die Hände wäschst?“

Schweren Herzens gehorchte ich.

Nach dem Essen brachte ich Flecki ein paar Fleischreste und 'ne Untertasse mit Milch. Ich erbettelte mir 'ne alte Jacke von Onkel Charlie und baute Flecki daraus ein weiches Bett in einer Kiste, die niedrig genug war, daß er nach Belieben ein- und aussteigen konnte.

Viel zu früh rief Opa mich zum Schlafengehen. Es war tatsächlich schon neun Uhr! Widerstrebend ließ ich Flecki im Schuppen zurück und ging ins Bett, aber nicht bevor ich ihm versprochen hatte, daß ich gleich morgen früh wiederkommen würde. Im Bett schwirrte mir der

Kopf vor Plänen für meinen Hund: die Hundehütte, die ich ihm bauen würde, das Halsband, das ich ihm machen würde, und all die Tricks, die ich ihm beibringen würde. Eine ganz neue Welt lag vor mir – und alles nur wegen Uropa!

In der letzten Zeit hatte ich nicht besonders oft zu Gott gebetet. Tante Lou wäre erschrocken und traurig gewesen, wenn sie das gewußt hätte. Nachdem ich Ihn so lange links liegengelassen hatte, wußte ich jetzt nicht, wie ich anfangen sollte, aber schließlich überwand ich mich doch. Ich kletterte aus dem Bett und kniete mich davor nieder.

„Lieber Gott, ich hab' dir 'n paar Sachen zu sagen. Ich weiß, manchmal hab' ich gedacht, du mußt wohl nicht viel für mich übrig haben, so wie du mich behandelt hast, aber ich danke dir ganz doll, daß du Uropa hergebracht hast, obwohl ich ihn zuerst nicht hierhaben wollte. Ich hab' ihn jetzt sogar richtig lieb. Und danke für Flecki. Hilf mir, daß 'n guter Hund aus ihm wird, damit er den anderen nicht zuviel Ärger macht. Amen."

Dann stieg ich wieder ins Bett und zog mir die Decke bis ans Kinn. Mit dem Kopf voller Bilder von mir und meinem Hund schlief ich ein.

## Ein schwerer Tag

Am nächsten Morgen wußte ich kaum, wo mir der Sinn stand. Ich wollte so schnell zur Schule laufen, wie ich nur konnte, und den anderen Jungs von meinem neuen Hund erzählen, aber gleichzeitig wollte ich mich auch nicht von ihm trennen. Wenn ich ihn doch bloß mitnehmen könnte! Aber selbst mir leuchtete ein, daß das nicht gehen würde.

Endlich riß ich mich im letzten Moment von ihm los und versprach ihm, sobald wie möglich wieder zurück zu sein. Ich bat Uropa, Flecki erst aus dem Schuppen zu lassen, wenn ich außer Sichtweite war, damit er mir nicht nachlaufen und statt dessen die Farm in Ruhe erkunden konnte.

Pustend und schnaufend kam ich an der Schule an, weil ich mich so beeilen mußte. Bevor die Glocke läutete, konnte ich gerade noch rausbringen, daß ich 'nen neuen Hund hatte. Die Jungs wollten gleich alles über ihn wissen, und ich erzählte ihnen, soviel ich konnte, während wir uns zum Morgengebet aufstellten. Alec und Willie versprachen, bei nächster Gelegenheit vorbeizukommen und Flecki zu bestaunen.

In den Pausen gab's nur ein Thema: mein Hund. Ich erzählte so viel über ihn, daß die Jungs ganz aus dem Häuschen gerieten. Die Neuigkeit drang sogar bis auf die Mädchenseite vor, und Sarah Smith und Mary Turley trauten sich zu uns rüber und fragten mich auch aus. Ich kam mir ungeheuer wichtig vor.

Kaum hatte Fräulein Peterson den Unterricht beendet, da stürmte ich schon los. Ich hatte ja so viel zu tun! Ich wußte gar nicht, wo ich anfangen sollte: mit dem Halsband oder der Hundehütte. Flecki brauchte beides.

Ich rief nach ihm, als ich am Tor ankam, aber er war nirgends zu sehen.

Tante Lou stand vor der Tür.

„Josch, komm mal bitte rein, ja?"

„Gleich!" rief ich zurück. „Ich such' eben erst Flecki!"

„*Sofort,* Josch!"

Ich ging rein. Vielleicht hatten sie Flecki ja in der Küche.

Auf meinem Platz standen ein Glas Milch und ein Stück Kuchen. Uropa saß auch am Tisch, aber er aß nichts. Tante Lou war blaß, und ihre Augen sahen aus, als hätte sie geweint. Es würde doch nicht etwa Opa und Onkel Charlie was zugestoßen sein??? Das Herz sank mir in die Hose.

„Setz dich, Josch."

Ich setzte mich. Ich starrte erst Tante Lou an, dann Uropa.

Tante Lou schluckte mühsam und biß sich auf die Lippe, um die Tränen zurückzuhalten. Endlich sagte sie mit bebender Stimme: „Heut' ist was Schlimmes passiert."

Das hatte ich mir inzwischen selbst gedacht.

„Dein Hund ist tot."

Alles in mir lehnte sich auf. Es war nicht wahr! Es konnte einfach nicht wahr sein. Aber ein Blick auf Uropas weißes Gesicht und auf Tante Lou, die 'n nasses Taschentuch mit der Hand umklammerte, sagte mir, daß ich's doch glauben mußte.

Ohne ein Wort sprang ich auf und rannte zur Tür. Mein Milchglas hatte ich umgestoßen.

„Josch!" rief Tante Lou hinter mir her.

„Laß ihn!" sagte Uropa sanft. Seine Stimme klang alt und müde.

Ich rannte den ganzen Weg zum Bach runter. Am liebsten hätte ich mich ins kalte Wasser geworfen und mein ganzes Weh davonspülen lassen. Statt dessen ließ ich mich ins Gras fallen. Jungen sollen ja nicht weinen, aber ich tat's trotzdem. Ich weinte, bis keine Tränen mehr kamen, und dann lag ich einfach nur so da und stöhnte.

Es wurde schon dunkel, als ich mich endlich aufrappelte. Kalt war's auch geworden. Ich hatte gar nicht gemerkt, wie sehr ich gefroren hatte. Zitternd vor Kälte bückte ich mich am Ufer des Baches und wusch mir das Gesicht. Das eiskalte Wasser brachte mich wieder in die Wirklichkeit zurück. Mensch, es war ja schon fast dunkel, und ich hatte mich überhaupt noch nicht um meine Arbeit gekümmert! Opa und Onkel Charlie waren sicher schon zu Hause, und ich hatte noch keinen Handschlag getan. Schleunigst machte ich mich auf den Rückweg.

Langsam fing ich an, wieder klar zu denken. Wie war alles nur passiert? Der Hund, den ich mir so lange gewünscht hatte, hatte mir nur so kurz gehört; viel zu kurz, um überhaupt das Gefühl zu kriegen, daß er *mein* Hund war.

Als ich zu Hause ankam, hatte Uropa meine Arbeit schon getan. Er hatte länger dafür gebraucht als ich. Für 'nen alten Mann wie ihn war das 'n ziemlich schweres Stück Arbeit. Tante Lou hatte Bleß gemolken und beim Holzspalten geholfen. Ich schämte mich – aber ich fühlte mich auch irgendwie dankbar und geborgen. Beinahe hätte ich wieder angefangen zu weinen, aber ich konnte mich gerade noch beherrschen.

Onkel Charlie und Opa waren schon längst wieder da und hatten zu Abend gegessen. Tante Lou hatte mir mein Essen im warmen Ofen verwahrt. Ich versuchte, es zu essen, aber ich konnte es kaum runterbringen.

Zum ersten Mal im Leben wartete ich nicht erst darauf, daß Opa „Zeit zum Schlafengehen!" rief. Ich ging nach oben in mein Zimmer und machte die Tür hinter mir zu.

Ich wollte wirklich nicht mehr weinen. Ich hatte genug Tränen vergossen. So lag ich einfach still im Dunkeln und ließ Enttäuschung und Zorn freien Lauf. Warum nur? Warum? Warum?

Uropa kam rauf. Er öffnete leise meine Tür und blieb zögernd stehen.

„Josua?"

Ich brachte es nicht übers Herz, ihn wegzuschicken. Nicht Uropa.

„Mja."

„Darf ich hereinkommen?"

„Von mir aus."

Er kam rein und setzte sich auf mein Bett. 'ne Zeitlang saß er schweigend da. Dann legte er seine Hand auf meinen Arm, 'ne alte, weiche Hand ganz ohne rauhe Stellen und Schwielen, wie Opa und Onkel Charlie sie hatten.

„Ich weiß, wie dir zumute ist, Josua."

Es kam mir nicht mal in den Sinn zu rufen: „Nee, das weißte nicht! Keiner weiß es!" Irgendwie wußte ich, daß er mich verstand.

„Es ist nicht leicht, jemanden zu verlieren, den man liebgehabt hat."

Ich schluckte. Wenn er nicht aufpaßte, würde er mich gleich doch wieder ans Weinen kriegen.

„Ich dachte, vielleicht wüßtest du gern, wie es passiert ist."

Einerseits wollte ich's wissen, andererseits auch nicht.

„Flecki war ein munteres, kluges Kerlchen, aber ich glaube, er hat sich doch ein bißchen zuviel zugetraut."

Ich wartete.

„Die Kühe standen auf der Weide hinter dem Zaun beim Garten, und Flecki wollte wohl Hirtenhund spielen. Lou und ich hörten den Aufruhr, aber bis wir draußen waren, war er schon unter die Hufe geraten. Wir haben versucht, ihn zu retten, aber ..."

Er hielt inne. Ich konnte mir genau vorstellen, wie Tante Lou mit tränenüberströmtem Gesicht neben meinem weißhaarigen Uropa stand, der sich über meinen schwerverletzten kleinen Hund beugte. Wieder kamen mir die Tränen, und ich schluckte sie runter.

Uropa strich mir sachte über die Schulter, stand auf und ging zur Tür. Ich war froh, daß ich nichts zu sagen brauchte. Ich hätte kein Wort rausgebracht.

Da lag ich nun im Dunkeln und dachte an meinen kleinen Hund, und nach und nach kamen mir viele andere bittere Gedanken. Ich ließ mich von ihnen wie von einer Welle überschwemmen und wegtragen. Auf 'ne unerklärliche Weise tat es mir wohl zu wissen, daß kein Mensch auf der ganzen Welt so viel leiden mußte wie ich. Vor lauter Bitterkeit konnte ich schließlich nicht mehr an mich halten. Wieder kamen mir die Tränen.

Meine Tür öffnete sich. Tante Lou kam rein.

„Bitte wein' nicht mehr, Josch!“ sagte sie. Es hörte sich an, als ob sie selbst die Ermahnung nötiger hätte als ich.

„Ich weine ja nicht.“

Tante Lous scharfen Ohren entging normalerweise nicht mal 'n Schnüffeln hinter 'ner meterdicken Mauer, aber diesmal ließ sie's dabei bewenden. Sie saß nur einfach da, wie Uropa vorhin.

„Es tut mir leid, Josch, so leid.“

Das wußte ich auch so.

„Wir hätten's nicht verhindern können.“

„Aber Gott.“

Endlich war's raus – in zwei bitteren, anklagenden Worten.

Tante Lou holte Luft, aber ich gab ihr erst gar keine Gelegenheit zu antworten.

„Ich hab' sogar gestern abend gebetet und Ihm für Uropa gedankt und für Flecki, und da läßt Er meinen Hund am nächsten Tag sterben. Er hätte's verhindern können, das hätte Er! Ich bin Ihm egal, das ist es nämlich. Immer muß ich was Schlimmes erleben, und wenn Er meint, ich würde Ihn lieben, dann hat Er sich geirrt. Nee, nie!“

Jetzt schluchzte ich hemmungslos. Tante Lou saß stumm daneben, als ob's ihr die Sprache verschlagen hätte.

Ich drehte mich auf den Bauch.

„Er hat mir ja noch nicht mal Erinnerungen gelassen", rief ich laut. „Er nimmt mir alles weg!"

Tante Lou ließ mich weinen, bis ich keine Tränen mehr hatte. Als ich mich endlich beruhigt hatte, nahm sie meine Hand in die ihre und strich mir über jeden einzelnen Finger.

„Josch?"

„Ja", brachte ich hervor.

„Was haste da über Erinnerungen gesagt – daß du keine hast?"

Ich schluckte 'n paarmal.

„Mit Mama und Papa war's doch dasselbe", murmelte ich. „Die hat Gott mir auch weggenommen, bevor ich mich überhaupt erinnern konnte. Opa hat Erinnerungen, jede Menge. Er hat mir so viel über Oma und Urgroßmutter erzählt. Und Uropa hat mir von all den guten Jahren mit Urgroßmutter erzählt. Onkel Charlie kann sich auch erinnern, aber ich, ich kann an gar niemanden zurückdenken."

Wieder fing ich zu schluchzen an.

„Josch."

„Was?"

„Josch, ich kann mich auch nicht an meine Mama erinnern, aber ich hab' trotzdem viele, viele Erinnerungen."

Ich sah sie in dem schwachen Licht groß an und fragte mich, ob sie wohl noch ganz bei Sinnen war.

„Meine Mama starb, bevor ich alt genug war, mich an sie zu erinnern. Ich weiß, daß sie mich liebgehabt hat – ich kann's heute noch spüren; aber ich kann mich nicht an sie erinnern, kein Stück kann ich mich an sie erinnern."

„Aber wieso ..."

„Ich hab' dafür andere Erinnerungen, aber die sind genauso wichtig und voller Liebe. Ich kann mich an Pas Gesicht über meinem Bettchen erinnern, und wie seine Augen lachten, wenn er mit mir spielte. Ich weiß noch, wie

Onkel Charlie ‚Hoppe, hoppe, Reiter' mit mir gespielt hat. Ich erinnere mich, wie Pa mich abends gewiegt und umarmt hat, bevor er mich ins Bett brachte. Ich erinnere mich, wie er sich mit Sorgen in den Augen über mich beugte und mir die Stirn fühlte, als ich die Masern hatte, und ich weiß noch, wie Pa und Onkel Charlie sich einen Winter abgewechselt haben und die Nächte an meinem Bett gesessen haben, als ich Keuchhusten hatte. Vier Tage lang haben sie das gemacht, Tag und Nacht.

Josch, ich erinnere mich an den Tag, als 'n winziges Baby, in Decken gewickelt, zu uns gebracht wurde, und als ich Pa fragte, warum, da schluckte er 'n paar Tränen runter und sagte, daß ich jetzt für dieses Baby zu sorgen hätte. Es brauchte mich. Und ich weiß noch, wie ich das Baby anzog und fütterte und mit ihm spielte – und's liebhatte."

Tante Lou machte 'ne Pause und atmete tief.

„Ich hab' viele, viele Erinnerungen, Josch, viele *gute* Erinnerungen."

Jetzt flüsterte sie beinahe.

Bei all dem, was Tante Lou da gesagt hatte, war mir klar geworden, daß ich auch Erinnerungen hatte. Ich hatte nur in der verkehrten Ecke danach gesucht. Genau wie Familien konnten auch Erinnerungen die unterschiedlichsten Formen haben. Ich kämpfte mit mir. Ich war immer noch böse und wollte am liebsten um mich schlagen.

„Deswegen hätte Er mir meinen Hund doch nicht auch noch wegnehmen brauchen!"

„Josch, Gott hat dir deinen Hund nicht weggenommen. Es ist ... es ist einfach passiert."

„Aber Er hätte's verhindern können."

Tante Lou schwieg 'nen Moment und überlegte sich ihre Antwort sorgfältig.

„Ja, das hätte Er. Er könnte uns alle beschützt und bewahrt vor allem, was uns wehtun könnte, durchs Leben gehen lassen. So könnte ich das auch mit meinen Petunien machen, Josch. Ich könnte 'ne Wand um sie ziehen und sie vor Wind und Regen, Käfern und Bienen beschützen. Was meinste wohl, was dann wäre?“

Ich zuckte mit den Schultern. Die Antwort war zu einfach.

„Sie würden nie Blüten tragen“, sagte Tante Lou für mich.

„Mein Junge, ich weiß nicht alles über Gott, aber eins weiß ich so sicher, wie ich lebe und atme: Er hat uns lieb. Er hat uns restlos und völlig lieb, und Er will immer nur unser Bestes. Ich weiß nicht genau, wie die Sache mit deinem Hund zu deinem Besten dienen kann, Josch, aber ich weiß, daß du was draus gewinnen kannst, sonst hätte Gott es nicht zugelassen. Es liegt alles an dir, mein Junge. Jedesmal, wenn uns was betrübt, dann bestimmen wir selbst, ob wir's zu unserem Besten wirken lassen, wie Gott es vorgesehen hat, oder ob wir Bitterkeit wie 'n schlimmes Geschwür in unserem Herzen wachsen lassen.

Wir haben dich lieb, Josch, jeder von uns. Es tut uns so leid, daß du so traurig sein mußt. Es ist nun mal passiert. Wir können's nicht rückgängig machen, aber gib acht, daß dein Weh nicht noch größer wird und dich kaputtmacht. Gott hat dich lieb, Josch. Er kann dir in deiner Traurigkeit helfen, wenn du Ihn darum bittest. Begreif doch, daß dies zu deinem Besten sein kann. Versuch's wenigstens, Josch! Bitte versuch's doch!“

Tante Lou beugte sich über mich und gab mir 'nen Kuß. Ihre Wangen waren ganz feucht. Dann ging sie.

Ich dachte über all das nach, was sie da gesagt hatte, und beschloß, mich demnächst, vielleicht unten am Bach, mal ganz doll zu erinnern, um zu sehen, was mir alles einfallen würde. Schon jetzt sah ich 'n lachendes Gesicht mit blauen Augen über mir, das liebe Worte zu mir sagte – meine Tante Lou. Schnell stieß ich das Bild beiseite. Ich wollte nicht, daß sich meine guten Gefühle mit meinen bitteren ins Gehege kamen, sonst würden sie sich am Ende noch gegenseitig auffressen.

Tante Lou hatte mich lieb, da gab's gar keine Frage. Und Uropa auch, und sogar Opa und Onkel Charlie. Aber Gott? Irgendwie konnte ich das nicht so ganz glauben.

Wenn Er mich wirklich liebhatte, dann hatte er sich aber merkwürdige Sachen ausgedacht, um mir das zu zeigen. Tante Lou wollte nicht, daß ich Gott haßte, da war ich mir ganz sicher. Ich hatte sogar selbst 'n bißchen Angst vor den Folgen. Nee, beschloß ich, hassen würde ich Ihn schon mal nicht. Aber lieben konnte ich Ihn auch nicht. Ich würde einfach gar nichts für Ihn empfinden, gar nichts. Ich würde überhaupt nicht mal an Ihn denken. Das hatte Er jetzt davon. Vielleicht würde's Ihm sogar leid tun, was Er da mit mir gemacht hatte.

## Aus Liebe

Mir graute vor der Schule am nächsten Morgen. Ich würde den anderen Kindern die Sache mit meinem Hund erzählen müssen, und das würde mir gewaltig schwerfallen. Wenn ich je ans Schuleschwänzen gedacht hatte, dann war's heute. Ich überlegte, ob ich mir meine Pausenbrote an den Bach mitnehmen sollte, aber dann wurde mir klar, daß ich auf diese Weise Tante Lou 'ne Lüge auftischen müßte, und das brachte ich wiederum nicht übers Herz. Also ging ich doch zur Schule, erzählte meinen Freunden, was passiert war, und ging wieder nach Hause.

Als ich in die Küche kam, lief Tante Lou wie 'ne aufgeregte Henne um Uropa herum.

„Bitte", sagte sie gerade, „trink doch deinen Tee aus. Du bist ja ganz erschöpft."

Uropa sah tatsächlich furchtbar müde aus. Hoffentlich war er nicht krank! Ich knirschte mit den Zähnen und dachte: „Wenn du mir den auch noch wegnimmst ..." Meine Hände ballten sich zur Faust.

Uropa lächelte mir zu, reichlich schwach zwar, aber mit dem alten Zwinkern in den Augen.

„Tag, Josua."

„Tag."

Ich setzte mich auf meinen Platz, und Tante Lou stellte 'n Glas Saft vor mich auf den Tisch.

„Beeil dich mit deinem Saft, Josch. Uropa hat dir was zu zeigen."

Ich leerte mein Saftglas in zwei oder drei Zügen, und dann führte Uropa mich wieder zum Schuppen. Drinnen war 'ne sorgfältig getischlerte kleine Kiste. Der Deckel war schon draufgenagelt. Uropa mußte es wohl für das beste gehalten haben, wenn ich Fleckis zertretenen kleinen Körper nicht sah. Er hatte auch 'n Grabzeichen gemacht. Es war ein langer, spitzer Stab mit 'nem schmalen Querbalken am oberen Ende. Darauf stand mit Pinselstrichen geschrieben: „Flecki. Josuas erster Hund."

„Ich dachte mir, vielleicht würdest du gern ..."

„Wo?" fragte ich und schluckte tapfer.

Ich ging mit der Kiste auf dem Arm voraus. Uropa folgte mit 'nem Spaten. Unter dem Ahornbaum bei Tante Lous Garten war 'n Stück weicher Erdboden. Als ich am Baum angekommen war, stellte ich die Kiste ab und nahm den Spaten von Uropa.

Wir schwiegen, bis die Kiste unter der Erde war und das Grabzeichen darauf stand. „Flecki. Josuas erster Hund." Merkwürdig, wie Uropa das formuliert hatte. Tante Lou kam dazu und legte 'nen kleinen Strauß Herbstblumen auf das Grab.

„Im Frühjahr", sagte sie, „pflanzen wir Veilchen."

Ich sah die beiden an.

„Danke", sagte ich, hob den Spaten auf und wollte losgehen. Die Arbeit wartete.

„Du, Josua!" rief Uropa hinter mir her. „Da ist noch etwas!"

Ich blieb stehen. Er würde mich doch wohl nicht auch noch über dem toten Hund beten lassen.

„Im Haus", sagte Uropa.

Also folgte ich ihm in die Küche und wartete ab. Uropa schob sich an mir vorbei. Er sah erschöpft aus. So schlapp hatte ich ihn noch nie erlebt. Kurz darauf kam er wieder aus seinem Zimmer. Unter seiner Jacke hielt er was versteckt. Als er mit der anderen Hand reingriff, bewegte sich das Etwas, und dann steckte es keck 'ne weiche Nase und 'n glänzendes, schwarzes Augenpaar in die Luft.

„Ich weiß, es ist nicht Flecki", sagte Uropa und befreite seine Füße von den Maschen seiner Strickjacke. „Aber damit kann man sicher auch viel Spaß haben."

Er reichte es mir rüber. Es war winzig. Ein richtiges Hundebaby! Sein Fell war braun und gelockt, die Ohren hingen ihm um das feine Köpfchen herum, und es hatte 'n buschiges Schwänzchen.

„Es ist eigentlich noch zu klein, um von seiner Mutter getrennt zu sein", sagte Uropa. „Wir müssen ganz besonders sorgsam mit ihm umgehen. Es wird sich zunächst furchtbar einsam fühlen, Josua. Deshalb braucht es viel Liebe."

Ich stand überwältigt da und staunte, daß 'n Hund so winzig und doch so vollkommen sein konnte. Mit seiner kleinen rosaroten Zunge leckte es mir über die Hand. Das brauchte man ihm gar nicht erst beizubringen.

„Aus ihm wird nie ein Hirtenhund werden", fuhr Uropa fort. „Dazu wird es nie groß genug sein. Es wird überhaupt recht klein bleiben. Ich konnte keinen anderen ..."

„Es ist ganz toll!" fiel ich ihm ins Wort. Uropa hörte sich beinahe an, als suchte er nach Entschuldigungen. „Es ist wirklich große Klasse! Guck mal, sein Gesichtchen! Es lernt bestimmt ganz schnell. Vielleicht lernt es sogar, auf zwei Beinen zu gehen!"

Tief innendrin fühlte ich wieder 'n Funken Schwung und Leben. Ich hörte, wie Tante Lou 'nen Stoßseufzer der Erleichterung entfuhr, und Uropas Gesicht sah plötzlich nicht mehr so müde aus.

Ich streichelte das Hündchen wieder. Es war so klein, daß es in meine beiden Hände paßte.

„Wie soll es denn heißen?" wollte Tante Lou wissen.

„Weiß noch nicht. Ich überleg's mir bei der Arbeit. – Mensch, ich müßte ja längst im Stall sein!"

Schweren Herzens riß ich mich von meinem Hündchen los.

„Uropa, würdest du wohl solange auf ihn aufpassen?"

Er lächelte.

„Es sieht eigentlich ein wenig schläfrig aus, meinst du nicht auch? Vielleicht nehme ich es einfach mit auf mein Bett; da kann es sich ausruhen."

Ich gab ihm das kleine Wesen und guckte hinter ihm her, wie er es in sein Zimmer trug und dabei sanft mit ihm sprach.

„Dank' dir, Josch", flüsterte Tante Lou. „Er ist so müde. Ich hab' mir schon Sorgen gemacht. Wenn er mit dir in den Stall gegangen wär', das wär' ihm bestimmt zuviel geworden."

„Er ist doch nicht krank?" fragte ich bange.

„Nein, nur müde." Tante Lou schüttelte den Kopf.

„Sobald du heute morgen aus dem Haus warst, Josch, hat sich Uropa auf den Weg in die Stadt gemacht, um dir 'nen neuen Hund zu suchen. Wer weiß, wie lange er hat laufen müssen, bis ihn endlich jemand mitgenommen hat. In der Stadt ist er dann die Straßen rauf und runter gelaufen und hat sich nach jungen Welpen erkundigt. Dieser eine war der einzige, den er auftreiben konnte, und die Jungen waren eigentlich noch nicht entwöhnt. Frau Sankey, der die Hunde gehören, hat ihn dann doch einen aussuchen lassen. Er hat der Reihe nach ausprobiert, ob sie Milch aus dem Schälchen trinken konnten. Dein Hund war der kleinste von allen, aber er hat schnell begriffen, daß im Schälchen auch Milch ist. Dann hat Uropa ihn den ganzen Weg nach Hause getragen. Das Tier ist was ganz Besonderes, Josch."

Ich nickte. Es war tatsächlich 'n ganz besonderer kleiner Hund. Man müßte ihn glatt „Geschenk des Himmels" oder so nennen.

Ich trat an Uropas Tür, um mich bei ihm zu bedanken, wenn ich überhaupt ein Wort rausbringen würde.

Er war aber bereits eingeschlafen und schnarchte. Der winzige Hund hatte sich in seiner Armbeuge auf seiner Brust zurechtgekuschelt. Jetzt mußte ich wieder schlukken. Ich würde mich halt morgen bedanken müssen. Hoffentlich würde ich dann die rechten Worte finden!

## Pixie

Ich nannte mein Hündchen Pixie. Der Name paßte zu ihm. Es war 'n verspieltes, putzmunteres kleines Ding und hatte sich im Nu alle Herzen im Sturm erobert. Ich brauchte ihm erst gar keine Hundehütte zu bauen. Jedermann mochte es so gern, daß es gar keine Frage gab: Dieser kleine Wicht konnte unmöglich nachts allein im Freien schlafen. Vielleicht lag's ja daran, daß Opa und Onkel Charlie 'ne Schwäche für Babies hatten. Na, jedenfalls machten wir Pixie 'ne Kiste neben dem Küchenofen, wo es sich's tagsüber auf Uropas alter grauer Jacke bequem machen konnte.

Abends nahm ich es dann mit rauf in mein Bett, und niemand schien was dagegen zu haben. Ich weiß nicht, ob sie's mir um meinet- oder um Pixies willen durchgehen ließen, jedenfalls erlaubten sie es anstandslos.

Pixie war 'n helles Köpfchen und machte uns von Anfang an jede Menge Spaß. Die ganze Welt schien sich bloß um sie zu drehen, und ich mußte mich direkt anstrengen, auch mal an was anderes zu denken.

Uropa erinnerte mich wieder an Tante Lous Geburtstag, und eines Abends entwarfen wir zusammen einen Brief an Susi. Ich steckte ihn in meine Tasche. Morgen würde ich ihn Willie geben.

Susi ließ nicht lange auf die Antwort warten. Sie schrieb, daß sie und 'n paar Freundinnen gerne bei den Vorbereitungen zu dem Geburtstagsfest mithelfen würden. Sie schlug vor, Maiskolben am offenen Feuer zu rösten. Sie und die anderen Mädchen würden schon fürs Essen sorgen, wenn Uropa nur genug Holz für das Feuer beschaffte.

Uropa war's zufrieden. Er setzte sich gleich hin und schrieb ihr 'nen Brief zurück, in dem er ihre Vorschläge annahm und Ort und Zeit festsetzte. Er holte 'nen Geldschein aus einem Kästchen in seiner Kommode hervor und steckte ihn mit in den Briefumschlag. Mit dem Geld sollten die Mädchen Lebensmittel für das Fest einkaufen. Den Brief gab ich Willie in der Schule, und der nahm ihn mit nach Hause und gab ihn seiner Schwester.

Opa und Onkel Charlie hatten das Viehfutter inzwischen restlos unter Dach und Fach, und das klare Herbstwetter hielt immer noch an.

Jetzt hatte ich nur noch wenig im Stall und in der Scheune zu tun. Onkel Charlie übernahm wieder seinen Teil, und Tante Lou konnte wieder für die Hühner sorgen.

Das letzte Gemüse war aus dem Garten gegraben worden und lag fein säuberlich gestapelt im Gemüsekeller. Die letzten Vorbereitungen für den Winter waren getroffen. Von uns aus hätte's jetzt beinahe stürmen und schneien können – obwohl wir auch nicht gerade etwas gegen das blau-klare Herbstwetter einzuwenden hatten.

Eigentlich gab's nur eins, was uns noch beschäftigte: Tante Lous Geburtstagsfeier. Wenn sich das Wetter bloß bis dahin hielt, dann waren wir über den Berg.

Eines Abends nach der Arbeit fanden wir Männer ein paar ruhige Minuten. Uropa hatte Opa und Onkel Charlie eingeweiht, bevor er Susi geschrieben hatte. Sie waren einverstanden und freuten sich auf das Fest.

Samstag war Lous Geburtstag, und Samstagabend sollte die Feier sein. Wir beschlossen, morgens schnell in die Stadt zu fahren. Dann würden wir Tante Lou ihre Geschenke überreichen und unsere eigene kleine Geburtstagsfeier machen. Das Maiskolbenrösten wollten wir bis zum letzten Moment geheimhalten.

Ich holte meine Geldmünzen hervor, die ich mir zusammengespart hatte. Viele waren's nicht. Schließlich gab ich mich geschlagen und ging zu Uropa, um ihn zu fragen, ob ich wohl die beiden Zehner haben könnte. Dieses Jahr würden wir sowieso kaum mehr zum Angeln kommen. Er sagte, das wär' in Ordnung so, und ich atmete auf.

In Kirks Laden verbrachten wir 'ne halbe Ewigkeit mit Aussuchen. Onkel Charlie entschied sich für 'nen Spitzenschal. Zum Warmhalten taugte der sicher nicht viel, aber er sah duftig und hübsch aus. Opa kaufte 'n neues Kleid. Es war cremefarbig und mit rosa Bändchen, Schleifen und Spitze übersät. Ich konnte mir Tante Lou direkt darin vorstellen.

Ich hatte mein Auge auf ein Spitzentaschentuch geworfen, aber als ich mein Geld zählte, reichte es nicht ganz dafür. Also sah ich mich weiter um, aber ich konnte nichts finden, was mir so gut gefiel wie das Taschentuch. Ich suchte immer noch, als die anderen längst fertig waren.

Onkel Charlie sah, wie ich das Taschentuch beäugte, und er muß wohl haarscharf geschlossen haben, woran's haperte. Ich merkte, wie er mir von hinten 'n paar Münzen in die Tasche gleiten ließ. Jetzt hatte ich genug für das Taschentuch und sogar noch einen Fünfer übrig. Ich musterte die Bonbondose, während Herr Kirk das Taschentuch einpackte, aber dann überlegte ich mir, daß ich Onkel Charlie eigentlich seinen Fünfer wiedergeben müßte.

Uropa stand schon draußen beim Wagen. Er war in einem anderen Geschäft gewesen. Auf dem Nachhauseweg zeigte er mir, was er dort gekauft hatte.

„Das ist aber schön!" sagte ich. „Wozu ist denn das gedacht?"

„Das ist eine Schmuckschatulle."

Ich kämpfte mit mir, ob ich's ihm sagen sollte oder lieber nicht. Schließlich sagte ich's ihm doch.

„Ist bestimmt 'n wertvolles Kästchen, Uropa, bloß gibt's da ein Problem."

„Er schaute mich betroffen an.

„Sie hat gar keinen Schmuck!" flüsterte ich ihm zu.

Uropa schüttelte den Kopf und schmunzelte.

„Der kommt nach“, sagte er, „der kommt nach.“

Vielleicht machte man’s ja so, dachte ich. Erst kommt die Schatulle und dann der Schmuck dafür.

Wir beeilten uns mit der Arbeit. Sogar Pixie mußte hinter Tante Lous Geburtstag zurückstehen. Lou wußte, daß sie ihren eigenen Geburtstagskuchen zu backen hatte. Sie hatte alle Geburtstagskuchen gebacken, seitdem sie groß genug war, um mit dem Ofen umzugehen. Ihr Kuchen wartete schon auf dem Tisch. Wir beäugten ihn voller Vorfreude und wünschten, das Mittagessen wäre schon vorbei.

Bevor Tante Lou ihren Kuchen anschnitt, überreichten wir ihr unsere Geschenke. Die Männer schoben mich vor. Ich überreichte ihr das Taschentuch.

„Oh, Josch!“ rief sie begeistert. „Wie hübsch! Woher haste bloß soviel Geld gehabt für so’n schönes Taschentuch?“

Ich schaute Onkel Charlie an. Der guckte ausdruckslos zurück, als könnte er kein Wässerchen trüben. Tante Lou nahm mich in die Arme.

Als nächstes packte sie den Schal von Onkel Charlie aus. Ihre Augen leuchteten, und Onkel Charlie bekam auch ’ne Umarmung. Er schaute mächtig stolz drein. Dann überreichte Opa sein Geschenk. Sie hob das traumhafte creme- und rosafarbige Kleid aus der Schachtel und schüttelte es glatt.

„Oh, Pa, das ist aber hübsch! Wirklich! Ich hätte es zwar nicht unbedingt gebraucht, aber … Ich freu’ mich so! Wie entzückend!“

Das war typisch Lou. Nichts von diesem albernen „Hach, das wär’ aber nicht nötig gewesen!“ Sie sagte einfach geradeheraus, was sie dachte.

„Ich komm’ mir so elegant vor! Hoffentlich krieg’ ich bald mal die Gelegenheit, es auszuführen!“

„Komm, probier’s doch mal an!“ redete Uropa ihr zu.

„Ja? Meinste wirklich?“ Lous Wangen glühten.

Wir überredeten sie gemeinsam, uns ihren neuen Staat vorzuführen. Wir wollten doch zu gern sehen, wie gut ihr unsere Geschenke standen.

Lou lachte und verschwand mit ihren neuen Sachen. Kurz darauf erschien sie wieder und stolzierte röckeschwingend und lachend durch die Küche.

Das Kleid paßte wie angegossen. Die Cremefarbe unterstrich ihre zarte Haut, und die rosa Schleifen und Bänder wiederholten das rosige Schimmern auf ihren Wangen.

Sie legte sich den Schal um die Schultern und winkte kokett mit dem Spitzentaschentuch. Alle lachten. Vor lauter Späßen hatte ich zuerst gar nicht gemerkt, daß Uropa aufgestanden war. Er trat auf Lou zu.

„Ich habe auch etwas für dich, Louisa."

Lou blieb stehen. Als Uropa ihr sein Geschenk ausgehändigt hatte, packte sie es aus und schnappte buchstäblich nach Luft, als sie die Schatulle erblickte.

„'ne Schmuckschatulle!"

Ich war heilfroh, daß sie nicht erst zu fragen brauchte, wozu das Ding dienen sollte.

„Sie ist wunderschön, Uropa!"

„Öffne sie, Louisa!"

Das tat sie, und da auf dem weichen Samt lag das schönste Medaillon, das ich je gesehen hatte. Als Uropa mir vorhin das Kästchen gezeigt hatte, hatte das noch nicht drin gelegen, das wußte ich genau.

Tante Lous große blaue Augen wurden noch größer. Es hatte ihr die Sprache verschlagen. Sie starrte das Medaillon an; dann hob sie es vorsichtig aus dem Kästchen und hielt es in der offenen Hand.

„Das hat deiner Großmutter gehört", erklärte Uropa leise. „Es kann nur von den zwei schönsten und liebsten Frauen der Welt getragen werden: von deiner Großmutter und dir."

Uropa trat einen Schritt näher und nahm das Medaillon aus Tante Lous Hand. Er stellte sich hinter sie und legte ihr die Kette um den zierlichen Hals. Dann gab er ihr einen Kuß auf die Wange.

„Herzlichen Glückwunsch zum Achtzehnten, Louisa!"

Jetzt liefen Tante Lou die Tränen nur so übers Gesicht. Sie ging zu jedem von „ihren Männern" und umarmte uns alle nochmals.

Wir hätten bestimmt den ganzen Nachmittag so fröhlich beisammensein können, wenn Onkel Charlie nicht zufällig auf die Uhr geguckt hätte. Er gab uns 'n Zeichen und nickte.

Uropa meinte, jetzt sei's wohl endlich an der Zeit, den Kuchen zu kosten. Lou blies die Kerzen darauf aus und gab jedem von uns 'n riesiges Stück auf den Teller. Sie selbst aß nur 'n kleines und lief dann lachend nach oben, um ihr Kleid wieder mit ihren Arbeitssachen zu vertauschen.

Ich gab Pixie 'n bißchen von meinem Kuchen ab. Nicht zuviel, damit sie nur keine Bauchschmerzen bekam. Der Kuchen schien ihr zu schmecken. Sie leckte mit ihrer kleinen rosaroten Zunge erst die Pfötchen ab und dann meine Finger, damit ihr ja kein Krümelchen entging.

Wir saßen um den Tisch und erzählten und lachten. Die Männer tranken Kaffee, und ich spülte meinen Kuchen mit Milch runter. Soweit war's ein erstklassiger Geburtstag gewesen. Wir konnten uns alle nicht vorstellen, daß die zweite Hälfte besser werden konnte. Besonders freuten wir uns auf die Überraschung für Tante Lou.

Wie 'n Blitz aus heiterem Himmel verdarb Opa mir den ganzen Rest des Tages. Er drehte sich zu Onkel Charlie um.

„Bert Thomas kommt doch, oder?"

Onkel Charlie nickte bloß.

Aha, das war also der nächste auf der Liste! Ich nahm Pixie auf den Arm und ging nach draußen. In mir kochte es. Wozu das Ganze? Wir haben Tante Lou doch hier bei uns, und sie ist glücklich hier. Habt ihr nicht gesehen, wie sie gelacht hat? Wozu wollt ihr alles kaputt machen?

## Die Geburtstagsfeier

Es war beinahe acht Uhr, als die ersten Gespanne vorfuhren. Tante Lou guckte zum Fenster raus und rätselte, was das alles nur zu bedeuten hatte. Es brauchte 'ne ganze Weile, bis sie begriff, daß es etwas mit ihrem Geburtstag zu tun haben könnte.

Ich staunte ebenfalls nicht schlecht. Es sah so aus, als ob sich alle jungen Leute zwischen siebzehn und dreißig auf unserem Hof versammelt hätten. 'n paar waren dabei, von denen ich noch nicht mal den Namen kannte.

Susi Corbin und Rahel Morgan kamen ins Haus und wollten Tante Lou lachend nach draußen zerren. Die erflehte sich 'ne Gnadenfrist, um sich schnell umziehen zu können, und sie ließen sie gewähren. Sie würde doch nicht etwa das neue cremefarbige ...? Ach was, so war Tante Lou nicht. Sie erschien in 'nem buntbedruckten Kleid mit weißem Kragen und Manschetten. Sie sah prima darin aus, aber das tat sie eigentlich immer.

Während die Mädchen den Tisch deckten, den Opa für sie draußen aufgestellt hatte, gingen die Burschen die Pferde versorgen. Unser Scheunenhof stand gerammelt voll von Pferden, die sich, am Zaun angebunden, über ihr Futter und Wasser hermachten.

In unserem Hof ging's lärmend zu. Niemand schien sich richtig zu unterhalten. Die Burschen riefen durcheinander, und die Mädchen kicherten bloß.

Nachdem es 'n bißchen ruhiger geworden war, leitete Susi das erste Spiel. Ich verkrümelte mich neben den Fliederbusch, von wo aus ich alles sehen konnte, ohne im Weg zu sein. Da saß ich nun mit Pixie im Arm und fragte mich, wie's wohl sein mochte, mit von der Partie sein zu dürfen. Jedesmal, wenn eins von den Mädchen kicherte oder markerschütternd quietschte, war ich eigentlich heilfroh, nicht mitspielen zu müssen. Den Burschen schien das dagegen weniger auszumachen; ich hatte sogar den Eindruck, als legten sie's darauf an, die Mädchen zum Kreischen zu bringen.

Bei diesem Spiel brauchte jeder einen Partner. Tante Lou kriegte Charlie Hopkins zugeteilt. Der guckte maßlos erfreut drein. Das Spiel war so 'ne Art Staffellauf, bei dem Lou und Charlie beinahe gewannen, aber dann wurden sie in letzter Minute von Bert Thomas und Nellie Halliday geschlagen.

Es folgten mehrere andere Spiele. Mir schien, als ging's bei jedem 'n bißchen lauter und schneller zu. Jedenfalls hatten alle ihren Spaß, das stand fest.

Ich beobachtete Cullum Lewis 'ne Zeitlang. Er benahm sich nicht so ausgelassen wie die meisten anderen, obwohl er das Spiel nicht weniger zu genießen schien. Armer Cullum! Der kam bestimmt nicht oft zum Spielen. Sein Vater war lange schwerkrank gewesen. Von den sieben Kindern waren fünf Mädchen. Erst das Allerjüngste war wieder 'n Junge. Der war inzwischen vier und hoffnungslos verwöhnt.

Cullum mußte die Farm übernehmen, als er noch nicht mal mit der Schule fertig war. Zuerst waren die Erträge mager, und jeden Heller, den er zusammenkratzen konnte, brauchte er, um die Schulden seines Vaters zu bezahlen. Ich war mir nicht sicher, ob er die Schulden inzwischen restlos abgetragen hatte oder nicht, aber so hart, wie er arbeitete, konnte ich's ihm nur wünschen. Er hatte immer noch seine Mutter, fünf Schwestern und einen kleinen Bruder zu versorgen. Kein Wunder, daß er bei all der Verantwortung ernster und stiller war als die anderen Burschen in seinem Alter. Er spielte zwar gern mit, aber er benahm sich längst nicht so wild wie die anderen. Eins fiel mir allerdings auf: Seine Augen folgten Tante Lou auf Schritt und Tritt.

Meine Lehrerin, Fräulein Martha Peterson, war auch mit von der Partie. Komisch, ich hatte sie eigentlich nie unters Jungvolk gezählt, aber sie war tatsächlich bloß drei oder vier Jahre älter als Tante Lou. Man munkelte, daß Barkley Shaw es auf sie abgesehen hatte, aber soweit ich sehen konnte, hatte Barkley Shaw es auf alles abgesehen, was 'nen Rock trug. Ich konnte ihn nicht sonderlich gut leiden.

Opa stand 'ne Weile neben mir und besah sich das muntere Treiben. Ab und zu sah ich ihn zufrieden schmunzeln.

„Lou scheint sich ja prächtig zu amüsieren", sagte er.

„Mja."

„Sie sollte sich eigentlich öfters mal amüsieren", sagte er in Gedanken versunken. Schließlich zog er seine Uhr aus der Tasche. An seinem Gesicht konnte ich ablesen, daß es neun sein mußte. Ich wartete drauf, daß er „Zeit zum Schlafengehen" sagte, aber statt dessen meinte er: „Heut' ist was Besonderes." Er steckte die Uhr wieder ein, und ich wußte, daß ich heute abend länger aufbleiben durfte.

Die Spiele waren jetzt vorbei, und das Feuer wurde angesteckt. Jeder holte sich einen Holzblock vom Stapel zum Draufsitzen und stellte ihn um das Feuer herum auf. Unter lautstarkem Flachsen und Lachen begann das Maiskolbenrösten. Zahllose Schüsseln mit anderen lekkeren Sachen wurden aufgetragen. Es sah mir nach 'nem regelrechten Festmahl aus.

Opa tauchte wieder auf.

„Lou!" rief er für alle hörbar. „Dein Onkel Charlie hat 'nen großen Kessel Kakao aufgesetzt, Bert, ich glaube, Lou braucht Hilfe in der Küche!"

Aha, endlich! Ich hatte mich schon gefragt, wie sie Bert wohl ködern würden.

Bert ging neben Lou mit 'nem idiotischen Grinsen auf dem Gesicht ins Haus. Barkley dagegen guckte recht säuerlich drein. Er hatte seinen Sitzblock direkt neben Lous aufgebaut und wollte ihr bestimmt gerade wortreich erklären, wie man die Maiskolben am fachmännischsten gar kriegt.

Barkley war zwar ’n bißchen älter als die meisten anderen Burschen, aber deshalb war er kein Stück erwachsener als sie. Nachdem Lou und Bert in der Küche verschwunden waren, zuckte Barkley die Achseln, machte sich daran, Berts Sitzblock dick mit Butter einzustreichen, und rief den anderen laut und deutlich zu: „Paßt mal auf, wenn dieser Dummkopf wiederkommt!“

Barkley hatte dem Feuer gerade den Rücken gewandt und neckte Nellie und Susi für jedermann hörbar, da vertauschte einer von den Burschen zwei Sitzblöcke. Als Barkley sich wieder setzte, mußte er entdecken, daß nun sein eigener Hosenboden kräftig eingebuttert war. Ich glaube nicht, daß Barkley je erfahren hat, wer ihm diesen Streich gespielt hat, aber ich hab’s genau gesehen. Es war genauso ruhig und unauffällig geschehen wie alles, was Cullum tat. Keiner von den anderen hatte es bemerkt.

Tante Lou und Bert waren schier ’ne Ewigkeit mit dem heißen Kakao beschäftigt. Ich fragte mich, welchen Trick Opa und Onkel Charlie wohl diesmal angewandt hatten, um sie möglichst lange in der Küche aufzuhalten. Endlich kamen sie wieder, und Bert schien sich einzubilden, daß ihm der Platz neben Tante Lou für den Rest des Abends zustand.

Ich saß da und besah mir das ganze Schauspiel; da hörte ich ’ne leise Stimme neben mir.

„Hab’ dir was Eßbares mitgebracht.“

Ich fuhr auf, so daß Pixie mir erschrocken aus dem Schoß sprang. Ich hatte nämlich gedacht, daß niemand mich hier sitzen sehen würde.

Es war Cullum.

„Du mußt mächtig Kohldampf haben bei all den Düften, die dir da in die Nase steigen!“

„Danke“, sagte ich und nahm den Teller. Ich war tatsächlich hungrig wie’n Bär.

„Hast ’nen Hund, was?“

Cullum langte runter und nahm Pixie in seine großen Männerhände. Ich wußte gleich, daß er sie mochte; das brauchte er mir erst gar nicht zu sagen, so liebevoll streichelte er sie.

„Soll ich dir noch mehr holen?“

„Nee, danke, ich hab’ ja hier ’ne ganze Menge. Danke, Cullum! Ich muß sowieso bald ins Bett.“

Er setzte Pixie wieder auf meinen Schoß und richtete sich auf.

„Nette Geburtstagsfeier!“ sagte er. Er guckte zu Tante Lou rüber.

„Mja“, antwortete ich. Irgendwie hatte ich das Gefühl, als würde er sich gern ’ne Weile über Tante Lou unterhalten.

„Wir hatten so ’ne Art private Geburtstagsfeier vor dieser hier.“

„Ach ja?“

„Mhm. Wir haben ihr unsere Geschenke beim Essen gegeben.“

„Was hast du ihr denn geschenkt?“

„’n Taschentuch, mit lauter Spitze dran und so.“

„Das hat ihr bestimmt gefallen.“

„Ja, hat’s. Sie sagte, sie hat noch nie so ’n schönes gesehen. Und Onkel Charlie hat ihr ’nen neuen Schal geschenkt. Den zieht sie bestimmt zur Kirche an. Vielleicht sogar morgen. Vielleicht siehste ...“

Au weia, da war mir was rausgerutscht! Keiner von Cullums Familie ging in die Kirche. Schnell redete ich drüber hinweg.

„Und Opa hat ihr ’n neues Kleid geschenkt. Mensch, ist das was Hübsches! Steht ihr ganz toll. Sie hofft, daß es demnächst irgendwo ’ne Hochzeit oder so gibt, damit sie’s mal tragen kann.“

Cullum ließ seine Augen immer noch nicht von Tante Lou.

„Und Uropa hat ihr 'n Schmuckkästchen und 'nen Anhänger an 'ner Kette geschenkt. Der hat mal meiner Urgroßmutter gehört."

Bert Thomas hatte wohl gerade was Lustiges zu Tante Lou gesagt, und sie lachte glockenhell. Cullum trat von einem Bein aufs andere.

„Ich werd' mich wohl bald auf den Heimweg machen müssen, Josch. Ich hab's 'n bißchen weiter als die meisten anderen."

Er drehte sich um. Ich sprang hoch und fing Pixie gerade eben noch auf.

„Wart' mal 'n Augenblick, ja?" sagte ich hastig und drückte ihm Pixie in die Hände. „Hier, halt sie mal solange!"

Ich konnte nicht nahe genug an Tante Lou rankommen, um an ihrem Rock zu zupfen. Ich winkte ihr zu, und sie entschuldigte sich und kam zu mir rüber. Mit ihren Augen fragte sie besorgt, ob was nicht stimmte. Sobald sie in Hörweite war, platzte ich raus: „Cullum muß bald nach Hause. Er hat's weit. Ich dachte bloß, vielleicht willste dich von ihm verabschieden."

Sie atmete auf und legte ihren Arm um meine Schulter, und wir gingen zu Cullum rüber. Er stand mit Pixie auf dem Arm da und streichelte sie. So'n großer, breitschultriger Mann mit so 'nem winzigen Hündchen gab schon 'n komisches Bild ab.

„Josch sagt, du müßtest gehen", sagte Tante Lou mit ihrer sanften Stimme.

„Ja, das stimmt", antwortete er. „Hab' 'nen weiten Weg vor mir, und morgen muß ich früh raus. Bin selbst noch nicht fertig für den Winter, weil ich so lange beim Dreschen mitgemacht hab'."

Tante Lou nickte nur. Bestimmt dachte sie: ‚Morgen ist doch Sonntag!', aber sagen tat sie's nicht. Sie lächelte

Cullum an und reichte ihm die Hand. Beinahe hätte er Pixie fallengelassen. Ich nahm sie zur Sicherheit wieder an mich.

„Dank' dir, daß du gekommen bist, Cullum! Ich weiß, wieviel Arbeit du hast. Ich freu' mich, daß du mir trotzdem beim Geburtstagfeiern geholfen hast."

Tante Lou sagte das in aller Aufrichtigkeit.

„War mir 'n Vergnügen!" antwortete Cullum, und das war nicht weniger aufrichtig gemeint.

Tante Lou zog ihre Hand zurück.

„Ich hoffe, du kriegst deine Ernte rein, bevor's den ersten Sturm gibt."

Er nickte. „Ja."

Vom Feuer her rief jemand nach Tante Lou. „Wenn das Bert Thomas ist", dachte ich, „der kann was erleben!" Tante Lou schaute sich um.

„Ich muß gehen", sagte sie. „Nochmals vielen Dank, Cullum!"

„Ich wollte fragen, ob ..."

Aber da ging sie schon. Sie mußte Cullums leise gesprochenen Worte noch mitgekriegt haben, da war ich mir bombensicher. Ich wollte gerade hinter ihr her rennen, da hielt Cullums Hand mich zurück.

„Paß gut auf dein Hündchen auf, Josch!" Dann war er weg.

Ich ging ins Haus. Ich hatte gründlich genug von dem Ganzen. Bert Thomas scharwenzelte immer noch um Tante Lou herum wie 'ne Wespe um den Honigtopf, und Barkley Shaw schäkerte in unveränderter Lautstärke mit allen Mädchen, und das trotz des großen Fettflecks auf seinem Hosenboden.

Ich war 'n bißchen böse auf Tante Lou. Sie hätte Cullum gegenüber ruhig netter sein können; wenigstens hätte sie ihn 'n bißchen länger anlächeln können oder mit den Wimpern klimpern, oder was Mädchen sonst so tun. Aber das war halt nicht Tante Lous Art. Vielleicht mochte sie Cullum ja wirklich gern, wer weiß? Was er ihr gegenüber empfand, das war mir allerdings klar wie Kloßbrühe. Der arme Kerl tat mir leid. Ich wehrte mich mit Händen und Füßen dagegen, Tante Lou zu verlieren, aber wenn der Tag doch mal kommen sollte, dann hätte ich gegen Cullum noch am wenigsten einzuwenden.

Ich lief schnell zum Hühnerstall, um die Klappe zuzumachen, was ich vor all der Aufregung total vergessen hatte, und dann ging ich ins Haus. Draußen war's inzwischen ziemlich kühl geworden. Ich lehnte mich dicht an den Ofen, um mich 'n bißchen aufzuwärmen.

Tante Lou kam rein. Sie war allein.

„Wie wär's mit 'nem Stück Kuchen, Josch?"

Ich sagte nichts. Ich war immer noch böse auf sie, und das wollte ich ihr deutlich zu spüren geben.

„Kuchen, Josch?" fragte sie wieder.

Als ich immer noch nicht antwortete, kam sie zu mir.

„Was ist denn los?"

Ihr Blick fiel auf Pixie.

„Hat Pa dich ins Bett geschickt?" versuchte sie's zum dritten Mal.

„Nee."

„Na, was ist denn dann?"

„Du hättest ruhig 'n bißchen netter sein können, ja, das hättest du! Mensch, hier kommt er von so weit her, und ... und ..." Ich wußte nicht weiter.

„Ich hab' mich bei ihm fürs Kommen bedankt, und ich hab's ehrlich gemeint, Josch."

„Ja, ja, aber besonders toll haste dich nicht bedankt", sprudelte es aus mir hervor. „Du hättest ihn wenigstens ankichern können oder so."

Tante Lou guckte mich messerscharf an. Ich glaube, jetzt war ihr alles klar.

„Josch", sagte sie, „ich mag Cullum gern leiden, wirklich. Als Mann, als Bekannten; aber Josch ..." Sie suchte nach Worten. „Cullum hat keine Zeit für Gott. Ich bin mir nicht mal sicher, ob er überhaupt an Gott glaubt. Ich bin froh, daß er gekommen ist. Er ist 'n netter Kerl, aber Cullum könnte mir nie mehr als das bedeuten. Nicht, solange er Gott aus seinem Leben aussperrt."

„Ich hab' ja nicht gesagt, du sollst ihn gleich heiraten!" fauchte ich. „Du hättest bloß ... bloß 'n bißchen netter zu ihm sein können."

„Josua!"

Tante Lou nannte mich fast nie bei meinem vollen Namen.

„Cullum ist kein Mann, mit dem man Spielchen treibt. Ich würde ihn um nichts in der Welt in die Irre führen. Ich könnte ihm nie wehtun. Das wäre einfach nicht fair."

Sie hatte natürlich recht. Das wußte ich ja selbst. Ich war froh, daß sie an sich viel von ihm hielt. Wenn er das wüßte, würde er vielleicht doch mal in die Kirche gehen, und dann würde Tante Lou ihre Meinung ändern. Ach, im Grunde wußte ich ja, daß es mit dem Kirchgang allein nicht getan war. Tante Lou würde sich davon überzeugen wollen, daß er Gott dieselbe Bedeutung einräumte wie sie, bevor sie sich festlegte.

Plötzlich fiel Tante Lou wieder ein, daß sie ja draußen beim Aufräumen gebraucht wurde. Bald würden die Gäste sich verabschieden. Sie zog sich den Schal fester um die Schultern und ging raus.

„Gute Nacht, Josch."

„Gute Nacht."

Ich war schon auf dem Weg zur Treppe, aber dann beschloß ich, mich erst noch 'n bißchen aufzuwärmen. Ich setzte mich auf den Boden neben den alten Ofen und lehnte mich an die Wand. Bei der molligen Wärme wurde ich ganz schläfrig. Pixie schlief schon fest in meinen Armen. Eigentlich hätte ich gleich nach oben gehen sollen, bevor mir die Augen zufielen, aber es war so warm und wohlig hier. Opa und Onkel Charlie halfen draußen beim Aufräumen, und Uropa war schon längst im Bett.

Ich wollte mich gerade mühsam aufraffen, da hörte ich Stimmen. Es waren Tante Lou und dieser Schwachkopf von Bert Thomas. Opa und Onkel Charlie hatten die beiden bestimmt zusammen losgeschickt. Bert hatte gerade was zu Tante Lou gesagt.

„Ach ja?“ fragte sie, aber es klang nicht besonders begeistert.

„Ich hab’s immer schon gedacht, aber heute abend ist’s mir glasklar geworden.“

Tante Lou sagte nichts und türmte das schmutzige Geschirr auf den Küchentisch.

„Ehrenwort, Lou!“ redete Bert weiter, und es hörte sich an, als litte er unsägliche Schmerzen dabei. „Du bedeutest mir ’ne Menge. So wie dich hab’ ich noch nie ’n Mädchen gemocht.“

Lou dachte sicher in dem Moment an Tillie Whitecomb, die im vorigen Monat Berts Mädchen gewesen war, oder an Marjorie Anderson, die im vorvorigen Monat drangewesen war.

„Oh!“ sagte sie bloß, anstatt: „Das haste aber nett gesagt“, oder „Das schmeichelt mir aber mächtig“ oder so.

Bert muß wohl gemerkt haben, daß er mit Redenschwingen nicht weiterkam. Bevor Tante Lou wußte, wie ihr geschah, hatte er sie rumgewirbelt, an sich gerissen und geküßt.

Die ganze Welt blieb stehen. Ich war auf Blitz und Donner gefaßt. Tante Lou machte sich los und trat einen Schritt zurück. Aus ihren Augen loderte es nur so. Ich hoffte, daß sie ihm ’ne gehörige Ohrfeige verpassen würde, aber das tat sie nicht. Sie stand nur einfach mit blitzenden Augen da, und was sie jetzt sagte, sagte sie leise und mit eiskalter Stimme.

„Bert Thomas, komm bloß nie wieder in meine Nähe!“ Sie drehte sich auf dem Absatz rum und sah zu, daß sie rauskam.

Keiner hatte mich bemerkt.

Nachdem Bert auch weg war, stand ich auf und hielt Pixie dicht an mein Gesicht.

„Nummer 3 können wir auch abhaken!“ flüsterte ich ihr ins Ohr und kletterte grinsend die Treppe hinauf.

## Eine wichtige Ankündigung

Am nächsten Morgen fiel uns allen das Aufstehen schwer, aber Opa sorgte dafür, daß wir's trotzdem taten. Ich kletterte mühsam und schlaftrunken aus dem Bett, als ich gerufen wurde, und dachte mit Grauen an meine Stallrunde. Zu meinem Erstaunen saßen alle anderen schon am Frühstückstisch.

„Dein Onkel Charlie hat heute mal Gnade vor Recht ergehen lassen", erklärte Opa.

Onkel Charlie grinste. „Ach ja. Immer bin ich's gewesen! Bloß, daß dein Opa die Schweine gefüttert hat."

„Danke", sagte ich zu beiden.

„Wie war denn die Geburtstagsfeier?" fragte Uropa. Er meinte uns alle damit, insbesondere Tante Lou.

„Richtig schön!" nickte sie.

„Sind die Gäste lange geblieben?"

„Ziemlich lange."

Jetzt ergriff Opa das Wort.

„Dieser junge Thomas", sagte er, „der scheint mir 'n ganz ordentlicher junger Mann zu sein. Wie der gleich mir nichts, dir nichts in der Küche mit angepackt hat!"

Tante Lou zuckte nicht mal mit der Wimper.

„Du hast ihn ja drum gebeten, Pa, falls du dich erinnerst."

„Hm, ja, schon ..." Opa wand sich auf seinem Stuhl. „Aber wenigstens hat er nicht versucht, sich rauszureden. Manch junger Bursch hätte sich die dollsten Entschuldigungen einfallen lassen, um nicht ..."

„Um nicht mit dem hübschesten Mädchen allein in der Küche sein zu dürfen?" fragte Uropa mit hochgezogenen Augenbrauen.

„Also, zugegeben", grinste Opa, „allzu viele Worte braucht's nicht, um 'nen jungen Kerl dazu zu bringen, Lou zu helfen."

Pause. Dann versuchte's Opa noch mal.

„Na ja, jedenfalls scheint er mir 'n anständiger, brauchbarer junger Mann zu sein. Man sagt, daß er vom Arbeiten was versteht. Hat sein eigenes Stück Land. Ein junges Mädchen hätte sicher 'ne gute Partie ..."

„Pa!" unterbrach ihn Tante Lou. Ihre Stimme klang sanft und eisern zugleich. „Da magste ja recht haben, aber ich bin mit Sicherheit *nicht* dieses Mädchen. Ich habe Bert Thomas noch nie gemocht, ich mag ihn nicht und werde ihn auch nie mögen. Er ist 'n langweiliger, eitler Fratz und 'n Schürzenjäger obendrein!"

Tante Lou erhob sich von ihrem Stuhl. „Ich zieh' mich jetzt für die Kirche um."

Opa zwinkerte mir zu. Irgendwie schien er zu wissen, daß Tante Lou ganz gut für sich selbst reden konnte.

In der Kirche gab's nichts Besonderes. Hingehen mußte ich; das war Opas ungeschriebenes Gesetz für unser Haus. Aber zum Zuhören konnte er mich dann doch nicht zwingen.

Nach dem Eingangslied schaltete ich einfach ab. Wenn Gott schon nicht auf meiner Seite war, dann sollte Er doch zusehen, wie Er auf Seiner eigenen ohne mich zurechtkam.

Als Herr Smith umständlich nach vorne kam, wurde ich doch wieder neugierig. Jedermann wußte, daß er der Vorsitzende des Gemeinderats war. Er räusperte sich und versuchte, ein nicht allzu gewichtiges Gesicht aufzusetzen.

„Wie Sie alle wissen", begann er, „haben unser guter Herr Pastor White und seine liebe Frau uns von ihrer Absicht in Kenntnis gesetzt, sich bald in den Ruhestand begeben zu wollen. Wir werden sie von Herzen vermissen, aber wir wissen natürlich alle, daß sie sich ein paar geruhsame und … geruhsame und …“ Er war ins Stottern gekommen, und erst jetzt wurde mir klar, daß er seine Rede wohl auswendig gelernt haben mußte und mittendrin steckengeblieben war. Er lief leicht rot an. Schließlich ließ er sein Auswendiggelerntes beiseite und improvisierte weiter.

„Also, wie ich schon sagte, wir werden sie vermissen, aber wir freuen uns auch. Für die Whites, meine ich natürlich. Wir freuen uns, daß sie nun ’n paar geruhsame Jahre genießen können, nachdem sie uns manches Jahr treu gedient haben.“

Jetzt mußte er den Anschluß an seine Rede wiedergefunden haben.

„Obwohl wir die Whites vermissen werden, freue ich mich, heute anzukündigen, daß der Gemeinderat einen Nachfolger gefunden hat. Herr Pastor Nathaniel Crawford wird in Bälde Pastor Whites Stelle übernehmen. Der Gemeinderat hofft, daß Sie ihn alle willkommen heißen und ihm Ihre Unterstützung zuteil werden lassen.“

Ein Flüstern und Rascheln ging durch die Reihen. Nathaniel Crawford. Was für ’n merkwürdiger Name! Mein Name kam zwar auch aus der Bibel, und Opas auch, aber Nathaniel, das war ja schier endlos! Das konnte mir ja ’n komischer Kauz sein, bei dem Namen! Weiter interessierte’s mich nicht, und ich wandte mich wieder meinen Tagträumen zu.

Pastor White fing mit seiner Predigt an. Ich hörte mir nur die ersten paar Sätze an, um zu sehen, ob ich da eventuell was verpaßte. Es war wieder ’ne Predigt über Buße. Die hatte ich schon öfters gehört. Diesmal nahm er Paulus als Beispiel für einen Sünder, aus dem doch noch ’n guter Mensch geworden war. Ich hatte genug gehört. Paulus hatte bestimmt nie irgendwas Schlimmes erlebt; kein Wunder, daß er da so’n guter Mensch geworden war.

Nach dem Gottesdienst scheuchten Avery Garrett und ich ’n paar Mädchen mit Heuschrecken, die sich noch nicht für den Winter verkrochen hatten. Dann rief Opa uns alle zum Heimweg.

Heute ließ ich die Schuhe an. Es war inzwischen so kalt geworden, daß ich froh war, sie anzuhaben. Plötzlich mußte ich wieder an Cullum denken. Ob er wohl seine Ernte reinkriegte, bevor's richtig Winter wurde? Ich hoffte es für ihn. Ich wünschte, ich wär' groß genug, daß ich ihm helfen könnte. Aber der Tag würde bestimmt bald kommen.

Bei Tisch wurde über nichts anderes als über den neuen Pastor geredet: Wo er herkam, was für 'ne Sorte Mensch er war, und was er wohl für 'ne Familie hatte. Das einzige, was mich interessierte, war, ob er auch über „Bereitsein" und „Buße" und so weiter predigen würde. Für solche Predigten hatte ich nämlich nicht sonderlich viel übrig. Die versetzten mir meistens tief drinnen 'n merkwürdiges, dumpfes Pochen.

Ich zuckte die Achseln. Ich hatte sowieso nicht vor zuzuhören, also konnte's mir eigentlich egal sein, worüber er predigte. Ich entschuldigte mich vom Tisch und ging Pixie suchen.

## Womit wir nicht gerechnet hatten

Am Samstag fuhren die Männer in die Stadt, und Tante Lou und ich machten's uns zu Hause gemütlich. Ich war froh, mal 'nen ganzen Tag für Pixie Zeit zu haben. So klein, wie sie war, hatte sie schon gelernt, auf Kommando zu bellen. Nur das Ruhigsein hatte ich ihr noch nicht beibringen können.

Ich verbrachte den ganzen Morgen damit, ihr beizubringen, sich auf Kommando zu rollen. Bei ihren dicken Beinchen und ihrem kugelrunden Bäuchlein war das gar nicht so einfach. Lou gesellte sich dazu, als ich auf dem Küchenfußboden mit meinem Hund spielte. Pixie sah so possierlich bei ihren verzweifelten Versuchen aus, daß wir laut lachen mußten.

Gegen drei Uhr beschloß ich endlich, Holz spalten zu gehen. Pixie brachte ich in ihre Kiste. Ich wollte auf keinen Fall riskieren, daß sie der Axt oder den fliegenden Holzsplittern in die Quere kam, und außerdem war's sowieso Zeit für ihr Nachmittagsschläfchen.

Mitten im geschäftigsten Holzspalten hörte ich plötzlich 'n merkwürdiges Geräusch vom Stall her. Noch nie hatte ich was Ähnliches gehört, also rammte ich die Axt in den Hackblock und ging los, um der Sache auf den Grund zu gehen. Es dauerte nicht lange, da wußte ich, was los war. Eine Sau hatte irgendwo 'nen leeren Eimer aufgetrieben und war mit dem Kopf darin steckengeblieben. Grunzend und quiekend rannte sie umher und stieß dabei Futtertröge und Geräte um. Ihren metallenen Kopf schüttelte sie wie wild hin und her. Sie sah so witzig aus, daß ich erst mal schallend über sie lachen mußte.

Nachdem ich lange genug zugesehen hatte, beschloß ich, etwas zu unternehmen. Ich kletterte zu ihr in den Stall und schaffte es auch, sie in eine Ecke zu bugsieren und den Eimer zu packen. Ich zog aus Leibeskräften, aber nichts rührte sich. Nach mehreren Versuchen gab ich's auf. Außer daß ich tüchtig ins Schwitzen gekommen war, hatte ich nicht viel erreicht. Ich beschloß, Tante Lou zu holen. Vielleicht wußte die ja Rat.

Als sie die Sau sah, mußte sie auch lachen, nur, daß sie schneller damit fertig war als ich vorhin.

„Wir müssen den Eimer abziehen."

„Ja, aber wie?"

„Weiß ich auch noch nicht. Komm, ich helf' dir!"

Sie ging voran zum Haus. Als wir vor der Tür standen, sagte sie: „Josch, hol mir mal eins von deinen Hemden und Onkel Charlies Arbeitshose."

Ich konnte mir zwar nicht vorstellen, was das mit dem Eimer zu tun hatte, aber ich ging trotzdem los. Sie nahm die Sachen in Empfang und verschwand in ihrem Zimmer.

Sie gab 'n lustiges Bild ab, als sie wieder runterkam. Ihre Locken hatte sie zu zwei dicken Zöpfen geflochten; das fiel mir zuerst auf. Der Rest von ihr war fast nicht wiederzuerkennen. Das Hemd war ihr zu klein und die Hose viel zu groß. Sie holte sich 'n Stück Bindfaden aus der Küchenschublade und fädelte es durch die Hosenschlaufen. Als sie den Bindfaden jetzt um ihre schlanke Mitte festzurrte, beulte sich die Hose nach unten aus wie 'n Zirkuszelt. Die Hosenbeine krempelte sie 'n paarmal um. Der Schritt hing ihr fast in den Kniekehlen, aber daran war wohl wenig zu ändern. Schließlich stieg sie in ihre Gartenstiefel, machte 'nen Knicks und sagte kokett: „Meine Damen und Herren, die letzte Masche aus Paris."

Da lachte ich los. Bis jetzt hatte ich mir's mühsam verkniffen. Sie stimmte ein und schlug sich auf die ballonähnlichen Hosenbeine.

„Wozu haste dich denn so gemustert?“ fragte ich, als wir wieder bei Atem waren. Jetzt wurde sie wieder ganz ernst.

„Wir müssen den Eimer irgendwie loseisen, koste es, was es wolle, und ich hab’ das Gefühl, dazu werden wir sie auf den Rücken legen müssen. Und für’n Ringkampf mit ’ner Sau ist ’n Kleid nicht ganz das Richtige.“

Das leuchtete mir ein, aber sie sah trotzdem umwerfend komisch aus. So hatte ich Tante Lou noch nie gesehen.

Die Sau veranstaltete ’nen Mordstanz. Sie war so dumm, wie sie widerspenstig war. Ich konnte nicht begreifen, warum sie auch nicht ein bißchen mitmachte. Wir rannten quer durch den Stall hinter ihr her. Jedesmal, wenn wir dachten, jetzt hätten wir sie, entwischte sie uns wieder. Langsam wurde mir klar, warum Tante Lou ihr Haar geflochten hatte. Sogar meine kurzen Haare waren voller Dreck.

„Wir müssen sie irgendwie auf den Rücken werfen!“ keuchte Tante Lou.

Ich ging los, um ’n paar Stricke zu holen.

„Wenn wir die Stricke bloß um ihre Beine kriegen und sie zu Boden werfen können, dann kann einer von uns sie festhalten, und der andere zieht am Eimer.“

Und weiter ging’s. Ich schaffte es, einen Strick um ein Vorderbein zu schnüren. Der Strick schleifte durch den Dreck, als sie mir jetzt wieder davonrannte. Ich sauste hinterher und versuchte, sie beim fetten Hinterbein zu erwischen. Tante Lou tat ihr Bestes, um mir zu helfen. Nach schier endlosem Hin und Her hatten wir endlich den zweiten Strick an der Sau. Lou hielt sie in Schach, während ich die Stricke bei den Enden faßte. Ich zog sie straff an und warf mich dann mit meinem ganzen Gewicht in die Seile. Das riß der Sau die Beine unter dem Bauch weg, und sie lag flach auf der Erde. Tante Lou und ich stürzten uns auf sie und banden sie fest.

„Pack dir den Eimer!" stieß ich zwischen den Zähnen hervor.

Sie stand auf und griff den Eimer, aber nicht ohne die Sachlage erst mal eingehend zu betrachten.

„Beeil dich!" rief ich ihr zu. Ich spürte, wie die Sau Anstalten machte, sich zu befreien.

Tante Lou packte den Eimer am Henkel und riß mit aller Kraft. Die Sau quiekte herzzerreißend, als ob wir ihr den Hals abschneiden wollten – was übrigens gar keine dumme Idee gewesen wäre.

Mit einem Schlag gab der Eimer einen dumpfen Knall von sich, und Tante Lou schoß nach hinten. Die Sau machte einen Satz und rannte quiekend und mit schleifenden Stricken davon. Hinter mir hörte ich Tante Lou. Ich guckte mich um und sah sie mitten im Futtertrog sitzen. Ihre Arme waren von Kartoffel- und Apfelschalen übersät. Sie hatte sogar was davon im Gesicht abgekriegt. Da saß sie nun blinzelnd und verzog das hübsche Gesicht zu Grimassen. Eine Flechte hatte sich gelöst, und die blonden Locken hingen ihr lose über die Schulter. Onkel Charlies Hose war hoffnungslos hinüber. Menschenskinder, am liebsten hätte ich gebrüllt vor Lachen, aber ich traute mich nicht. Schließlich rappelte ich mich vom Boden auf, klopfte mir die Hose ab und machte mich daran, Tante Lou aus dem Trog zu helfen. Ich hatte sie gerade wieder auf dem Erdboden, da hörte ich Opas Stimme.

„Na, habt ihr Schwierigkeiten?"

Wir guckten nicht mal auf, sondern sahen zu, daß wir den gröbsten Schmutz von unseren Sachen runterkriegten.

„Die Sau war mit dem Kopf im Eimer steckengeblieben!"

„Ja, hab' ich gesehen."

„Haste gesehen?" Am liebsten hätte ich gesagt: „Wenn du's gesehen hast, wo warste dann?" aber ich schluckte's runter.

Tante Lou stand da wie 'n begossener Pudel und versuchte, die übelriechenden Schalen abzuschütteln. Von ihren viel zu großen, geborgten Hosen triefte es nur so. Opa räusperte sich.

„Scheint so, als hätten wir uns die verkehrte Zeit ausgesucht. Ich hab' nämlich den neuen Pastor zum Essen mitgebracht."

Tante Lou und ich fuhren beide wie von der Tarantel gestochen auf. Opa hatte nicht gespaßt: Da stand der neue Pastor! Er war dunkel. Seine Haare sahen aus, als würden sie sich mächtig locken, wenn er sie mal 'ne Woche zu spät schneiden ließ. Seine dunkelbraunen Augen waren von dichten Wimpern und Brauen umrandet. Er war größer als Opa, aber schmaler. Das heißt, bis auf die Schultern. Die waren mächtig breit. Was mir aber am meisten auffiel, war sein Alter. Er konnte höchstens fünfundzwanzig sein. Irgendwie hatte ich immer gedacht, alle Pastoren seien alt.

Lou musterte ich auch. Was sie wohl denken mochte? Eine Pause entstand, und dann sagte Lou leise, aber freundlich: „Entschuldigen Sie bitte, Herr Pastor, aber – wir hatten keinen Besuch erwartet."

Alle lachten, und das Eis schien gebrochen.

„Darf ich vorstellen? Pastor Crawford", sagte Opa. Er dachte wohl, daß jetzt alles in Butter war. Tante Lou teilte die Meinung allerdings nicht ganz. Unter ihren Schweinefutter-Sommersprossen lief sie tiefrot an.

„Guten Tag, Pastor Crawford."

„Guten Tag, Miss Jones."

„Er ist zum Abendessen hier", erinnerte Opa Tante Lou.

Die raffte alles an Würde zusammen, was die Umstände zuließen. Sie sah Opa schnurstracks in die Augen. Ich hatte sie noch nie so eisern entschlossen gesehen, und ich glaube, Opa auch nicht. Trotzdem hielt sie ihre Stimme ruhig und freundlich. Es gelang ihr sogar 'n Lächeln, aber wir wußten alle, daß sie jetzt nicht zum Scherzen aufgelegt war.

„Wir essen in zwei Stunden. Ich würde vorschlagen, du zeigst dem Herrn Pastor in der Zeit die Farm oder setzt dich mit ihm auf die Veranda."

Laut und deutlich fügte sie hinzu: „Daß mir keiner wagt, in meine Küche zu kommen, bis wir essen!"

Opa begriff. Er räusperte sich wieder.

„Komm, Josch!" sagte Tante Lou.

Auf dem Weg zum Haus redete sie weiter, und jetzt zitterte ihre Stimme 'n bißchen.

„Josch, bring die Badewanne rauf in mein Zimmer und hol mir warmes Wasser."

Ich nickte. Ich fragte mich bloß, wie sie in ihr Zimmer kommen wollte, ohne die vor Dreck triefenden Hosen durch die ganze Küche zu schleifen. Aber da hatte ich sie unterschätzt. Sie war nämlich noch nicht fertig.

„Und wenn du reingehst, reich mir die Couchdecke zum Fenster raus, ja?"

Sie ging ums Haus, während ich die Decke holte. Ich stieß das Fenster auf und reichte ihr die Decke. Sie warf sie um ihre Schultern und befreite sich darunter von Onkel Charlies übelriechender Hose. Dann raffte sie die Decke fester um sich, kletterte durch das offene Fenster und hastete in ihr Zimmer. Onkel Charlies Hose lag leblos auf der Erde, und die ersten Fliegen scharten sich schon darum.

Nachdem ich mich um Tante Lous Badewasser gekümmert hatte, machte ich mich daran, mir selbst 'n paar saubere Sachen anzuziehen. Dann ging ich wieder an den Hackblock.

Ich hatte keine Ahnung, wo sich die Männer unterdessen aufhielten, aber genau zwei Stunden später kamen sie in die Küche marschiert. Draußen war's ziemlich kühl geworden, und sie hatten keine allzu warmen Jacken an. Bestimmt waren sie heilfroh, in die warme Küche zu kommen.

Das Essen roch gut, und weil's später als sonst war, hatten wir alle 'nen Bärenhunger. Lou hatte nicht sonderlich viel Aufhebens gemacht. Das Essen war wie immer einfache, schmackhafte Hausmannskost. Der Tisch war mit unserem Alltagsgeschirr gedeckt. Offensichtlich hatte Lou nicht vor, beim neuen Pastor Eindruck zu schinden.

Sie trug 'n einfach geschnittenes, blau-weißes Hauskleid und 'ne saubere Schürze darüber. Ihr Haar fiel ihr lose über die Schultern. Es war noch nicht ganz trocken von der Wäsche. Ihre Wangen waren rot, aber ob das nun vom Arbeiten am heißen Herd oder von der peinlichen Begebenheit vorhin kam, das wußte ich nicht zu sagen.

Sie war die vollendete Gastgeberin: ruhig, höflich und aufmerksam. Dem Pastor schien's zu schmecken, besonders das selbstgebackene Brot. Er aß eine Scheibe nach der anderen, bis er sich schließlich wohl 'n bißchen unsicher wurde, aber dann aß er trotzdem noch eine.

Mir ging's wie Tante Lou. Ich hatte auch nicht viel zur Unterhaltung beizutragen. Statt dessen besah ich mir den neuen Pastor. Ich konnte mir beim besten Willen nicht vorstellen, weshalb 'n junger Mann wie er ausgerechnet Pastor werden wollte. Er hätte sich so viele andere Berufe aussuchen können. Cowboy zum Beispiel, oder Sheriff oder Ringkämpfer. Avery Garrett hatte mir erzählt, daß sein Onkel mal 'nen Ringkampf gesehen hatte. Aber nee, er war Pastor geworden. Das wollte mir einfach nicht in den Kopf. Das Geld konnte wohl kaum der Grund gewesen sein. Sogar mir fiel auf, daß sein Anzug zwar sauber, aber abgetragen und sorgsam geflickt war. Nee, ich kam nicht dahinter. Na, dann war er vielleicht 'n bißchen verrückt oder schwer von Begriff. Nachdem ich dem Tischgespräch 'ne Weile zugehört hatte, mußte ich das auch wieder fallenlassen. Er schien ordentlich was auf dem Kasten zu haben, und nett war er dazu. Ich war neugierig.

Bevor er sich verabschiedete, bewunderte er meine Pixie. Jeder, der gleich merkte, was für'n cleverer Hund meine Pixie war, der hatte schon halbwegs ’nen Stein im Brett bei mir.

Beim Rausgehen wandte er sich an Tante Lou. „Würden Sie und Josch mich zu meinem Pferd begleiten?“

Tante Lou schaute überrascht drein, aber sie hatte keine passende Ausrede zur Hand, und außerdem hatte er mich ja mit gemeint. Die anderen begriffen, daß sie nicht eingeladen waren, und machten sich daran, das Geschirr abzuräumen.

Wir schlenderten langsam über den Hof. Zuerst sagte keiner was, und ich fragte mich schon, was das Ganze zu bedeuten hatte.

„Ich wollte mich nochmals für das köstliche Abendessen bedanken, Miss Jones. Ich ... äh ...“ Er lief leicht rot an; dann ging ’n amüsiertes Lächeln über sein Gesicht. „Ich, äh ... habe Sie heute in Verlegenheit gebracht, und dafür möchte ich mich entschuldigen. Wenn ich das nächste Mal zum Essen komme, dann nur auf Einladung der *Gastgeberin*.“

Tante Lou sagte nichts, aber ihre blauen Augen wurden noch größer. Sie nickte und schaute nach unten.

„Haben Sie nochmals vielen Dank!“ sagte er und zog den Hut.

Tante Lou sah auf. Die beiden standen sich wortlos gegenüber, und dann wandte sich der neue Pastor an mich. Er reichte mir die Hand, als ob ich ’n ausgewachsener Mann oder so wär’.

„Paß gut auf deine kleine Pixie auf, Josua! Sie ist ein feines Hündchen. Wir sehen uns bestimmt morgen früh in der Kirche.“

Ich nickte. Ich würde todsicher an Ort und Stelle sein; dafür würde Opa schon sorgen. Morgen sollte Pastor White seine letzte Predigt halten, und dann würde Pastor Crawford der Gemeinde vorgestellt werden. Nach dem Gottesdienst sollte ’n Essen für die ganze Gemeinde stattfinden, und ab nächsten Sonntag hatten wir dann unseren neuen Pastor. Vielleicht würde ich sogar bei seiner ersten Predigt ’n bißchen zuhören, bloß den ersten Sonntag, damit ich rausfand, was für ’ne Sorte Pastor ’n Mann wie er abgab.

Ich sah ihm nach, wie er zum Tor hinausritt. Als ich mich wieder umdrehte, war Tante Lou schon wieder im Haus.

## Pastor Nathaniel Crawford

Die nächste Woche verstrich. Es war 'ne merkwürdige Woche, oder besser gesagt, 'ne merkwürdige Tante Lou. Wo meine ganze Welt doch mit Tante Lou stand und fiel, mußte ich mir schon beinahe Sorgen machen.

Uropa hatte sich erkältet, und Tante Lou machte 'n Mordsaufhebens darum. Sie flößte ihm jedes Mittelchen ein, das sie kannte. Uropa nahm's gutmütig hin, aber ich hatte das Gefühl, als wäre er seine Erkältung im Grunde lieber von selbst losgeworden. So schlimm war sie sowieso nicht.

Außerdem glaube ich nicht, daß es Uropas Erkältung war, die Tante Lou so übermäßig beschäftigte. Sie schien einfach nicht zu wissen, wohin mit ihrer Unruhe.

Endlich kam der Sonntag. Beim Frühstückstisch gab's nur ein Thema: der neue Pastor. Worüber würde er wohl predigen, und würde er sich um das Jungvolk genauso kümmern wie um die Alten? Uropa konnte sich's nicht verkneifen zu bemerken, daß die jungen Mädchen sicher bald in Scharen im Gottesdienst auftauchen würden. Tante Lou, die lustlos in ihrem Essen rumgestochert hatte, guckte kurz hoch und dann wieder auf ihren Teller.

Ich hatte schon Angst, sie hätte Uropas Erkältung in den Knochen, so still kam sie mir vor, aber keiner von den Männern schien das zu bemerken.

Lou meinte, daß Uropa vielleicht besser heute zu Hause bleiben und sich ausruhen sollte, aber davon wollte er nichts wissen. Er hatte noch nie 'nen Gottesdienst versäumt, sagte er. Er hatte so viel Grund zum Danken, und das wollte er dem Herrgott höchstpersönlich sagen. Tante Lou fand, daß er das genausogut in seinem Zimmer tun könnte, aber Uropa widersprach.

„... und *nicht* verlassen eure Versammlung“, zitierte er. „Wir sollen Ihn nicht nur jeder für sich, sondern alle gemeinsam loben.“

Dann strich er Lou über ihr schimmerndes Haar. Seine Augen waren feucht.

„Genau wie deine Großmutter, Louisa. Immer um deine Lieben besorgt. Mir geht es gut, kleine Lou, wirklich. Dank' dir, daß du so lieb an mich denkst!“

Er lehnte sich vor und gab Tante Lou 'nen Kuß auf die Wange. Sie mußte wohl einsehen, daß sie Uropa nicht von seinem Kirchgang abbringen konnte. Sie schaute immer noch besorgt drein, aber ich glaube, sie freute sich auch 'n bißchen, daß er ihre Liebe anerkannte. Dann räumte sie schnell das Geschirr ab zum Spülen, damit sie rechtzeitig zur Kirche fertig war.

Onkel Charlie nahm sich 'n Geschirrtuch und half ihr beim Abtrocknen. Wie immer, wenn der letzte Teller wieder im Schrank stand, stellte sich Tante Lou auf die Zehenspitzen und drückte Onkel Charlie 'nen kleinen Dankeschön-Kuß auf die Wange, was Onkel Charlies eigentlicher Grund zum Helfen war.

Tante Lou rannte nach oben, als ob sie spät dran wäre. Dabei hatte sie heute mehr Zeit als sonst am Sonntagmorgen.

Aber dann brauchte sie doch 'ne halbe Ewigkeit zum Fertigmachen. Als sie wieder runterkam, standen wir Männer schon alle gestiefelt und gespornt in der Küche. Opa war langsam ungeduldig geworden. Eins ums andere Mal zog er seine Taschenuhr hervor. Er war drauf und dran, nach ihr zu rufen, da kam sie die Treppe herunter. Wir hielten die Luft an. Sie trug ihr neues cremefarbiges Kleid, das Opa ihr zum Geburtstag geschenkt hatte. Die rosa Schleifen und Bänder leuchteten mit ihren rosigen Wangen um die Wette. Ihr Haar hatte sie gebürstet, bis es seidig glänzte, und hochgesteckt, so daß nur 'n paar zarte Locken um ihr Gesicht tanzten. Den Schal von Onkel Charlie trug sie über dem Arm, und das Kettchen mit dem Anhänger, den Uropa ihr geschenkt hatte, glitzerte auf ihrem Kleid. Ich guckte genau hin, und richtig, in der Hand hielt sie mein Spitzentaschentuch.

„Na, gefall' ich euch?" fragte sie und drehte sich auf dem Treppenabsatz, damit wir sie von allen Seiten gebührend bewundern konnten. Aus ihren Augen blitzte es schelmisch.

„Extra für meine Männer!" sagte sie strahlend. „Nellie wollte schon lange, daß ich's mal anziehe, und warum auch nicht?"

Uropa sprach für uns alle: „Kleine Lou, du siehst aus wie ein Engel, und ich bin stolz, dich zur Kirche begleiten zu dürfen."

Er reichte ihr den Arm. Tante Lou hakte sich ein, und zusammen schritten sie zur Tür raus. Wir anderen hinterher.

„Mensch Meier", dachte ich, „wenn Cullum sie bloß so sehen könnte! Bestimmt würde er sich's mit der Kirche noch mal überlegen!"

Wegen Jim Rawleigh oder Hiram Woxley und nicht mal wegen Bert Thomas machte ich mir die geringsten Sorgen. Nicht, daß ich sie unbedingt an Cullums Seite sehen wollte; ich dachte mir bloß, er würde Tante Lou wirklich gern in diesem Aufzug sehen.

Das kühle Herbstwetter hatte dem Altweibersommer kurzfristig den Platz geräumt. Ich war froh, daß wir uns heute für die Fahrt zur Kirche nicht bis an die Ohren zudecken mußten, so daß wir uns kaum rühren konnten.

Opa trieb das Gespann zur Eile an. Wir waren 'n bißchen später dran als sonst, und Opa hielt nichts vom Zuspätkommen, was die Kirche betraf. Wir kamen aber noch rechtzeitig an. Als wir auf die Tür zugingen, spürte ich 'n allgemeines Aufsehen um uns. Die meisten jungen

Burschen standen noch draußen rum. Als Tante Lou jetzt auftauchte, gab's 'n großes Umgucken, Rippenstoßen und Grinsen unter ihnen. Sie grüßte sie höflich und freundlich wie immer – nicht mehr und nicht weniger.

Wir setzten uns in unsere Bank. Anstatt wie sonst darum zu betteln, bei den anderen Jungs sitzen zu dürfen, blieb ich diesmal bei meiner Familie und pflanzte mich mitten zwischen Uropa und Tante Lou. Ich konnte die Augenpaare förmlich auf uns spüren, und obwohl ich wußte, daß sie alle auf Tante Lou gerichtet waren, fühlte ich mich doch 'n bißchen unwohl in meiner Haut. Hinter uns hörte ich 'n paar Mädchenstimmen tuscheln. Sie unterhielten sich bestimmt über Tante Lous Kleid.

Der neue Pastor stieg aufs Podium und setzte sich auf seinen Platz. Aller Augen hefteten sich jetzt auf ihn – besonders die der Mädchen. „Heiliger Strohsack!" dachte ich. „Von da oben sieht er ja noch größer und jünger aus. So kann doch 'n Pastor nie im Leben aussehen! Die haben doch alle grauhaarig und weise zu sein!"

Jetzt lächelte er die Gemeinde an, und seine Augen schienen jeden von uns zu meinen. Tante Lou hatte derweil ihre Augen gesenkt und zupfte an einer Ecke von ihrem Taschentuch rum.

Der Gottesdienst fing wie gewöhnlich an. Wir sangen 'n altbekanntes Lied zum Eingang. Frau Cromby bearbeitete das Harmonium wie immer, und Herrn Shaws Baßstimme dröhnte durch die ganze Kirche. Der Kollektenteller wurde durch die Reihen gereicht, und Herr Brown sprach das Dankgebet.

Dann kam die Predigt, und sogar die Jungen in meinem Alter waren mucksmäuschenstill. Ich war gespannt wie 'n Flitzebogen auf das, was er zu sagen hatte. Natürlich würde ich mir nicht die ganze Predigt anhören; ich wollte ja nur wissen, was er so zu sagen hatte.

Seine Stimme klang warm, und bald hatte ich ganz vergessen, wie jung er aussah. Irgendwie hatte er mich restlos in seinen Bann gezogen, und ich hatte das Gefühl, als kämen seine Worte nicht nur von ihm allein.

Als ich später über seine Predigt nachdachte, war ich 'n bißchen verwirrt, muß ich zugeben. Er hatte nämlich im Grunde nichts anderes gesagt, als ich seit eh und je zu hören gekriegt hatte, bloß hatte er sich so anders ausgedrückt. „Gottes wunderbarer Plan" hatte er seine Predigt genannt, und er sprach über den sündigen, verlorenen Menschen und was Gott für ihn getan hatte, um ihn zu erlösen. „Aus Liebe", sagte er, „hat Er sich der Not des Menschen angenommen und uns durch den Tod unseres Herrn Jesus am Kreuz das ewige Leben geschenkt."

Wie gesagt, das hatte ich alles schon mal gehört, aber heute packte es mich. Dieser Pastor sah tatsächlich so aus, als wäre er randvoll vor Freude über das, was er da predigte. Man hatte den Eindruck, als freute er sich zum Zerbersten, weil Gott sich so viel Mühe mit den Menschen gemacht hatte. „Erbarmen" nannte er das, „Erbarmen" und „Gnade". „Erbarmen" war, daß Gott unsere wohlverdiente Strafe erlassen hatte – wie die Tracht Prügel, wenn man was Schlimmes ausgefressen hatte. „Gnade" waren die vielen guten Sachen, die wir gar nicht verdient hatten, wie das zweite Tellerchen Schokoladeneis, wenn sechs Portionen da sind und nur fünf Leute am Tisch sitzen.

Nach der Predigt sangen wir „O Gnade Gottes wunderbar", und ein Blick auf das Gesicht des Pastors sagte jedem, daß er sie wirklich wunderbar fand.

Da ging Willie Corbin plötzlich nach vorne und fiel weinend auf die Knie. Der neue Pastor betete mit ihm. Ich kannte Willie Corbin. Wenn einer's nötig hatte, in sich zu gehen, dann war's er. Ich hoffte bloß, daß anschließend noch was mit ihm anzufangen war.

Als der neue Pastor den Gottesdienst geschlossen hatte, ging ich hinter meiner Familie her aus der Bank. Ich konnte's kaum erwarten, an die frische Luft zu kommen.

Vorne saß Willie Corbin und strahlte übers ganze Gesicht. Seine Eltern umarmten ihn abwechselnd und wischten sich die Tränen mit dem Taschentuch vom Pastor ab.

An der Tür gab's 'n großes Gedrängel. Jedermann wollte dem Pastor die Hand schütteln und seine Predigt loben. Die Mädchen kicherten mit roten Gesichtern. Manche huschten schnell raus; andere guckten ihn kokett aus den Augenwinkeln an. Die Mütter waren nicht zu bremsen. Die mit unverheirateten Töchtern hielten sich 'ne halbe Ewigkeit an der Tür auf. Am liebsten hätte ich mich losgerissen und wäre nach draußen gerannt, aber ich wußte genau, daß ich ruhig in der Schlange zu stehen hatte, sonst würde ich auf dem Nachhauseweg von Opa ordentlich was zu hören kriegen.

Endlich waren wir dran. Opa ging voraus, schüttelte dem Pastor die Hand und sagte ihm 'n paar anerkennende Worte. Onkel Charlie folgte seinem Beispiel. Uropa schüttelte dem Pastor als nächster die Hand, aber er sagte bloß: „Gott segne Sie, junger Mann!" Ich hatte das Gefühl, als hörte der Pastor das lieber als all die anderen blumenreichen Kommentare davor.

Tante Lou stand vor mir. Sie ging einen Schritt vor und reichte dem Pastor die Hand. Und dann versetzte sie mir den Schreck meines Lebens.

„Pastor Crawford", sagte sie sanft, aber bestimmt, „Sie sagten, daß Sie uns wieder besuchen würden, wenn die Gastgeberin Sie einlädt. Möchten Sie nächsten Sonntag zu uns zum Essen kommen?"

Der Pastor machte 'n langes Gesicht.

„Frau Peterson hat mich schon für nächsten Sonntag eingeladen. Ich, äh ..."

„Dann vielleicht übernächsten Sonntag?"

„Frau Corbin ..."

„Und den Sonntag danach?"

„Die Hallidays."

Beide schauten recht elend drein.

„Ach so.“ Tante Lou wollte gerade weitergehen, da besann sie sich und lächelte. „Ihre Predigt war ausgezeichnet.“

„Danke.“ Er guckte Tante Lou geradeheraus ins Gesicht. Mir fiel auf, daß er ihre Hand immer noch festhielt. In dem Moment merkten's die beiden wohl auch. Lou wurde ganz rot und zog ihre Hand schnell zurück, und der Pastor räusperte sich verlegen.

Lou wandte sich zum Gehen, aber er hielt sie auf.

„Warten Sie einen Moment!“ sagte er.

Sie drehte sich um.

„Muß es denn unbedingt am Sonntag sein? Ich meine, essen muß man doch jeden Tag, nicht nur sonntags. Wie wär's mit Montag? Dienstag? Freitag?“

Lou lächelte erleichtert. „Aber natürlich!“ Es klang, als wollte sie sich dafür entschuldigen, daß sie nicht selbst auf die Idee gekommen war.

Der Pastor lächelte zurück. Er sah aus, als ob ihm 'n Stein vom Herzen gefallen wär'.

„Freitag um sechs?“ sagte Lou.

„Freitag um sechs.“

Er strahlte sie an und griff kurz nach ihrer Hand.

Tante Lou lächelte zum Abschied und ging weiter.

Jetzt war ich dran. Nach all dem Trubel war ich mir nicht sicher, ob er mich überhaupt bemerken würde, aber das hatte ich umsonst befürchtet.

„Josch! Schön, daß du gekommen bist! Wie geht's deiner kleinen Pixie?“

Ich murmelte 'ne halbwegs vernünftige Antwort und machte, daß ich wegkam.

Irgendwas war hier im Gange, das sah ja 'n Blinder. Ich wußte nicht genau, was es war, aber gefallen tat's mir nicht, das stand fest.

## Gerüchte

Am Montag mußte Opa in die Stadt und fragte mich, ob ich mitwollte. Ich fragte, ob ich Pixie mitnehmen dürfte, und Opa nickte grinsend. Er sagte, er würde sie mitbringen, wenn er mich von der Schule abholte, um Zeit zu sparen.

Sobald die Schule aus war, rannte ich zur Tür raus. Draußen wartete Opa schon. Die anderen Kinder kamen dazugelaufen und wollten Pixie sehen. Ich zeigte sie stolz herum; dann kletterte jeder, der in Richtung Stadt wohnte, auf den Wagen, und wir fuhren los. Unterwegs setzten wir unsere Passagiere nach und nach an den verstreut liegenden Farmen ab. Wir hatten alle 'ne Menge Spaß, und ich glaube, Opa auch.

In der Stadt angekommen, fragte ich Opa, ob ich zu den Sankeys rüberlaufen dürfte, damit Pixie ihre Mutter besuchen konnte. Er erlaubte es, sagte aber, ich sollte nicht allzu lange bleiben. Ich rannte los.

Zu den Sankeys kam ich allerdings nicht. Mein Weg führte am Pfarrhaus vorbei, wo der neue Pastor jetzt wohnte, und als ich gerade am Pfarrhaus vorübergehen wollte, kam der Pastor nach Hause. Er dachte wohl, daß ich extra gekommen wäre, um ihn zu besuchen. Er grinste übers ganze Gesicht.

„Tag, Josch! Tag, Pixie!" rief er uns zu. „Da hab' ich aber Glück gehabt, daß ich euch nicht verpaßt habe! Laß mich nur schnell meinen Big Jim versorgen, dann gehen wir rein und sehen mal nach, ob wir nicht ein paar Plätzen mit Milch auftreiben können!"

Ich wollte ihm sagen, daß ich eigentlich zu den Sankeys unterwegs war, aber dann schluckte ich's einfach runter.

Schließlich mußte ich da ja nicht unbedingt hin. Also ging ich hinter ihm her zur Scheune.

Ich hatte das Gefühl, als sollte ich besser irgendwas sagen. Mir fiel auf, daß er seinen dunklen Anzug anhatte. Deshalb fragte ich: „Hausbesuche gemacht?"

„Ja, ich war bei den Corbins. Da hab' ich übrigens auch die Plätzchen her."

„Pastor White hat bloß immer dienstags und donnerstags Besuche gemacht – außer", fügte ich schnell hinzu, „außer, wenn's 'n Notfall war."

„Na, dann nennen wir dies halt einen Notfall. Frau Corbin geht es nicht besonders gut. Sie konnte gestern nicht zum Gottesdienst kommen. Aber ich möchte ohnehin gern alle Familien in meinem Bezirk besuchen, sobald es geht."

Er rieb seinen Big Jim sorgfältig ab und gab ihm Heu.

„Sein Wasser und Futter kriegt er in einer Stunde", sagte er. Wir gingen ins Haus.

„Du, Josch, macht's dir was aus, wenn ich eben schnell meine Wäsche von der Leine hole?"

„Nee, gar nicht. Ich würde Ihnen sogar helfen, wenn ich nicht Pixie festhalten müßte."

Er fragte, welche Fortschritte Pixie seit Sonntag gemacht hatte, und ich erzählte es ihm. Er wollte gerne 'n paar von den Tricks vorgeführt haben, und ich war gleich Feuer und Flamme.

Er öffnete die Tür und ließ mich vorgehen. Drinnen waren die Möbel spärlich gesät, aber die paar Sachen, die er hatte, waren blitzblank. Er legte seine Wäsche auf den Tisch und kümmerte sich um die Milch und die Plätzchen.

Ich nahm mein Milchglas in Empfang und langte mir 'n paar Plätzchen. Er nippte an seinem Glas und fing an, seine Wäsche zu sortieren. Die Strümpfe rollte er paarweise zusammen. Die meisten waren geflickt, einige sogar an mehreren Stellen. Jetzt zog er einen hervor, der 'n kleines Loch hatte, und legte ihn zur Seite.

„Na, den flicke ich am besten zurecht, bevor ich ihn wieder anziehe." Er lachte. „Löcher im Strumpf sind wie Sünde, Josch. Wenn du sie nicht gleich in Ordnung bringst, solange sie noch klein sind, wachsen sie unglaublich schnell."

„Flicken Sie Ihre Strümpfe etwa selbst?"

„Aber ja. Strümpfe, Hemden, Hosen, alles."

„Ist Ihnen das nicht furchtbar lästig?"

Er lachte wieder.

„Daß ich's für mein Leben gern tue, kann ich eigentlich nicht behaupten, aber ich habe vor vielen Jahren lernen müssen, daß man mit Aufschieben nicht viel gewinnt."

„Wie kam das denn?"

„Laß mal sehen. Ich war zwölf, als mein Vater starb. Pa war schwerkrank gewesen, und als er starb, hatten wir seine ganzen Ersparnisse aufgebraucht. Mama wollte nicht, daß er sich Sorgen um uns machte, und deshalb verkaufte sie alles, was sie nur aus dem Haus geben konnte, ohne daß er's merkte. Nach Pas Tod hat sie dann anderen Leuten die Wäsche gemacht, damit wir uns so eben über Wasser halten konnten. Ich holte die Wäsche ab und lieferte sie wieder ab, und manchmal half ich Mama auch beim Waschen. Dazu suchte ich mir jede andere kleine Arbeit, die ich nur auftreiben konnte.

Mama hatte ihren Stolz. In der Nähe wohnte Pas Vetter. Großer Mann, große Familie, aber nicht viel Energie. Deren Haus war verlottert und vernachlässigt und nicht eins der saubersten. Mama schwor sich, daß unser Haus nie so aussehen würde, auch wenn wir noch so arm waren, solange sie ihre Beine noch trugen. Also schufteten wir beiden von früh bis spät.

Ich wollte Pastor werden. Das war mein Traum. Wo ich auch hinsah, waren Menschen unglücklich. Gott hatte mir die Berufung ins Herz gelegt, als ich noch sehr jung war, und ich sprach mit beiden Eltern darüber. Kurz bevor Pa starb, rief er Mama und mich zu sich. ‚Mein Sohn', sagte er, ‚ich weiß, die Dinge stehen nicht zum Besten, aber wenn Gott dich wirklich in Seinem Dienst haben will, dann darfst du nicht aufgeben. Wo ein Wille ist, da ist auch ein Weg.‘ Ich versprach ihm, daß ich nie aufgeben würde, und dann ließ ich ihn mit Mama allein. Sie sollten die letzten Minuten für sich haben, und außerdem wollte ich irgendwo allein weinen.

Jedesmal, wenn Mama von ihren mageren Verdiensten ein paar Dollar abzweigen konnte, bestellte sie mir ein Buch. ‚Damit du was dazulernst!‘ sagte sie dann immer.

Sie war eine feine Frau, meine Mama. Ich bin stolz, ihr Sohn zu sein. Sie machte sich Sorgen darüber, daß ich mit meinen zwölf Jahren plötzlich ein Mann zu sein hatte, aber wenn ich jetzt daran zurückdenke, glaube ich, daß das alles in Gottes Plan gewesen ist. Das frühe Erwachsenwerden hat mich gelehrt, schwere Entscheidungen zu treffen und immer verantwortlich zu handeln.

Als ich achtzehn war, starb Mama, und ich verkaufte unser kleines Haus in der Stadt, damit ich die Schule und Universität besuchen konnte. Ich fand Arbeit, meistens jedenfalls, und schaffte es, meine Ausbildung zu bezahlen. Zum Studium brauchte ich etwas länger als meine Freunde, aber Gott hat's mir doch möglich gemacht – genau wie Pa gesagt hatte.“

Er schwieg eine Weile; dann guckte er mich mit einem merkwürdig mühsamen Lächeln an.

„Als ich fertig war, habe ich was Komisches gemacht, Josch. Ich habe meine Urkunde genommen, auf der zu lesen steht, daß ich ab jetzt Pastor bin, und mit meinem allerletzten Geld habe ich einen wetterfesten Rahmen dafür machen lassen. Und dann bin ich zu meiner alten Heimatstadt gefahren und habe die Urkunde zwischen den beiden Gräbern von meinen Eltern aufgestellt.“

Als er mich jetzt ansah, hatte er 'ne Träne im Auge. Am liebsten hätte ich auch geweint.

„Ist das nicht eine verrückte Idee, was meinst du?“

Ich schüttelte bloß den Kopf und schluckte. „Ich hab' noch nie drüber nachgedacht, was ich für meine Mama und meinen Pa tun könnte."

„Haben deine Eltern Gott liebgehabt, Josch?"

Ich nickte.

„Dann wäre es das größte Geschenk für sie, wenn du auch Gott lieben und Ihm nachfolgen und dienen würdest."

„Mja, vielleicht", sagte ich langsam. In mir nagte etwas, daß mir ganz mulmig zumute wurde. Am liebsten wäre ich rausgerannt, aber da hatte der Pastor schon die letzten Wäscheteile zusammengefaltet und wechselte das Thema auf was wesentlich Angenehmeres.

„So, nun zeig mal her, was deine kleine Pixie schon alles kann!"

Jetzt verging die Zeit wie im Fluge. Ich ließ Pixie sämtliche Tricks, die sie konnte, vorführen, und der Pastor belohnte sie nach jeder Vorstellung mit 'nem Stückchen Keks. Er gab mir 'n paar Tips für ihren nächsten Trick, auf den Hinterbeinen zu tanzen. Dann fiel mir plötzlich die Uhr wieder ein. Ich sagte, daß ich schleunigst zurück müßte, sonst würde Opa auf mich warten müssen, sammelte Pixie auf und bedankte mich im Rausgehen. Den ganzen Weg rannte ich.

Restlos außer Atem kam ich bei unserem Wagen an. Zu meiner großen Erleichterung saß Opa noch nicht mit finsterer Miene und den Zügeln in der Hand auf dem Bock. Ich kletterte hoch und ließ mich auf die paar Gabeln voll Heu auf dem Wagenboden fallen. Hoffenlich würde ich wieder bei Atem sein, bis Opa zurückkam!

Ich brauchte nicht lange zu warten. Er kam bald. Dabei unterhielt er sich mit jemandem.

Dieser Jemand war ein Ältester unserer Gemeinde, Herr Brown. Sie redeten übers Wetter, aber als sie gerade vor unserem Wagen angekommen waren, schien's plötzlich um ernstere Dinge zu gehen.

„Wollte heut' abend vielleicht mal bei euch reinschauen, Daniel."

„Haste was auf dem Herzen?" Das war Opas Stimme.

„Ich weiß nicht recht, was ich davon halten soll. Mein Schwager war neulich bei uns zu Besuch. Der kennt die Familie Crawford anscheinend ganz gut."

„Du meinst die Familie von unserem Pastor?"

„Ja, muß wohl. Er kann sich an keinen Nathaniel erinnern, aber er sagt, bei denen gibt's so viele, daß er sie noch nie alle auseinanderhalten konnte."

„Und?" fragte Opa abwartend.

„Scheinen wohl nicht besonders anständige Leute zu sein. Unzuverlässig, faul, schmutzig, laut. Er konnte's kaum glauben, daß einer davon Pastor geworden sein soll."

„Wie lange hat er die denn gekannt?"

„Fünf Jahre oder so; seitdem er dahin gezogen war."

„Vielleicht ist das ja die falsche Familie."

„Da gibt's bloß die eine mit dem Namen. Früher hat's wohl noch eine gegeben, aber der Mann und seine Frau liegen längst auf dem Friedhof."

„Und was meinste?"

„Kommt mir alles 'n bißchen spanisch vor. Weiß nicht, was ich davon halten soll. Henry meinte schon, vielleicht ist dieser Nathaniel einer von der ganz gerissenen Sorte, der im Pastorengewand seinen Lebensunterhalt kassiert, ohne 'n Handschlag dafür zu tun."

„Da hat er aber keinen blassen Schimmer vom Pastorendasein!"

Herr Brown lachte, aber dann sagte er ernst: „Als Pastor kannste dir deine Arbeitszeit selbst aussuchen, Daniel. Wenn du vorhast, den Leuten 'ne Hilfe zu sein, dann biste auch von früh bis spät unterwegs, aber wenn du lieber Däumchen drehen willst, dann kannste das genausogut."

Opa schwieg. Dann antwortete er bedächtig: „Also Lukas, ich will niemandem was Schlechtes nachsagen, bevor ich was Genaueres weiß. Vielleicht handelt es sich hier doch um 'ne Verwechslung."

Am liebsten wäre ich auf der Stelle vom Heu aufgesprungen und hätte den beiden alles erzählt: daß unser Pastor nicht aus dieser schlampigen Familie kam, daß er's im Leben nicht leicht gehabt hatte und daß er schwer arbeiten mußte, um Pastor zu werden. Aber wenn ich das gemacht hätte, dann hätte ich ja glatt zugegeben, daß ich Erwachsene belauscht hatte, und das zudem vor Herrn Brown. Auch war ich mir nicht sicher, was Opa darüber sagen würde. Außerdem dachte ich mir, daß ich Opa später ganz unverfänglich von meinem Besuch beim Pastor erzählen konnte. Dann würde ich ihm einfach alles berichten, was mir der Pastor erzählt hatte. Ich zog Pixie dicht an mich und verhielt mich mucksmäuschenstill.

Eben sagte Herr Brown: „Muß zugeben, das Ganze hat mir 'nen schönen Schrecken eingejagt."

„Immer langsam mit den jungen Pferden, Lukas! Selbst wenn's derselbe Crawford ist, will das noch lange nichts heißen. Du weißt doch, daß nicht alle Äpfel im Korb faul sein müssen. Außerdem hat der Herrgott schon so manchen faulen Apfel wieder zurechtgebracht. Das wissen wir doch beide."

„Ja, sicher", sagte Herr Brown, „da haste schon recht. Dachte bloß, wir halten besser unsere Augen und Ohren offen."

Frau Brown rief von der anderen Straßenseite, und ihr Mann verabschiedete sich. Als er sich schon zum Gehen wandte, sagte Opa leise: „Ach, und Lukas, ich seh' keinen Grund, die Sache breitzutreten. Laß es unter uns bleiben, wenigstens vorläufig, ja?" Dann hörte ich Opa die Zügel nehmen und auf den Bock steigen.

Ich beschloß blitzschnell, mich schlafend zu stellen. Opa hörte ich nach mir rufen; dann hatte er mich wohl entdeckt. Er lachte leise und breitete 'n paar Kartoffelsäcke über Pixie und mich und setzte das Gespann in Marsch.

Ich guckte ihn 'n paarmal verstohlen an. An seinem Gesicht konnte ich ablesen, daß er doch ziemlich verstört war nach dem Gespräch mit Herrn Brown. Klar, er wollte dem Pastor gegenüber fair sein, aber dann war er auch nur 'n Mensch, und die ersten Zweifel waren gesät.

Es schien mir ganz so, als ob ich der einzige war, außer dem Pastor selbst natürlich, der die Wahrheit kannte, aber irgendwie wußte ich nicht genau, ob's das Richtige war, wenn ich sofort alles ausspuckte. Ach, es war 'n Durcheinander! Ich wollte dem Pastor schon helfen, aber ich hatte keine Ahnung, wie ich das am besten anstellen sollte. Vielleicht würde mir ja später was einfallen.

Ich zog mir die Kartoffelsackdecke über die Schulter, und dann schlief ich tatsächlich ein. Ich wurde erst wach, als wir wieder zu Hause waren.

## Tante Lous Gast

Wenn ich vorige Woche schon gedacht hatte, daß mit Tante Lou was nicht stimmte, dann war sie diese Woche doppelt merkwürdig. In der einen Minute lachte sie, im nächsten Moment war sie todernst und schweigsam und machte sich an allem und jedem zu schaffen. Sie polierte und schrubbte und wischte im ganzen Haus, als ob wir jahrelang im tiefsten Dreck gelebt hätten.

Am Freitag endlich brachte sie den ganzen Tag in der Küche zu. Der Duft von Brathühnchen, Rosinenbrötchen und Apfeltorte war mehr, als 'n heranwachsender, hungriger Junge ertragen konnte. Ich konnte die Essenszeit kaum abwarten. In der Küche hatte ich im Moment sowieso nichts verloren, also nahm ich mir Pixie mit auf die Veranda und wartete darauf, daß Tante Lou mich zum Essen rief.

„Josch, komm rein und mach dich flink zum Essen fertig!" rief sie endlich.

Ich ging rein und wollte mir gerade wie üblich Gesicht und Hände waschen, als Tante Lou erklärte:

„Ich möchte, daß du dich gründlich wäscht, mein Junge, und dann ziehst du dir bitte dein Sonntagszeug an!"

Die Kinnlade fiel mir runter. Sonntagszeug am hellichten Freitag? Das war ja lächerlich! Ein Blick auf Tante Lou, und mir war klar, daß sie nicht gescherzt hatte. Ich schluckte meine Widerrede runter, aber innerlich protestierte ich doch 'n bißchen. Verrückt, sowas!

Die Männer kamen rein, und Lou brachte sie tatsächlich dazu, auch ihr Sonntagszeug anzuziehen. Wie 'ne Herde gehorsamer Schafe gingen wir nach oben.

Reichlich verlegen stieg ich die Treppe wieder hinunter. Wenn Avery oder Willie mich in dem Aufzug gesehen hätten, wäre ich am liebsten im Erdboden versunken. Lou begegnete mir auf der Treppe. Sie huschte hoch, um sich auch noch schnell umzuziehen.

Ich ging in die Küche und warf 'nen Blick umher, ob sich nicht irgendwo was finden ließe, was ich probieren konnte. Ich fand aber nichts.

Der Tisch fiel mir ins Auge. Ein reines, weißes Tischtuch lag drauf, und das Geschirr hatte ich noch nie gesehen. Für 'nen anständigen Blumenstrauß war's schon zu spät; statt dessen stand 'ne Schale mit glänzend polierten Äpfeln in der Mitte. Ich wollte mir gerade einen davon nehmen, da kam Uropa aus seinem Zimmer.

„Das würde ich an deiner Stelle nicht tun, Josua", flüsterte er. „Das würde das ganze Kunstwerk zerstören."

Er lachte leise und zwinkerte mir zu. „Dazu hat sie eine geschlagene Stunde gebraucht."

Ich fand's albern, so viel Getue um etwas zu machen, das frisch aus der Hand genauso gut schmeckte.

Bald hatten wir Männer uns alle in der Küche versammelt. Ich glaube, wir kamen uns alle reichlich dumm vor. Da standen wir verlegen in unserem Sonntagszeug herum und trauten uns kaum zu atmen vor lauter Angst, daß wir was Falsches taten oder sagten. Wir waren heilfroh, als wir Tante Lou auf der Treppe hörten.

Sie hatte eins von meinen Lieblingskleidern an. Es war das Blaue, das ihre Augen noch größer und blauer erscheinen ließ. Ihr Haar trug sie lose über die Schultern, und 'n schmales Band hielt 'ne Handvoll davon auf ihrem Hinterkopf zusammen. Sie sah himmlisch aus, allerdings auch ziemlich nervös.

Sie guckte nach dem Essen auf dem Herd, guckte sich den Tisch 'n letztes Mal an, guckte uns Männer an, ob wir auch ordentlich aussahen, und dann guckte sie zur Uhr. Fünf vor sechs. Da hörten wir Hufschläge.

Onkel Charlie stand auf und ging nach draußen, um den Gast zu begrüßen und sein Pferd zu versorgen. Opa räusperte sich und rückte die Stühle zurecht, obwohl die schon alle schnurgerade in Reih' und Glied standen. Ich stand bloß einfach da und wünschte mir, ich hätte Pixie auf dem Arm; aber das ging nicht, weil ich mir ja gerade die Hände frisch gewaschen hatte. Uropa redete sanft auf die aufgeregte Lou ein.

„Den Tisch hast du aber nett zurechtgemacht, mein Liebes!" Er wollte sie beruhigen, das merkte ich gleich. Ich hatte gar nicht vorgehabt, was an der Lage zu retten; ich platzte einfach raus mit dem, was ich dachte: „Mensch, hab' ich 'nen Hunger!"

Mit den paar Worten muß ich wohl die Spannung gebrochen haben. Alle lachten, sogar Tante Lou, und obwohl sie eilig noch hier und da letzte Hand anlegte, schien sie mir jetzt eher die alte zu sein.

Da kam auch schon Onkel Charlie mit dem Pastor in die Küche. Der wusch sich nach seinem Ritt eben noch die Hände. Onkel Charlie tat desgleichen, und dann konnten wir uns endlich an den Tisch setzen. Der Pastor sprach das Tischgebet. Mir lief das Wasser so doll im Mund zusammen, daß das Gebet ungehört an meinen Ohren vorbeirauschte.

Die Erwachsenen schienen's nicht sonderlich eilig mit dem Anfangen zu haben. Sie redeten und redeten, bis ich schließlich am liebsten gefragt hätte, ob's nicht langsam an der Zeit wäre, das Hühnchen rumzureichen.

Neben jedem Teller lag 'n eckiges Stück Stoff. Ich hätte gern gewußt, wie ich's am unauffälligsten loswerden konnte, damit ich an meine Gabel kam. Die anderen nahmen ihre Stoffstücke und breiteten sie auf dem Schoß aus, also machte ich's ihnen nach.

Endlich gingen die Schüsseln rum. Das Essen war alles Warten wert gewesen, soviel steht fest. Ich glaube nicht, daß es irgend jemand besser geschmeckt hat als mir.

Der Pastor langte kräftig zu, aber ich hatte das komische Gefühl, als merke er nicht mal, was er da aß. Jedesmal, wenn ich ihn anguckte, warf er Tante Lou gerade 'nen verstohlenen Blick zu. Er schaffte es, sich halbwegs intelligent mit den Männern zu unterhalten und auch Tante Lou mit ins Gespräch zu ziehen, aber ich hätte gern gewußt, wo er mit dem Rest seiner Gedanken war.

Das Essen verlief gemächlich, und die Unterhaltung war lebhaft und fröhlich. Als alle so satt waren, daß sie keinen einzigen Löffel Nachtisch mehr unterbringen konnten, schickte Opa mich die Bibel holen. Diesmal war die Geschichte sogar ganz interessant. Sie handelte von Gideon, der 'ne ganze Armee in die Flucht schlug, und das mit bloß dreihundert Mann.

Tante Lou machte sich an das Geschirr. Onkel Charlie stand langsam auf und nahm sich 'n Trockentuch. Der Pastor sah aus, als wäre er am liebsten aufgesprungen und hätte Onkel Charlie das Tuch abgenommen, wenn das nur schicklich gewesen wäre. Statt dessen ließ er sich von Opa zu einem Spiel Mühle einladen.

Das Spiel und das Geschirr waren fast gleichzeitig fertig. Tante Lou zog sich die Schürze aus, gab Onkel Charlie seinen gewohnten Kuß auf die Wange, und die beiden setzten sich wieder zu dem Rest. Es war 'n ganz gemütlicher Abend.

Meine Schlafenszeit war schon bedenklich nahe gerückt, als Tante Lou das Kaffeewasser aufsetzte. Zu dem Kaffe hatte sie Plätzchen gebacken.

Ich beobachtete den großen Zeiger an der Uhr. Es war Schlafenszeit für mich, aber als Tante Lou zu Tisch bat, sah ich, daß sie mir 'n Glas Milch auf meinen Platz gestellt hatte, und Opa winkte mir zu, mich zu setzen.

Als die Plätzchen alle und die Kaffeetassen gelehrt waren, sagte der Pastor, daß es jetzt aber Zeit für ihn sei, nach Hause zu reiten. Onkel Charlie erbot sich, sein Pferd zu holen, aber er meinte, das wäre nicht nötig; er wüßte ja, wo er Big Jim finden würde. Er bedankte sich bei Opa für den netten Abend und verabschiedete sich von Onkel Charlie, Uropa und mir. Er strich sogar Pixie über den Kopf und wünschte ihr 'ne gute Nacht. Dann wandte er sich an Tante Lou.

Er nahm ihre Hand und dankte für die Einladung. Er sagte ihr, was für 'ne gute Gastgeberin und Köchin sie wäre. Tante Lou antwortete nicht viel, jedenfalls nicht laut. Irgendwie hatte ich das Gefühl, als sagten sich die beiden viel mehr als Worte. Tante Lous Gesicht konnte ich nicht sehen; nur das vom Pastor, aber dessen Augen sagten mehr als seine Lippen.

Schließlich ließ er Tante Lous Hand los und ging. Ich wartete drauf, daß sie die Tür zumachte und wieder reinkam. Es dauerte 'n paar Minuten, aber dann kam sie, und ihre Augen glänzten, und ihr Gesicht war 'n bißchen rot. Als sie dann den Tisch abräumte, hatte sie 'nen Gesichtsausdruck, den ich noch nie an ihr gesehen hatte.

Ich sah, wie Opa und Onkel Charlie sich mit gerunzelter Stirn anguckten.

„Laß meine Tasse stehen, Louie", sagte Opa. So nannte er sie selten oder nie. „Ich trink' noch 'ne Tasse Kaffee."

„Meine auch", fügte Onkel Charlie hinzu.

„Also, ich für meinen Teil gehe schleunigst zu Bett", sagte Uropa mit einem mühsam unterdrückten Gähnen. „Das viele gute Essen hat mich ganz schläfrig gemacht. Du hast deine Sache fein gemacht, mein Liebes!"

Er gab ihr 'nen Kuß auf die Wange und ging in sein Zimmer. Ich regte mich. Das hätte ich besser nicht getan, aber mein Arm mit Pixie drin war mir steif geworden. Opa war sofort auf Draht.

„Zeit zum Schlafengehen, mein Junge!"

Ich nickte und stand auf. Mit Pixie auf dem Arm ging ich nach oben.

Nicht lange darauf hörte ich Tante Lou an meiner Tür vorbeigehen. Sie summte leise vor sich hin. Normalerweise hatte ich's gern, wenn sie guter Dinge war, aber irgend etwas störte mich heute dran. Ich versuchte einzuschlafen, aber statt dessen wälzte ich mich bloß hin und her. Pixie hatte bald genug davon und machte sich's am Fußende bequem, wo sie ein etwas ruhigeres Lager hatte.

Von unten aus der Küche hörte ich Stimmen. Sie klangen besorgt, das merkte ich am Tonfall. Ich kletterte aus dem Bett und schlich mich, so weit wie's ging, die Treppe hinunter. Um die quietschende dritte Stufe machte ich 'nen Bogen. Ich setzte mich und lehnte mich an die Wand.

„... du genausogut wie ich", sagte Opa gerade.

Ich hörte, wie Onkel Charlie Luft duch die Zähne zog, bevor er 'nen Schluck von seinem siedendheißen Kaffee nahm. Dann landete sein Stuhl auf allen vier Beinen.

„Klar hab' ich das gesehen."

„So hab' ich Lou noch nie erlebt."

„Einmal mußte's ja kommen."

„Ja, sicher. Das ist es ja. Deshalb haben wir ja wie verrückt versucht, sie in die richtige Richtung zu stoßen."

„Dafür ist es jetzt wohl zu spät."

„Nix ist zu spät!" Opa hörte sich an, als ob er beinahe auf die Tischplatte gehauen hätte, um seinen Worten Nachdruck zu verleihen. „Es *darf* einfach noch nicht zu spät sein", sagte er jetzt 'n bißchen ruhiger. „Dieser Crawford ist erst 'n junger Spund, und haben tut er nix. Gar nix. Haste seinen Anzug gesehen?"

„Ja, hab' ich."

„Schön sauber und gebügelt, aber so dünn, daß man die Zeitung durch lesen kann. Und das ist sein bester, den er hat."

„Man soll 'nen Mann nicht nach seinem Anzug beurteilen, das weiß ich ja sogar."

„Darum geht's ja auch gar nicht. Er kann sich keinen besseren Anzug leisten, darum geht's! Würd' mich nicht wundern, wenn er nicht mal genug Kleingeld in der Tasche hat, daß es klingelt. Und wenn du schon mit nichts in der Tasche anfängst, dann kommste mit 'nem Pastorengehalt mit Sicherheit auf keinen grünen Zweig. Der Mann hat ja nicht mal 'nen Wagen; bloß 'n Pferd. Willste Lou etwa in Lumpen hinter ihm auf'm Pferderücken davonreiten sehen?"

„Jetzt schlägt's aber dreizehn!" rief Onkel Charlie, und die Stuhlbeine landeten alle vier wieder auf dem Fußboden. „Wieso soll ich das wollen? Du weißt ganz genau, wieviel mir an dem Kind liegt. Klar sähe ich's auch lieber, wenn sie 'n bißchen besser leben könnte. Bloß wüßte ich nicht, wie du jetzt noch was dran ändern willst."

„Dann rede ich halt mit ihr."

„Reden?"

„Jawohl, ich rede mit ihr!"

Onkel Charlie zog wieder Luft durch die Zähne und nahm einen Schluck von seinem Kaffee. Der Stuhl fügte sich quietschend in sein Schicksal, wieder auf den Hinterbeinen stehen zu müssen.

„So, so! Einfach mit ihr reden, und das Mädchen vergißt im Handumdrehen, daß sie ihn je zu Gesicht gekriegt hat."

Opa machte 'ne Pause. „Nee", sagte er schließlich. „Nee, so einfach wird's wohl nicht gehen. Aber Lou ist 'n bedachtsames Mädchen. Die wird sich schon nach meinen Wünschen richten. Wenn ich sie drum bitte, daß sie ... daß sie nicht ..." er räusperte sich, „... daß sie seine Zuneigung nicht erwidert, dann tut sie das auch nicht."

„Nee, da kannste Gift drauf nehmen, und wenn's ihr das Herz bricht."

Opa stand auf und hantierte mit der Kaffeekanne. Die dritte Tasse? Er mußte mächtig aus dem Lot sein.

„Komm, Charlie, so weit ist Lou nun auch wieder nicht, der junge Pastor scheint's ihr angetan zu haben, und er ist wohl auch 'n ganz anständiger Kerl, aber Lou ist noch nie den jungen Burschen nachgelaufen, und ..."

„Aber das ist es ja gerade!"

„Du glaubst doch nicht etwa an Liebe auf den ersten Blick?"

„'türlich nicht. Aber wenn ich mich nicht ganz und gar vertue, dann wird's noch so manchen zweiten und dritten Blick geben, und dann ... Lou hat noch nie 'nen Mann so angeguckt. Wenn das kein deutliches Zeichen war, dann weiß ich's auch nicht."

Pause.

„Und du meinst, es würde ihr's Herz brechen?" fragte Opa.

„Und ob!"

„Was machen wir denn da bloß?"

Jetzt war's lange still in der Küche.

„Wir wägen's ab. Können wir ihr soviel Herzeleid zumuten, wenn's zu ihrem eigenen Besten ist?"

Opa goß die beiden Kaffeetassen wieder voll.

„Vielleicht doch", sagte er. „Vielleicht doch."

„Vielleicht findet Lou aber, daß richtige Liebe mehr wert ist als teure Klamotten", meinte Onkel Charlie.

„Bloß, daß man von Luft und Liebe schlecht leben kann!" knurrte Opa.

„Hach ja!" seufzte Onkel Charlie. „Aber weißte, das Komische ist, daß selbst die ärmsten Schlucker irgendwie über die Runden kommen, solange die Liebe nicht fehlt."

„Aber das will ich nicht für meine Lou! Irgendwie über die Runden kommen ist mir nicht genug für'n Mädchen wie sie!"

„Jawoll!"

„Ich werd' mit ihr reden."

Onkel Charlies Stuhl landete wieder auf allen Vieren, und ich wußte, daß sie den Fall jetzt als abgeschlossen betrachteten. Dicht an der Wand entlang schlich ich mich in mein Zimmer zurück.

Ich hatte sämtliche von Opas Argumenten gehört. Mit keinem Wort hatte er Onkel Charlie gegenüber erwähnt, was er heute von Pfarrhelfer Brown erfahren hatte. Ich wußte ganz sicher, daß Opa dem Pastor selbst 'ne Chance geben wollte, aber ich wußte auch, daß es ihm mehr als schwerfallen würde, das Gehörte so einfach aus seinem Gedächtnis zu streichen. Er sorgte sich um seine Lou und wollte kein Risiko für sie eingehen.

Auch ich wollte Tante Lou nicht verlieren. Ich hoffte, daß es was nützte, wenn Opa mit ihr redete. Gleichzeitig hatte ich aber auch Angst. Es sah mir ganz danach aus, als würde Tante Lou wehgetan. Das aber wollte ich ganz und gar nicht. Mehr als alles in der Welt wollte ich, daß sie glücklich war.

Plötzlich wünschte ich mir, ich hätte Gott nicht so erbost den Rücken zugewandt. Ich hätte Ihm so gern mein ganzes verwirrtes Herz ausgeschüttet. Jetzt war ich beinahe neidisch auf Willie Corbin. Dann überlegte ich mir aber, daß Gott das alles bestimmt sowieso egal war. Der interessierte sich ja doch nie für meine Sorgen. Ich zog die schlafende Pixie an mich, vergrub mein Gesicht in ihrem Fell und weinte mich in den Schlaf.

Ich könnte ja Opa gleich doch noch zu mir rufen und ihm alles erzählen, was ich heute beim Pastor erfahren hatte. Aber wenn ich das machte, dann würde er vielleicht nicht mehr mit Tante Lou reden. Ach, ich war innerlich ganz hin- und hergerissen. Es war nicht fair dem Pastor gegenüber, wenn ich das, was ich wußte, für mich behielt, aber auf der anderen Seite brauchte ich mich nur in Schweigen zu hüllen, um Tante Lou nicht zu verlieren. Später, wenn alles geregelt und in Ordnung war, würde ich bestimmt Opa alles sagen, was der Pastor mir erzählt hatte, ganz bestimmt. Es konnte ihm jedoch sicher nicht allzuviel schaden, wenn ich vorläufig erst mal schwieg.

## Das große Feuer

Opa mußte wohl mit Lou geredet haben. Was dabei für Worte gefallen waren, wußte ich natürlich nicht. Lou strengte sich an, sich nichts anmerken zu lassen, aber ich sah ihr an, wie schwer ihr das fiel. Ihre Fröhlichkeit wirkte gezwungen, und manchmal erwischte ich sie dabei, wie sie traurig vor sich hinstarrte, als ob sie sich nach was sehnte, was sie doch nie kriegen konnte.

Am nächsten Sonntag in der Kirche lächelte sie, als sie beim Rausgehen dem Pastor die Hand gab, aber als er 'n paar Worte mit ihr wechseln wollte, ging sie schnell weiter. Der Pastor schaute verwundert drein, aber hinter ihr herrufen konnte er wohl kaum in dieser Situation.

Die nächste Woche kam und ging. Das Wetter hatte sich immer noch nicht geändert. Wir hatten 'nen komischen Herbst gehabt. Er war viel zu trocken gewesen. Den ganzen Spätsommer über hatte es schon nicht viel Regen gegeben. Sogar die Farmer in der Nachbarschaft, die sonst spät dran waren mit der Ernte, hatten dieses Jahr jede Menge Zeit, ihre Ernte einzubringen. Herr Wilkes Dreschmaschine stand schon seit Wochen im Schuppen, und es hatte immer noch keinen Regen gegeben.

Inzwischen war's längst an der Zeit, daß Schnee kam. Die Vögel waren schon alle zum Überwintern in den Süden gereist, und die anderen Tiere trugen ihre Winterpelze. Die Nächte waren frostklar, und die Teiche und Bäche hatten 'ne dicke Eisschicht. Auf den Teichen konnte man prima Schlittschuh laufen, aber wir Kinder hatten sogar das satt und wünschten uns, daß es bald schneite, damit wir Schlitten fahren und Schneeballschlachten machen konnten.

Die Stoppelfelder waren zundertrocken, und das Laub auf der Erde raschelte im Wind. Das Vieh mußte jeden Tag getränkt werden, weil die Wasserstellen alle überfroren waren und weil's keinen Schnee gab, den sie schlekken konnten. Die Leute machten sich langsam Sorgen, daß ihr Vieh wegen der Trockenheit Durst litt.

Es war schon alles recht merkwürdig. Sogar die Luft roch anders. Und dann passierte es plötzlich.

Es war an einem Nachmittag. Draußen war klirrender Frost, aber kein Lüftchen regte sich, und weit und breit war keine Wolke zu sehen. Die Schule war gerade aus, da rief Avery Garrett den ganzen Schulhof zusammen.

„Mensch, guckt mal: Wolken!"

'n großes Stimmengewirr folgte.

„Bald gibt's Schnee!"

„Dann können wir endlich Schlitten fahren!"

Die Lehrerin hatte uns gehört und kam auf uns zu.

„Das sind keine Wolken, Jungs. Das ist Rauch!"

„Rauch?"

Wir guckten genauer hin. Es war tatsächlich Rauch. Mir fiel außerdem auf, daß der Rauch aus der Richtung von unserer Farm kam. Da hielt mich nichts mehr. Ich rannte los.

Als ich näher rankam, sah ich, daß der Rauch nicht über unserer Farm hing, sondern irgendwo dahinter. Ich war heilfroh, aber ich rannte im selben Tempo weiter. Ich war noch nicht halb über unserer Weide, da konnte ich schon den Umtrieb auf unserem Hof erkennen. Der Hof stand voller Gespanne, Wagen und Reitpferden, und immer noch mehr kamen an. Männer hasteten zwischen dem Brunnen und den Wagen hin und her. Unten an der Brücke warteten noch mehr Wagen, die mit allen möglichen Wassergefäßen beladen waren.

Ich dachte schon, ich würde's nicht mehr bis zum Hof schaffen, aber irgendwie trugen mich meine Beine dann doch noch.

Jetzt war der Rauch schon in der Luft zu riechen, und an der Rauchsäule konnte man ablesen, daß sich das Stoppelfeuer direkt auf unsere Farm zu bewegte.

Keuchend kam ich auf unserem Hof an. Opa war gerade dabei, zu den Männern zu sprechen.

„Ich sag' euch allen Dank, daß ihr mir helfen wollt, meine Farm zu retten, aber es ist zwecklos."

Laute Protestrufe unterbrachen ihn, aber er hob die Hand und gebot Ruhe. „Wenn wir meine Farm retten wollten, dann brauchten wir jeden Mann und jedes Gespann dazu. Und während wir hier wie verrückt kämpften, frißt sich das Feuer an den Flanken weiter auf die anderen Farmen zu, und dann auf die Stadt. Das wißt ihr so gut wie ich. Wir müssen einfach diese Farm aufgeben und zusehen, daß wir die anderen und die Stadt vor dem Feuer schützen können."

Es klang düster, aber die Männer wußten genau, daß Opa recht hatte.

„Wenn mir bloß einer oder zweie von euch helfen", fuhr Opa fort, „dann laden wir schnell soviel, wie's geht, auf 'nen Wagen und sehen zu, daß wir das Vieh auf die andere Seite vom Bach kriegen, bevor das Feuer hier ist."

Ich schaute mich um. Das Haus mit Tante Lous weißen Vorhängen hinter den Fenstern, die Scheune, wo Bleß drin wohnte, der Schweinestall, meine Lieblingspappel, der Weg zum Bach – alles, alles, was mir mein Zuhause gewesen war, würde bald den Flammen zum Opfer fallen!

„Am besten macht ihr, daß ihr loszieht, Männer!" sagte Opa. „Wir haben keine Zeit zu verlieren."

Unter Gemurmel und Kopfschütteln gingen die Männer zu ihren Gespannen.

Mir wurde schwarz vor den Augen. Meine Knie sackten unter mir zusammen. Ich schaffte's gerade noch, auf 'nen Holzklotz zu sinken, damit es so aussah, als hätte ich mich sowieso setzen wollen. Ich stütze den Kopf in die Hände, aber dann fuhr ich wieder hoch, als jemand laut

„Moment mal!“ rief. Alle anderen guckten wohl genauso erstaunt auf.

Es war der Pastor. Sein Pferd stand schweißbedeckt und schnaubend da. Der Pastor hatte seinen dunklen Anzug an. Er mußte wohl gerade Hausbesuche gemacht haben, als er das Feuer sah.

„Wollen Sie denn nicht die Farm retten?“

„Nee“, antwortete einer von den Männern rundheraus. „Daniel sagt, wir sollten an die Stadt denken.“

„Ich meine, Sie können beides retten!“

Die Männer guckten den Pastor groß an.

„Herr Jones hat recht, aber vielleicht können wir die Farm auch retten. Wir gehen dem Feuer bis auf einen Kilometer entgegen, wo der Bach am dichtesten an der Straße entlangfließt. Das Feuer ist zum größten Teil zwischen dem Bach und der Straße; also wird's sich auf den Punkt zubewegen. Wenn wir da sind, machen die Männer, die einen Pflug haben, ein V zwischen den Bach und die Straße mit der Spitze nach Osten, damit das Feuer sich da hineinfressen kann. So wird es schwächer werden, und wir brauchen nicht so viele Männer, um es in Schach zu halten.

Herr Smith, Sie nehmen sich drei Männer und bewachen die Südseite der Straße. Herr Corbin, nehmen Sie sich zwei Männer und fangen alle Sprühfeuer ab, die über den Bach springen. Diejenigen mit den Pflügen machen das V so schnell sie nur können. Der Rest hilft mit den Wasserfässern und den nassen Sandsäcken. Wir arbeiten an beiden Seiten von dem V, damit das Feuer erst gar nicht weiter vordringt.“

Dann fügte der Pastor mit derselben hastigen Stimme hinzu: „Laßt uns beten!“ Nervös beugten die Männer ihre Köpfe.

„Unser lieber Herr, du weißt um unsere Not und wie sehr wir auf deine Hilfe angewiesen sind. Wir wollen dir nicht vorschreiben, wie du uns helfen sollst. Wir wollen dir nur einfach danken, daß du da bist, wenn wir dich brauchen. In Jesu Namen. Amen."

Die Männer hatten skeptisch dreingeschaut, als der Pastor angefangen hatte, aber nachdem er jetzt gebetet hatte, zeigten ihre Gesichter neuen Mut. Die ersten Gespanne stoben los. Onkel Charlie rannte zum Tor und warf es weit auf, damit sie über unser Feld den Weg abkürzen konnten. Zwischen unserem Feld und dem Nachbarfeld war ein Zaun, aber der erste Mann, der darauf stieß, würde einfach den Draht durchhauen, so daß die Pflüge durchpaßten.

Auf unserem Hof ging es wild durcheinander. Männer suchten sich in aller Eile zusammen, was sie brauchten: Fässer, Eimer, Säcke, Spaten und Harken.

Im Rausreiten hatte Opa mir zugerufen: „Halt das Feuer im Auge, Junge, und wenn's uns doch erwischt, macht, daß ihr alle in Sicherheit kommt!" Onkel Charlie hatte unser Gespann zu dem Zweck vorsorglich an den Zaun gebunden.

Endlich legte sich der Staub, und Tante Lou und ich standen allein da, wie gelähmt vor Entsetzen. Sie hielt Pixie fest umklammert, als ob sie das letzte Geschöpf der Welt sei, das noch bei Sinnen war. Uropa kam auf uns zu und stellte sich zu uns. Er hatte mit zum Feuer fahren wollen, aber Opa hatte entschieden dagegen gesprochen.

„Ich will's nicht drauf ankommen lassen, Pa", hatte er gesagt, „und außerdem brauchen wir dich hier – falls wir's nicht schaffen."

Ich nahm Tante Lou die zitternde Pixie aus dem Arm. Tante Lou stand bleich und versteinert da. Ihre Augen folgten den Männern und Pferden, wie sie ausritten, und besonders dem Wagen, auf den der Pastor gerade gesprungen war. Ich wußte nicht, was ich sagen sollte, also hielt ich den Mund.

Plötzlich rührte sich Tante Lou. Zuerst wußte ich nicht, was sie vorhatte, aber dann sah ich's. Das Pferd vom

Pastor war mit hängenden Zügeln umhergewandert und stand jetzt abseits. Seine schweißnassen Seiten hoben und senkten sich immer noch schwer. Tante Lou ging auf ihn zu. Er zitterte am ganzen Leib und wollte ihr zuerst ausweichen, aber Tante Lou redete sanft auf ihn ein, und er ließ es geschehen, daß sie seine Zügel nahm. Sie hob den Sattel von ihm und hängte ihn über den Zaun, und dann rieb sie ihn mit Büscheln von trockenem Gras kräftig ab.

Big Jim ließ sich von Tante Lous weicher Stimme und ihren Händen beruhigen. Das Zittern ließ nach. Das Abreiben tat ihm gut, und als er auf beiden Seiten trocken war, atmete er wieder ganz ruhig. Lou rubbelte und redete leise weiter. Ich weiß nicht, was sie ihm alles erzählt hat, aber es schien ihn enorm zu beruhigen. Als er trokken und am Zaun angebunden stand, konnte er sogar wieder was fressen.

Ich hatte die ganze Zeit wie angewurzelt dagestanden. Ich hatte keinen klaren Gedanken fassen können. Als Tante Lou jetzt ins Haus ging, warf ich einen Blick auf den Horizont. Das Feuer war nähergekommen, das stand fest. Ob die Männer es wohl in Schach halten konnten? Ob die Sache mit dem V funktionieren würde, wie der Pastor sich das gedacht hatte? Ich schauderte und drückte Pixie so fest an mich, daß sie sich wand und winselte.

„Du machst dich am besten flink an die Arbeit, Josch!"

Es war Tante Lou. Sie hatte das so gesagt, als ob nichts geschehen wäre.

„Willste erst 'n paar Plätzchen mit Milch?"

Ich schüttelte den Kopf und ging ins Haus, um mich umzuziehen. Uropa und Lou gingen hinter mir her. Sie sah immer noch blaß aus, aber ansonsten war sie gefaßt und ruhig.

„Es könnte ziemlich lange dauern", sagte sie. „Am besten setz' ich 'nen großen Kessel Kaffeewasser auf und mach' Butterbrote für später."

Uropa löste sich aus seinem Schweigen.

„Meinst du nicht, Lou, daß wir lieber ein paar Decken und warme Sachen auf den Wagen laden sollten für den Fall, daß wir schnell von hier wegmüssen – falls es nicht klappt?“

„Es wird aber klappen!“

Tante Lou schien so felsenfest daran zu glauben, daß sie mich beinahe auch überzeugt hatte. Uropa lächelte. Als Tante Lou sich die Hände wusch und sich ans Werk machte, tat er’s ihr nach. Ich suchte einen sicheren Ort für Pixie, wo ich sie notfalls schnell finden konnte, und ging in den Stall.

Die Luft war jetzt erfüllt mit Rauch, und hier und da waren sogar züngelnde Flammen in der Ferne zu sehen. Ich erledigte alle Arbeiten und melkte sogar Bleß. Sie war heute ganz unruhig, was sonst so gut wie nie vorkam. Normalerweise hielt sie beim Melken still wie ’ne Salzsäule. Heute ließ ich sie nicht wieder raus auf die Weide, sondern führte sie in den Scheunenhof. Dann trug ich den Melkeimer ins Haus.

An dem Stand der Rauchwolken konnte ich ablesen, daß das Feuer jetzt das V erreicht haben mußte. Da draußen in der Kälte waren sie nun, die Nachbarn, Opa und Onkel Charlie – und der Pastor, und kämpften gegen das Feuer an.

Insgesamt waren es fünfzehn Männer, und das war kein einziger zu wenig im Kampf gegen ein Stoppelfeuer, das über strohtrockene Felder raste. Wenigstens war’s heute ziemlich windstill. Das machte schon ’ne Menge aus.

Ich beeilte mich, mit dem Eimer ins Haus zu kommen. Er war nicht so voll wie sonst. Ich war mir nicht sicher, ob das an Bleß oder an mir gelegen hatte.

Tante Lou und Uropa hatten inzwischen die fertigen Butterbrote eingepackt. In dem großen schwarzen Kessel dampfte schon der Kaffee.

„Josch“, sagte Tante Lou, als ich zur Tür reinkam, „stell die Milch ab und hol mir alle drei Milchkannen her.

Zwei davon füllst du mit Wasser, und die andere bring mir so her!“

Ich rannte.

Das Pumpen war ’n hartes Stück Arbeit. Vielleicht wär’s mir ja ’n bißchen leichter von der Hand gegangen, wenn ich’s nicht so eilig gehabt hätte. Als ich endlich fertig war, war ich restlos außer Atem. Die vollen Kannen konnte ich allein nicht tragen; also machte ich die Deckel drauf und ließ sie stehen.

Tante Lou und Uropa kamen aus dem Haus. Sie trugen die Körbe mit Sandwiches und Tassen. Ich sah zu, wie sie sie auf den leichten Wagen luden, den die Männer uns zur Flucht dagelassen hatten. Die beiden suchten den Horizont im Westen mit den Augen ab. Es war inzwischen schon ziemlich dunkel geworden, und der rote Feuerschein glühte um so heller. Die Rauchsäule schien jetzt von einem schmäleren Landstreifen zu kommen. Wir fingen an, Mut zu schöpfen. Vielleicht hatten die Männer das Feuer ja schon unter Kontrolle!

Die dritte Milchkanne wurde mit heißem Kaffee gefüllt und dann mit ’ner Wolldecke drum auf den Wagen gestellt. Wir hoben auch die Kannen mit dem Wasser auf den Wagen, und nachdem Tante Lou nachgeschaut hatte, ob wir auch alles hatten, ging’s los.

„Wir fahren am besten auf der Straße“, sagte Tante Lou, und ich wußte, warum. Solange wir der Straße folgten, konnten wir nicht auf übersprungenes Feuer stoßen.

Ich steckte Pixie in die Kiste zu Onkel Charlies alter Jacke. Um keinen Preis der Welt hätte ich sie jetzt allein zu Hause gelassen.

Ich hielt die Zügel. Uropa kannte sich mit Gespannen nicht besonders gut aus, und Tante Lou überließ das Kutschieren lieber einem Mann, in diesem Fall mir.

Eine Ewigkeit schien zu vergehen, bis wir endlich am Feuer ankamen. Unterwegs stieg der Rauch uns manchmal so arg ins Gesicht, daß wir durch unsere Ärmel oder irgendwelche Stoffstücke atmen mußten. Die Pferde waren nervös. Der Rauch machte ihnen zu schaffen, und ich mußte höllisch aufpassen, daß sie mir nicht durchgingen. Der Himmel überzog sich, aber wir konnten nicht ausmachen, ob's Wolken oder Rauch war. Kurz vor der Brandlinie hielten wir an, und Uropa ging vor, um die Lage auszukundschaften und den Männern zu sagen, daß wir da waren.

Voller Aufregung kam er zurück. Sie hatten's geschafft! Das Feuer war unter Kontrolle! Überall längs an dem gepflügten V brachen zwar noch Feuerchen aus, weil die Männer keine Zeit für mehrere Furchen gehabt hatten, aber das Feuer war eingekesselt und wurde allmählich schwächer.

Unsere Ankunft sprach sich in Windeseile rum. Paarweise kamen die Männer zu uns an den Wagen, um sich zu stärken. Die meisten wollten kaltes Wasser haben. Tante Lou muß das wohl geahnt haben, als sie mich zur Pumpe geschickt hatte. Die Männer eilten sich, damit sie so schnell wie möglich wieder ihre Posten einnehmen konnten. Ihre Gesichter waren rußverschmiert, und ihre Jacken rochen nach Rauch. Ein paar hatten Brandwunden. Tante Lou gab Uropa das Verbandszeug in die Hand und zeigte ihm, wie er die Wunden verbinden sollte.

Tante Lou goß Kaffee aus und verteilte belegte Brote und fragte jede Truppe nach dem neuesten Stand. Auf diese Weise erfuhren wir, daß das Feuer am Nachmittag fast die Oberhand gewonnen hätte. Es war an einer schmalen Stelle über den Bach gesprungen, und die Männer mußten schnell Hilfe herbeirufen, um die neuen Flammen zu löschen. Deshalb fehlten Männer an der Straße und am V, und 'ne Zeitlang sah's so aus, als würde das Feuer den Kampf gewinnen. Ein paar Männer aus der Umgebung waren gerade zur Verstärkung eingetroffen, und mit deren Hilfe gelang's dann doch, das Feuer wieder einzudämmen.

Als nächstes kamen Cullum und James Smith an unseren Wagen. Cullum war genauso verrußt wie die anderen, obwohl er erst später gekommen war, weil er weiter weg wohnte. Er schlürfte seinen Kaffee langsamer als die anderen, und ich sah, wie er mehrmals verstohlen zu Tante Lou rüberguckte. Sie schien nichts davon zu merken. Ich fragte Cullum, wie's draußen aussah.

„Ich glaub', wir haben's geschafft", antwortete er. „Das war 'ne erstklassige Idee, wer sie auch gehabt hat. Ohne die wärt ihr jetzt Haus und Hof los!"

Er warf wieder einen Blick auf Tante Lou, und ich wußte, wie froh er war, daß wir unsere Farm noch hatten.

„Die Turkleys haben nicht so'n Glück gehabt", fuhr er fort. „Die haben zwar noch ihr Haus, aber nur, weil sie alles dran gesetzt haben, das nicht zu verlieren. Die anderen Gebäude, die Geräte und das Vieh sind alle hin."

Das tat mir mächtig leid für die Turkleys. Gleichzeitig war ich heilfroh, daß unsere Farm noch stand. Cullum stand auf und ging hinter James her zum Feuer zurück.

Tante Lou spähte angespannt durch den Rauch nach jeder neuen Mannschaft. Ich konnte sehen, wie besorgt sie war. Ich wünschte, daß Opa und Onkel Charlie sich beeilten, an den Wagen zu kommen, damit sie bald zur Ruhe kam. Endlich tauchten sie auf; sie waren dreckig, verschwitzt und erschöpft, aber überglücklich, daß sie beinahe schon albern wirkten. Tante Lou war zwar froh, sie heil wiederzusehen. Sie fiel Opa schnell um den Hals, aber die Sorgenfalten wichen immer noch nicht aus ihrem Gesicht.

„Es hat geklappt!" strahlte Opa. „Wir haben's eingedämmt! 's gibt noch 'ne Menge zu tun; überall flackert's noch 'n bißchen, aber wir haben's unter Kontrolle. Es hat geklappt!"

Tante Lou lächelte bloß, als ob sie das von vornherein gewußt hätte.

Onkel Charlie nahm seine Tasse Kaffee in Empfang, aber anstatt das heiße Gebräu in großen Schlucken runterzustürzen, nippte er vorsichtig dran. Ich war froh, daß das außer mir keiner gesehen hatte. Er hätte seinen ganzen Ruf aufs Spiel gesetzt.

„Wenn's draußen schon brennt, braucht man nicht innen auch noch 'n Feuer", erklärte er mir.

Sie nahmen schnell ihre Eimer und Spaten wieder auf und hasteten ans Feuer zurück. Tante Lou starrte immer noch durch den dünner werdenden Rauch.

Zwei Männer trugen Eb Crawford an unseren Wagen. Er hatte das Pech gehabt, daß sein Hosenbein Feuer gefangen hatte, als er 'n paar Flammen austreten wollte. Er hatte sich zwar sofort auf dem Boden gewälzt, aber sein Bein tat ihm doch mächtig weh. Sie legten ihm Tante Lous warme Wolldecke über, und James Smith brachte ihn auf dem schnellsten Weg nach Hause.

Inzwischen mußten die Männer alle gegessen und getrunken haben. Ein paar hatten sich 'ne zweite Tasse Kaffee und noch ein Sandwich abgeholt. Das Feuer war jetzt so gut wie aus. Man beschloß, einen Großteil der Männer nach Hause zu schicken. Nur ein paar wurden noch gebraucht, um nach unverhofften Ausbrüchen Ausschau zu halten.

Der Rauch hing immer noch in der Luft, aber längst nicht mehr so dicht wie vorher. Tante Lou ging unruhig auf und ab. Ich wollte sie gerade fragen, was denn los war, da sah ich, wie ihr Gesicht sich aufhellte. Sie sah erleichtert, dann erschrocken, dann wieder erleichtert aus, und da sah ich auch den Pastor aus der Rauchwand auftauchen.

Der Schweiß hatte sich mit dem Ruß auf seinem Gesicht vermischt und schwarze Spuren hinterlassen. Sein guter Anzug war restlos hinüber vom Feueraustreten, Wasserschütten und Erdeschaufeln. Überall hatten fliegende Funken kleine Löcher in seine Sachen gebrannt.

Er ging geradewegs auf Tante Lou zu, die mit zitternden Händen Kaffee ausschüttete.

„Es hat geklappt!" Aus seiner Stimme sprach große Erleichterung.

Tante Lou sah ihn an. Ihre Augen waren voller Dankbarkeit.

„Danke!" flüsterte sie, und die beiden sahen sich lange an. Ich hätte gern gewußt, wie's geklungen hätte, wenn sie in Worten ausgedrückt hätten, was sie sich mit den Augen sagten.

In dem Moment kam Tom Smith dazu, und Tante Lou wandte sich ihm zu, um ihm Kaffee einzugießen. Ein paar von den anderen Männern scharten sich um den Pastor, klopften ihm lachend auf die Schultern und lobten seinen Plan, der so gut funktioniert hatte. Alle redeten durcheinander. Vergessen waren Müdigkeit und Brandblasen an Händen und Gesichtern. Da kam Opa. Er wollte sich bei allen Nachbarn für ihre Hilfe bedanken, bevor er sie nach Hause schickte. Er fand kaum Worte, um seine Dankbarkeit auszudrücken, aber er versuchte's trotzdem, und ich glaube, es hat keinen Nachbarn gegeben, der ihn nicht verstanden hätte.

Dann fuhren die meisten von den Männern nach Hause. Inzwischen war's Nacht geworden, und sie genossen bestimmt zum ersten Mal im Leben den klirrenden Frost, jedenfalls für kurze Zeit.

„Dank' dir, Lou, daß du an die Männer gedacht hast!" sagte Opa dann. „Jetzt kannste aber ruhig wieder nach Hause fahren und alle viere von dir strecken. Das Feuer ist aus. Charlie und ich bleiben noch 'n bißchen, um aufzupassen, daß auch keine Funken mehr aufflackern."

„Ich bleibe bei Ihnen."

Es war der Pastor. Opa starrte ihn an, als ob er ihn noch nie gesehen hätte.

„Ist nicht nötig, mein Sohn", sagte er dann warm. „Alles ist soweit geregelt, und das haben wir Ihnen – und dem Herrgott – zu verdanken. Sie haben nach diesem langen Tag eine Pause verdient."

„Ich würde trotzdem lieber bleiben, wenn's Ihnen recht ist." Er wandte sich zu mir. „Josch, würdest du wohl meinen Big Jim für mich versorgen? Ich habe ihn in der Eile bei euch stehenlassen. Er könnte sicher ein bißchen Beachtung vertragen."

„Hat Tante Lou schon gemacht!" platzte ich raus. „Die hat ihn abgerieben und alles – aber ich bring' ihm gleich Wasser. Das kann ihm jetzt bestimmt nicht schaden. Ich bring' ihn in den Stall und geb' ihm auch 'n bißchen Futter."

Ich hätte weitergeredet, aber ich hatte das Gefühl, daß der Pastor mir gar nicht zuhörte. Der war nämlich damit beschäftigt, Tante Lou anzugucken.

Es war eiskalt, und als der Pastor seine Schaufel aufhob und mit Opa und Onkel Charlie losging, fiel mir sein dünner Anzug ins Auge.

„He, warten Sie mal!" rief ich hinter ihm her.

Die drei blieben stehen und drehten sich um.

„Ich hab' Onkel Charlies alte Jacke hier in Pixies Kiste. Wollen Sie die nicht überziehen?"

Opa lachte vergnügt, als ich die alte Jacke aus der Kiste hervorzog, aber er mußte mich doch loben.

„Haste prima mitgedacht, mein Junge! Es wird nicht wärmer, bis wir nach Hause kommen."

Der Pastor war nicht stolz; er schlüpfte richtig dankbar in die alte Jacke. Sie war ihm zu eng, und die Ärmel waren zu kurz, aber es war immerhin besser als nichts.

Uropa und ich halfen Tante Lou mit den leeren Milchkannen, Tassen und Butterbrottüten. Dann fuhren wir nach Hause.

Es war inzwischen pechschwarze Nacht geworden, und die Pferde mußten sich vorsichtig voranarbeiten. Dabei brannten sie drauf, nach Hause zu kommen. Ich brauchte die Zügel fast gar nicht. Als wir daheim waren, versorgte ich das Gespann und das Pferd vom Pastor, während Uropa und Tante Lou die Sachen vom Wagen in die Küche brachten und aufräumten.

Jetzt, da die ganze Aufregung hinter uns lag, war ich plötzlich hundemüde. Ich schleppte mich ins Haus. Als ich in die Küche kam, schaute ich gleich nach, ob Tante Lou auch an Pixie gedacht hatte. Hatte sie. Ich sah auf die Uhr. Meine Schlafenszeit war längst vorbei. Grinsend hob ich meine Pixie auf und ging nach oben. Ich wusch mir nicht mal das Gesicht. Tante Lous Stimme hielt mich auf.

„Dank' dir, Josch, daß du an die Jacke gedacht hast! Das war nett von dir. Ich war richtig stolz auf dich." Sie lächelte mich an. „Schlaf gut!"

Ich grinste zurück und ging weiter die Treppe hinauf. Diesmal hatte sie's mir tatsächlich durchgehen lassen, ungewaschen ins Bett zu gehen; bloß, daß ich heute viel zu müde war, um mich besonders drüber zu freuen. Ich konnte es kaum abwarten, mich in mein Bett fallen zu lassen.

## Der nächste Morgen

Am nächsten Morgen wurde ich wach von Geräuschen unten aus der Küche. Es hörte sich nach mehr als den üblichen Frühstücksvorbereitungen an. Tiefe Männerstimmen lachten und redeten, und Kaffeetassen landeten knallend auf der Tischplatte. Ich sprang aus dem Bett und langte nach meiner Latzhose. Pfui, wie die stank! Überhaupt hing der Rauchgeruch im ganzen Zimmer. Na ja, ich zog die Hose trotzdem an und knöpfte mir in Windeseile das Hemd zu.

Um den Küchentisch saßen vier Männer und warteten aufs Frühstück. Uropa war der einzige, der halbwegs manierlich aussah. Die anderen hatten sich Gesicht und Hände gewaschen, aber sie waren geradezu von Brandblasen übersät, und ihre Sachen sahen verheerend aus.

Das tat ihrer blendenden Stimmung aber keinen Abbruch; ganz im Gegenteil.

„Guck mal nach draußen, Junge!“ rief Opa, als ich in die Küche kam.

Draußen lag unsere Farm heil und unversehrt – und unter einer strahlendweißen Schneedecke.

„Schnee!“

„Jawollja! Hat heut’ morgen um vier angefangen zu schneien. Jetzt kriegt ihr endlich euren Schnee!“

Ich grinste.

„Und wir brauchen uns wenigstens wegen des Feuers keine Sorgen mehr zu machen“, fügte Opa hinzu.

Tante Lou stand am Herd und wendete geschäftig Spiegeleier und Speck in den Bratpfannen. Onkel Charlie schlenderte zur ihr hin, um ihr zu helfen. Bereitwillig rückte sie ’n Stück zur Seite.

Ich setzte mich auf meinen Platz und lud mir Speck und ein paar Brote auf den Teller. Mit dem Buttern wartete ich, bis wir gebetet hatten. Ich konnte es kaum erwarten, Pixie den Schnee zu zeigen. Was sie wohl davon halten würde?

Ich aß, bis ich zum Platzen satt war. Die Männer aßen und aßen, und endlich waren auch sie fertig.

„Jetzt muß ich aber wirklich gehen“, sagte der Pastor. „Ich schreie ja geradezu nach einem Bad und frischen Sachen.“

Ich besah ihn mir und fragte mich, was er wohl für Sonntag anzuziehen hatte.

„Ich hol’ Ihnen Ihr Pferd“, erbot sich Onkel Charlie. Er setzte seine Mütze auf und zog seine Jacke an.

Der Pastor stand auf und bedankte sich bei Tante Lou fürs Frühstück. Er wechselte ’n paar Worte mit Uropa und wandte sich dann an Opa.

„Ich bin von Herzen dankbar, daß Sie Haus und Hof behalten durften, Herr Jones.“

Opa tat sich schwer.

„Und ich erst!“ sagte er. „Und ich erst. Ich werd’ Ihnen nie genug danken können, daß Sie so ’nen großartigen Plan hatten und sich so tatkräftig dafür eingesetzt haben. Wo ich auch hinguckte, überall haben Sie mit angepackt. Sie haben gepflügt, gegraben, Wasser geholt und Sandsäcke gemacht. Ich möcht’ mich bedanken. Ein Mann, der so denken und kämpfen kann, der wird sich im Leben nicht so leicht unterkriegen lassen. Sie sind ’n prima Pastor, und Sie … äh, Sie … Sie sind uns mehr als willkommen in unserem Haus und an unserem Tisch. Jederzeit.“

Der Pastor schüttelte ihm die Hand. Seine Augen leuchteten.

„Danke, Herr Jones. Vielen Dank!“

Er zögerte ’ne Sekunde, bevor er weitersprach. Er schien zu spüren, daß er hier ’ne einmalige Gelegenheit hatte.

„Ich will die Situation ja nicht ausnutzen, Herr Jones, aber ich ... ich möchte gern um Ihre Erlaubnis bitten, Ihre Tochter zu besuchen – nicht als Geistlicher, meine ich“, fügte er mit einem Lächeln hinzu.

Opa grinste zurück und reichte ihm die Hand.

„Da bin ich restlos mit einverstanden.“ Er warf einen Blick auf Tante Lou, die mit angehaltenem Atem und ihrer zerknüllten Schürze zwischen den Händen dasaß. „Ich glaub’ nicht, daß Lou was dagegen hat.“

Opa war offenbar zu ’ner anderen Meinung über den Pastor gekommen, und zwar zu ’ner guten. Und wie ich ihn kannte, würde ihn keiner davon abbringen können.

Der Pastor ging auf Tante Lou zu. Sie atmete wieder und brachte sogar ein Lächeln zustande. Ihr Gesicht war hochrot, und ihre Augen schienen überlaufen zu wollen. Der Pastor nahm ihre kleine Hand in die seine.

„Mittwoch?“

Sie nickte bloß. Die beiden sahen sich an. Dann drehte er sich um und ging. Kaum war er zur Tür raus, da flog Tante Lou in Opas Arme.

„Ach, Pa!“ rief sie, und die Tränen tropften ihr nur so übers Gesicht.

„Ist ja gut, Baby. Ist ja alles gut!“ Er strich ihr über die Schultern. Ich hatte ihn noch nie „Baby“ zu ihr sagen hören.

„Ich weiß, ich hab’ da allerhand über ihn gesagt; daß er nichts hat und daß ich mehr für dich wollte und ... und so weiter und so fort. Aber er ist ’n Mann, Liebes, ’n ganzer Mann. Der hat sich nicht lumpen lassen und dem Feuer die Zähne gezeigt. Wenn er sich ’n bißchen anstrengt, denk’ ich mir, dann kann er auch irgendwie für so’n kleines Ding wie dich sorgen, selbst wenn’s sich zufällig um das beste Mädchen der Welt handelt.“

Ich nahm meine Pixie und machte, daß ich nach draußen kam. Im Rausgehen griff ich gerade noch nach meiner dicken Jacke.

Klar, der Pastor war 'n feiner Kerl, und Tante Lou schien direkt hingerissen von ihm zu sein, und ich wollte ihr ja auch nicht im Weg stehen. Nur – ich würde sie schwer vermissen! Ich fragte mich jetzt schon, ob ich's ohne sie überhaupt aushalten konnte.

Ich drückte Pixie ganz fest an mich. Eigentlich hatte ich ja sehen wollen, was sie von der kalten, weißen Welt da draußen hielt, aber das schien auf einmal gar nicht mehr so wichtig.

Ich sah den Pastor gerade noch auf die Straße einbiegen. Das würde 'n mächtig kalter Ritt für ihn werden. Sein dünner Anzug war immer noch nicht ganz trocken, und von den fallenden Schneeflocken würde es auch nicht besser werden. Onkel Charlies alte, zu kleine Jacke würde ihn zwar 'n bißchen wärmen, aber viel nützte die auch nicht. Doch ich bezweifelte, ob er's überhaupt merken würde.

## Der Richtige

Vor dem Gottesdienst am Sonntagmorgen redeten die Leute immer noch über nichts anderes als das Feuer. Der neue Pastor hatte sich viel Respekt und Anerkennung erworben, nicht nur wegen seiner genialen Idee, sondern auch, weil er sich mit Haut und Haaren eingesetzt hatte. Ich sah, wie mehrere Mütter und Töchter ihn mit noch größerem Interesse beäugten.

„Da habt ihr aber den Kürzeren gezogen!" dachte ich im stillen. Ich war sogar 'n bißchen stolz darauf, daß er sich gerade Tante Lou ausgesucht hatte. Gleichzeitig war ich traurig, weil ich sie lieber bei uns behalten hätte, wo sie doch hingehörte.

Ich spähte kreuz und quer durch die Kirche, um meine Freunde zu suchen, da hätte es mich doch beinahe umgehauen. Ganz hinten und verlegen nach unten schauend saß Cullum! Der mußte wohl gekommen sein, um dem neuen Pastor, der ja jetzt der große Held war, seine Anerkennung zu zeigen; anders konnte ich's mir nicht erklären.

Der Pastor hatte 'nen Anzug an. Er war nicht neu, das stand fest, aber was Besseres hatte er bestimmt nicht. Er war ordentlich gebügelt, und die geflickten Stellen sah man nicht gleich auf den ersten Blick. Nach dem Eingangslied achtete sowieso keiner mehr drauf; ich jedenfalls nicht.

Vor der Predigt kam Herr Brown nach vorn und bat um Aufmerksamkeit. Er sagte, wie dankbar die Leute in der Umgebung und in der Stadt dem Pastor Crawford waren, daß er das Feuer abgewendet hatte, das für so viele sonst zur Katastrophe geworden wäre. Weil der Pastor seinen guten Anzug im Einsatz für die Gemeinde verloren hatte, hatten die Gemeindemitglieder eine Sammlung für einen neuen Anzug durchgeführt. Herr Brown reichte dem verblüfften Pastor den Umschlag mit dem Geld.

Weiter sagte Herr Brown, daß im Gemischtwarenladen ein Sammelteller für diejenigen stand, die den Turleys beim Neuaufbau finanziell helfen wollten. Wenn jemand ein Ferkel oder Kalb übrig haben sollte, wäre das ebenfalls eine willkommene Gabe. Anschließend nahm der Gottesdienst seinen üblichen Verlauf.

Als wir beim Rausgehen dem Pastor der Reihe nach die Hand schüttelten, hörte ich, wie er leise zu Tante Lou „Mittwoch" sagte. Sie strahlte zurück, und ich fand, daß sie noch nie so hübsch ausgesehen hatte.

Wie verabredet kam der Pastor am Mittwochabend nach dem Essen. Er war schon mit dem Zug in der Großstadt gewesen, um einen neuen Anzug auszusuchen. In unserer kleinen Stadt gab's nämlich kein Geschäft, das die passenden Sachen führte. Er sah tatsächlich mächtig fein in dem neuen Anzug aus, obwohl er heute ein normales Hemd statt dem weißen Pastorenkragen trug.

Sie unterhielten sich noch, als ich ins Bett mußte. Überhaupt schienen sie uns kaum wahrzunehmen, obwohl Tante Lou daran dachte, das Kaffeewasser für Opa und Onkel Charlie aufzusetzen. Uropa hatte mir verschmitzt zugezwinkert und sich früher als sonst zurückgezogen. Onkel Charlie und Opa ließen sich mit ihren Kaffeetassen und dem Mühlebrett in einer Ecke nieder.

Ich kroch im Schneckentempo die Treppe rauf. Für mein Leben gern hätte ich gehört, was da unten alles geredet wurde, aber ich wußte, daß ich das besser bleiben ließ. Der Pastor und Tante Lou sprachen sowieso leise miteinander, und ich war mir nicht mal sicher, ob ihre Stimmen überhaupt bis zur Treppe vordringen würden.

Am nächsten Tag gab's mehr Schnee, und Opa beschloß, daß es an der Zeit sei, die Wagenräder gegen die

Schlittenkufen auszutauschen. Widerwillig ging ich zur Schule. Viel lieber hätte ich beim Radwechsel zugeschaut.

Freitagabend kam der Pastor wieder. Diesmal hatte Tante Lou ihn zum Abendessen eingeladen. Es war mir ’ne regelrechte Qual, still dazusitzen und zuzugucken, wie er Tante Lou mit so ’nem zufriedenen Ausdruck im Gesicht ansah. Sie stützte ihre Hand federleicht auf meine Schulter, als sie ’ne frisch aufgefüllte Gemüseschüssel auf den Tisch stellte. „Es stimmt also!“ dachte ich. „Gott will mir meine Tante Lou auch noch wegnehmen.“

Ich entschuldigte mich und sagte, ich fühlte mich nicht wohl. Das stimmte ja auch wirklich. Ich ging auf mein Zimmer, wo ich lange auf meinem Bett lag und versuchte, Ordnung in meine Gedanken zu bringen. Am liebsten hätte ich einfach losgeheult, aber irgendwie konnte ich das nicht. Plötzlich kam Tante Lou rauf. Besorgt fühlte sie an meiner Stirn.

„Du wirst mir doch nicht krank, Josch, oder?“ fragte sie.

„Nee“, sagte ich. „Ist nichts Besonderes. Ich bin nur müde, weiter nichts. Morgen geht’s mir bestimmt besser.“

Das hatte sie wohl nicht ganz überzeugt. Sie beugte sich über mich, schüttelte mein unbenutztes Kopfkissen noch einmal auf und strich mir die Haare aus der Stirn. Einen Moment lang hatte ich ’n richtiges Siegesgefühl, weil es mir gelungen war, sie vom Pastor wegzuholen, aber dann stieg die Wut wieder in mir hoch. Ich war Tante Lou nicht böse; nicht mal dem Pastor. Wer konnte es ihm schon übelnehmen, daß Tante Lou es ihm so angetan hatte? Aber innerlich fraß die Wut trotzdem in mir, und ich drehte mich zur Wand.

„Mir geht’s gut“, sagte ich wieder. „Bin halt bloß müde.“

Sie legte nochmals die Hand auf meinen Kopf.

„Ich hab' dich lieb, mein Junge!" flüsterte sie und ging raus.

Da kamen mir doch die Tränen. Sie rollten mir quer übers Gesicht und ins Kissen. Ich wünschte verzweifelt, daß ich Pixie nicht unten gelassen hätte, aber da spürte ich schon, wie sie mir das Gesicht leckte. Sie war gekommen, um mich zu suchen.

Ich zog sie an mich und weinte in ihr Fell. Wenigstens sie hatte ich noch. Wenn Gott sie bloß in Ruhe ließ, dann würde sie mir noch zum Liebhaben bleiben. Ich versuchte nicht mal, meine Tränen zurückzuhalten. Ich ließ ihnen freien Lauf, und Pixie leckte sie mit ihrer kleinen rosa Zunge aus dem Gesicht.

## Der schönste Sonntag meines Lebens

Am nächsten Sonntag fuhren wir im Schlitten zur Kirche. Der frische Schnee knirschte unter den Kufen, daß es nur so 'ne Lust war.

In der strahlenden Sonne glitzerte der Schnee auf der Straße und auf den Feldern. Jetzt war's nicht mehr lange bis Weihnachten; es lag schon förmlich in der Luft.

Der Pastor leitete den Gottesdienst in seinem neuen Anzug. Er bedankte sich bei den Gemeindemitgliedern für die Spende, mit der er den Anzug kaufen konnte. Er sah wirklich prima darin aus.

Es hatte sich schon rumgesprochen, daß er Tante Lou neuerdings „Besuche abstattete". Ein paar von den Mädchen konnten ihre Enttäuschung kaum verbergen, und die Mütter schoben sie längst nicht mehr so eifrig vor.

Bei der Predigt hörte ich nicht zu. Sie handelte von Gottes Liebe, und das war das Letzte, was ich jetzt hören wollte – besonders wo Tante Lou neben mir saß und die Augen auf den Pastor geheftet hielt. Statt dessen beschloß ich, mir 'nen neuen Trick für Pixie auszudenken, einen ganz besonderen, den noch kein Hund auf der Welt je gelernt hatte. Bis jetzt konnte sie Männchen machen, sich auf der Erde rollen, „tot" spielen, Sitz machen und 'n paar Schritte auf den Hinterbeinen gehen. Sie war kein Baby mehr, aber obwohl sie ein ganzes Stück gewachsen war, war sie immer noch ziemlich klein. Sie war 'n schlaues Dingelchen, und ich hätte sie um nichts in der Welt hergegeben.

Mir wollte und wollte kein Trick einfallen, den noch nie jemand einem Hund beigebracht hatte. Der Gottesdienst war zu Ende, ohne daß ich ein Stück weitergekommen wäre.

Ich machte, daß ich nach draußen kam, so schnell's ging, ohne allzu sehr zu drängeln. Ich gab dem Pastor beim Rausgehen kurz die Hand, und dann ging ich zu Avery und Willie auf den Kirchplatz, wo sie mit dem Schnee spielten.

„Was wetten wir, daß ich Herrn Browns Hut von hier aus erwischen könnte?“ prahlte Willie.

„Ich dachte, du wärst zum Altar gekommen und hättest um Vergebung gebetet“, konterte Avery. „Solche Streiche kannst du dir doch jetzt nicht mehr leisten, oder?“

Willie wurde ernster.

„Ich hab' gesagt, ‚was wetten wir, daß‘, nicht, daß ich's auch tun würde.“

„Sag mal, funktioniert das eigentlich wirklich?“ fragte Jack Berry, der gerade dazugekommen war.

„Was?“

„Zum Altar gehen. Ich meine, ist jetzt alles anders, oder wie?“

„Das Nach-vorne-Kommen allein macht's nicht aus“, antwortete Willie. Ich hatte das Gefühl, als wiederholte er jetzt, was der Pastor ihm gesagt hatte. „Auf das Beten kommt's an, und das kann man ja überall.“

„Ja, aber funktioniert's?“

„Und ob!“ sagte Willie mit leuchtenden Augen. „Also, früher, da war ich immer so gemein zu anderen und so durcheinander innendrin, und jetzt, wo ich Gott gesagt habe, daß es mir leid tut und daß ich mich ändern will, da hab' ich einfach …“ – er zuckte die Achseln – „einfach keine Lust mehr zum Gemeinsein. Und innendrin ist jetzt alles in Ordnung.“

„Du meinst, so 'ne Art *Frieden?*“

„Ja, so was Ähnliches“, antwortete Willie. „Jetzt komme ich mir nicht mehr so traurig und allein vor. Das ist wohl Frieden, oder?“

Wir anderen standen stumm um ihn herum. Ich glaube, wir hätten alle auch gern erlebt, was Willie da berichtete. Dann kam Mike Turley zu uns rüber, und wir machten uns wieder ans Schneeballwerfen.

Ich stand gerade mit dem Blick auf die Kirchentreppe, wo der Pastor sich mit der alten Frau Adams unterhielt. Die war schwerhörig, und er mußte sich vorbeugen und ihr so laut, wie er konnte, ins Ohr schreien. Plötzlich stockte er mitten im Satz und erstarrte. Dann rannte er ohne ein Wort los zum Zaun, wo ein Gespann angebunden stand. Was ich dann sah, ließ mir das Blut in den Adern gefrieren.

Da war ja Pixie, mein Hündchen! Irgendwie mußte sie uns zur Kirche nachgelaufen sein, und jetzt spielte sie unter dem Gespann von Hopkins herum. Hopkins hatte die schreckhaftesten Pferde in der ganzen Umgebung, und als der kleine Hund ihnen jetzt zwischen den Hufen herumsprang, gerieten sie in helle Panik.

Ich rannte auf das Gespann zu, aber der Pastor war lange vor mir da. Er legte seine Hand dem einen Pferd auf die Flanke und redete leise auf es ein, um es zu beruhigen, aber er wartete nicht erst ab, bis das was nützte. Pixie konnte jede Sekunde einen schweren Hufschlag abkriegen. Der Pastor warf sich auf den Boden. Ich hielt vor Schreck den Atem an. Die Pferde schüttelten sich. Unter ihnen weg rollte sich der Pastor mit Pixie im Arm.

Die Leute hatten vor lauter Sonntagmittagsklatsch gar nicht gemerkt, was passiert war, und ich glaube, dem Pastor war das auch ganz recht so. Sein neuer Anzug war voller Schnee, und auf dem einen Hosenbein prangte 'n großer Fleck, den ihm ein Hufschlag verursacht hatte.

Schnell klopfte er sich den Schnee ab. Als er jetzt auf mich zukam, hinkte er, obwohl er sich sichtlich Mühe gab, das zu verbergen.

Er fühlte Pixie nach gebrochenen Knochen ab. Sie zitterte am ganzen Leib, aber sonst schien ihr nichts zu fehlen. Er gab sie mir auf den Arm, und ich drückte sie an mich. Endlich fand ich meine Stimme wieder.

„Das hätte ja böse ausgehen können!“

Der Pastor sagte eine Zeitlang gar nichts; dann stieß er hervor: „Es fehlt ihr nichts, Josch.“

„Und Ihnen?“

„Mir auch nicht – ich habe nur einen leichten Klaps aufs Bein abbekommen. Das brauchst du aber keinem zu sagen, einverstanden?“

Ich nickte, schluckte mühsam und strich Pixie über ihr braungelocktes Köpfchen.

„Hab’ nicht gewußt“, sagte ich, „daß Sie Hunde so gern haben, daß Sie ... daß Sie Ihr Leben riskieren würden.“

Er sah mich an und legte mir seine Hand auf die Schultern.

„Klar, Josch, klar mag ich Hunde gern. Aber ich hab’s nicht für Pixie getan. Ich hab’s für dich getan, mein Junge.“

Mein Gesicht muß wohl ’n einziges Fragezeichen gewesen sein. Er packte mich am Ellbogen und führte mich ein paar Schritte abseits von den Leuten. Er hinkte immer noch ’n bißchen.

„Ich weiß, wie lieb du deine Pixie hast, und ich weiß, wie betrogen man sich vorkommt, wenn man verliert, was einem so lieb ist. Du zum Beispiel, du hast schon keine Eltern mehr, und dann hast du auch noch deinen ersten Hund verlieren müssen. Lou hat mir alles erzählt. Und bald – ganz bald, hoffe ich – heißt’s für dich, die Hauptperson in deinem Leben mit jemand anderem zu teilen, Josch. Vielleicht meinst du, jetzt wirst du Lou auch noch verlieren. Aber das ist nicht wahr. Lou wird dich immer liebhaben. Immer. Sie macht sich Sorgen um dich, Josch. Sie hat Angst, daß du das nicht verstehen kannst, und daß du vor lauter Herzeleid ganz und gar verbittert wirst.“

Er blieb stehen und guckte mir direkt in die Augen.

„Lou befürchtet, daß du Gott die Schuld daran gibst, daß dein erster Hund umgekommen ist. Sie weiß nicht, ob sie dir begreiflich machen konnte, daß Gott dich liebhat und daß Er immer dein Bestes im Auge hat.

Es stimmt schon, daß manches im Leben uns ungerecht und wie eine Zumutung erscheint, aber das heißt noch lange nicht, daß Gott uns leiden sehen möchte. Er will, daß wir wachsen, daß wir Ihn lieben und Ihm vertrauen."

Ich mußte an Willie denken und wie er gesagt hatte, daß er sich jetzt so erleichtert und nicht mehr so allein vorkam. Das wollte ich auch. Ich kämpfte mit mir. Ob Gott mir wohl wirklich meine selbstsüchtigen Gedanken und Gefühle vergeben konnte? Der Pastor hatte gesagt, daß Gott mich liebhatte. Wenn Er mich ehrlich liebhatte, dann würde Er mir auch vergeben.

„Können wir wohl irgendwo hingehen, wo wir allein sind?" fragte ich.

„Aber gewiß", sagte er. Er legte den Arm um meine Schultern, und wir gingen durch den Seiteneingang der Kirche in sein kleines Büro.

Dann strömte alles aus mir hervor: Was in mir vorgegangen war, wie ich an Gott gezweifelt hatte, wie ich Gott die Schuld an allem Elend gegeben hatte und ich einfach nichts mehr von Ihm wissen wollte. Ich sagte ihm auch, was Herr Brown über ihn gehört hatte, und wie ich gelauscht hatte, als er's meinem Opa weitererzählte, und daß ich nicht mit der Wahrheit herausgerückt war, weil ich Tante Lou lieber für mich behalten wollte. Als ich dem Pastor das alles bekannte, mußte ich weinen, und ich glaube, ihm kamen auch die Tränen. Dann beteten wir zusammen. Willie Corbin hatte recht: Es funktionierte! Ich konnte direkt spüren, wie Gott mir eine zentnerschwere Last vom Herzen genommen hatte, und wie Er mich liebte!

Ich sah auf und strahlte den Pastor an. Ich glaube, jetzt konnte ich sogar ihn liebhaben. Ich war heilfroh, daß

Tante Lou sich ihn ausgesucht hatte. Das hatte sie goldrichtig gemacht.

„Danke, Nat!“ sagte ich. So hatte Tante Lou ihn auch genannt, und ich fand, daß ich mich wohl am besten auch dran gewöhnte, ihn so zu nennen, jedenfalls so lange, bis ich ihn offiziell „Onkel Nat“ nennen durfte.

Er nahm mich in die Arme. Dann hob ich Pixie auf und marschierte los, um meine Familie zu suchen. Denen würde ich auf dem Nachhauseweg etwas Aufregendes zu erzählen haben!

## Zum guten Schluß

Na, ich glaube, jetzt hab' ich so ziemlich alles berichtet, was es über Tante Lou und Onkel Nat zu erzählen gibt: Wie sie sich ihren Mann selbst ausgesucht hat und dabei den feinsten Menschen im ganzen Umkreis erwischt hat – und wie ich unterdessen auch 'ne Wahl getroffen und Frieden mit Gott gemacht habe.

Tante Lou und Onkel Nat überstürzten's nicht mit der Hochzeit. Er wollte seiner Frau wenigstens 'n bißchen zu bieten haben, und die Hochzeit wurde deshalb für den nächsten Herbst, gleich nach Tante Lous neunzehntem Geburtstag, festgelegt.

Uropa regelte 'n paar Kleinigkeiten für die beiden. Erst einmal erinnerte er Opa daran, daß es sich durchaus schickte, einem Mädchen die guten Sachen von ihrer Mutter in die Ehe mitzugeben; also reisten alle unsere feinen Wohnzimmermöbel und das gute Geschirr mit Tante Lou ins Pfarrhaus.

Aber das war noch nicht alles. Zur Hochzeit schenkte er Tante Lou und Onkel Nat einen erstklassigen Einspänner. Opa und Onkel Charlie ließen sich von der allgemeinen Vorfreude anstecken und taten alles, um dem jungen Paar zu helfen, ohne Onkel Nats Ehre zu verletzen.

Und Tante Lou? Die war die schönste und glücklichste Braut, die man je gesehen hat. Onkel Nat stand neben ihr mit einem Lächeln so breit wie seine Schultern.

Und dann hatten die beiden doch wahrhaftig eine große Überraschung für mich!

Ich hatte nämlich inzwischen alle Schuljahre durchlaufen, die es in unserer kleinen Dorfschule mit dem einzigen Klassenzimmer gab. Tante Lou und Onkel Nat überredeten Opa dazu, mich in die weiterführende Schule in der Stadt zu schicken, da ich ja nicht einer der Dümmsten zu sein schien. Und als Tante Lou und Onkel Nat ihren Haushalt im Pfarrhaus einrichteten, durfte ich mit einziehen. Sogar Pixie durfte ich mitbringen.

Die Woche über wohnte ich bei ihnen, und freitags nach der Schule fuhr ich dann zu den Männern auf die Farm. Uropa und ich verzogen uns so manches Mal zusammen an den Bach.

Die drei Junggesellen kamen mit der Arbeit im Haus und im Garten untereinander ganz gut zurecht. Tante Lou hatte natürlich keine ruhige Minute, solange sie die Männer nicht oft besuchte und nach dem Rechten sah. Und es verging kein Freitag, an dem sie mir nicht etwas Selbstgebackenes mit auf die Farm gab.

So verbrachte ich die Werktage bei Tante Lou und Onkel Nat und bekam das Leben im Pfarrhaus mit, und die Wochenenden verlebte ich auf der Farm mit den drei Männern, die mich alle drei liebhatten. Ich war rundherum mit der Welt zufrieden. Na, wenn das kein glückliches Ende ist, dann weiß ich's auch nicht!

Doris van Stone/Erwin L. Lutzer
DORIE – EIN VERWANDELTES LEBEN

Das kleine Mädchen Dorie merkt sehr bald, daß es unerwünscht ist. Einen sorgenden Vater hat es nie kennengelernt. Seine Mutter sehnt sich danach, es loszuwerden. Abgeschoben in ein Waisenhaus, muß das Kind die lieblose Unterbringung damaliger Anstalten auskosten.
Eines Tages besucht eine Gruppe Collegestudenten das Waisenhaus. Ihre Botschaft von der unendlichen Liebe Gottes läßt Dorie aufhorchen. Von da ab findet sie im Wort Gottes Trost und Kraft für die ungerechte Behandlung hartherziger Pflegeeltern. Ein Kind, von niemand geliebt, sehnt sich verzweifelt nach Liebe und Geborgenheit.
Das ist der erschütternde, wahre Bericht eines schweren Frauenschicksals, das Gott selbst in die Hand nahm.

Best.-Nr. 15 348

Yoneko Tahara/Bernard Palmer
YONEKO

Eine erschütternde Biographie aus der Welt des Fernen Ostens. Die Verfasserin gerät durch ihre Lebensumstände bis an den Abgrund des Selbstmords. Als schwer geprüfter Krüppel muß sie die Barrieren des japanischen Ahnenkults und Götterglauben überwinden, um für den Frieden frei zu werden, der höher ist als alle Vernunft. Gott macht aus ihr eine wirkliche Yoneko, eine „Tochter des Glücks“. Sie ist heute fröhliche Ehefrau und Mutter sowie Mitarbeiterin der Internationalen christlichen Filmgesellschaft in Tokio.

Best.-Nr. 15 300

Donita Dyer
STRAHLENDE HOFFNUNG

Chung Syn Yang, zu deutsch „Strahlende Hoffnung", wurde als fünftes Mädchen einer koreanischen Familie geboren: unerwünscht und nutzlos wie alle Mädchen im Korea der zwanziger Jahre.
Im Alter von sechs Jahren wird sie von einer schweren Krankheit heimgesucht, die schließlich zu ihrer Erblindung führt. Dank ihrer ungeheuren Energie und ihres großen Gottvertrauens gelingt es ihr jedoch, die Schulausbildung trotz aller Widrigkeiten abzuschließen.
Bis sie endgültig ihren Platz im Leben gefunden hat, ist es noch ein weiter Weg, der oft voll Not und Unsicherheit ist. Aber selbst eine ungerechtfertigte Inhaftierung durch die japanischen Behörden während des 2. Weltkriegs kann Chung Syn Yang nicht von ihrem Weg abbringen.
Donita Dyer ist freie Schriftstellerin, die in Kalifornien, USA, lebt.

Best.-Nr. 15 356

Andreas Schwantge
SUSANNES VERMÄCHTNIS

Das Schlimmste, was sich Carmen Holland vorstellen kann, ist, ihren kleinen Schützling Dirk in ein Heim geben zu müssen. Trotzdem fährt sie mit ihm zum ‚Schlößchen', weil sie neben ihrer Arbeit als Sozialarbeiterin dem Jungen nicht auch noch Mutter sein kann. Vier Wochen wohnt sie in der Lebensgemeinschaft der 43 Kinder und der Mitarbeiter und erfährt, daß auch in Heimen eine heitere, offene, sogar familiäre Atmospäre herrschen kann. Und sie merkt, daß die Menschen im Schlößchen eine Kraft besitzen, die ihnen hilft, Trauer und Leid zu ertragen.
Carmen fragt nach dem Geheimnis dieses Heimes, und sie entdeckt es nach langem Suchen. Das Buch erzählt die warmherzige, rührende Geschichte von Menschen, an denen Gott arbeitet. Eine Lektüre, deren Heiterkeit ansteckt und deren Tiefe den Leser bereichert.

Der Autor, Jahrgang 1953, ist Missionar eines freien Missionswerkes, das auf dem Boden der Evangelischen Allianz arbeitet. Er wohnt in Bretzfeld/Baden-Württemberg, ist verheiratet und Vater einer kleinen Tochter. Sein besonderes Anliegen sind die Kinder aus den Randgebieten der Gesellschaft, aus Asozialenquartieren und aus Heimen.

Best.-Nr. 15 335

W. Phillip Keller
GOTTES PIONIER IN RAUHER WILDNIS

„Er ist in meinen Augen der Inbegriff eines Christen, der sein Leben völlig Gott ausgeliefert hat."
So urteilt der Autor W. Phillip Keller über den Pionier-Missionar Charles Bowen, dessen Lebensgeschichte er niedergeschrieben hat.
Jeder, der dieses Buch liest, wird diesem Urteil zustimmen. Mehr als sechzig Jahre lang hat Bowen in der undurchdringlichen, menschenfeindlichen Wildnis Kanadas evangelisiert. Auch in seinem einundachtzigsten Lebensjahr war sein Feuer noch ungebrochen: Immer noch stand er auf den Kanzeln von fünf kanadischen Gemeinden.
Selbst in größten Nöten der langen Wintermonate am Yukon, als torpedierter Schiffbrüchiger in der Irischen See oder als einsamer Missionar in British Columbia verlor er nie sein großes Vertrauen auf den, der ihn beauftragt hat: sein Herr und Heiland Jesus Christus.

Best.-Nr. 15 342